Tanja Janz

Strandrosensommer

Roman

mtb

MIRA® TASCHENBUCH
Band 26152

FSC MIX Papier FSC® C014496

1. Auflage: Mai 2018

Originalausgabe

Dieses Werk wurde vermittelt durch die Literarische Agentur
Thomas Schlück GmbH, 30827 Garbsen.

Umschlaggestaltung: büropecher, Köln
Umschlagabbildung: Pawel Kazmierczak, emka74, ricok / shutterstock,
Matauw / iStock
Redaktion: Friderike Baum
Satz: GGP Media GmbH, Pößneck
Printed in Germany
Dieses Buch wurde auf FSC®-zertifiziertem Papier gedruckt.
ISBN 978-3-95649-830-5

www.mira-taschenbuch.de

Werden Sie Fan von MIRA Taschenbuch auf Facebook!

mtb

Zum Buch:

Inga hatte sich den Sommer anders vorgestellt. Statt in ihrem geliebten Café ihre Gäste zu bewirten, muss sie Kisten packen und das Lokal räumen. Nachdem sie den Schock verdaut hat, fährt sie zu ihrer Tante nach St. Peter-Ording und disponiert kurzerhand um. Nun kommen die Strandbesucher an der Nordsee in den Genuss ihrer kulinarischen Köstlichkeiten. Inga macht einen alten Bulli fit und verkauft den leckersten Milchreis, der je an einem Strand in St. Peter gegessen wurde. Und verführt damit nicht nur die Sommergäste …

Zur Autorin:

Tanja Janz wollte schon als Kind Bücher schreiben und malte ihre ersten Geschichten auf ein Blatt Papier. Heute ist sie Schriftstellerin und lebt mit ihrer Familie und zwei Katzen im Ruhrgebiet. Neben der Schreiberei und der Liebe zum heimischen Fußballverein schwärmt sie für St. Peter-Ording, den einzigartigen Ort an der Nordseeküste.

Lieferbare Titel:

Strandperlen
Krabbe mit Rettungsring
Friesenherzen und Winterzauber
Mit dir auf Düne sieben

Dieses Buch ist für Simone, weil wir 1997 zu Pfingsten spontan nach St. Peter-Ording gefahren sind und ich ohne diesen Trip wohl nie mein Herz an den schönsten Strand der Welt verloren hätte.

Prolog

Ditte

Ditte fuhr mit ihrem mintgrünen Hollandrad über den Steg zum Strand. Bei jedem Tritt in die Pedalen gab das in die Jahre gekommene Rad ächzende Laute von sich, die selbst der kräftige Gegenwind nicht übertönen konnte. Doch weder das Ächzen noch der kühle Wind von vorn störten Ditte. Sie hielt weiterhin stoisch Kurs auf ihr Ziel: die Badestelle Ording-Nord, die an der Spitze von St. Peter-Ording auf der Halbinsel Eiderstedt lag.

Es war noch früh an diesem diesigen Morgen im März gewesen, als sie in St. Peter Dorf aufgebrochen war. Nun lag der weite Strand von Ording vor ihr, abgesehen von ein paar Möwen, die durch den Sand spazierten oder sich kreischend und mit ausgebreiteten Flügeln vom Wind durch die böigen Lüfte tragen ließen, war niemand zu sehen. Zu dieser Jahreszeit verirrten sich außer Vögeln und Einheimischen nur wenige Touristen in das im Sommer beliebte Urlaubsziel an der nordfriesischen Küste. Die blau-weißen Strandkörbe befanden sich noch in ihrem Winterquartier, und auch das DLRG-Häuschen des Schwimmmeisters, der den Strandabschnitt sonst bewachte, war in der ungemütlichen Nebensaison nicht besetzt. Das war kaum verwunderlich, denn wer wollte sich schon an einem kalten Märztag wie diesem freiwillig in die Fluten der aufgewühlten Nordsee werfen? Niemand außer Ditte, die ganz ohne Schwitzstube und dampfende Tees auskam.

Für sie war das Bad im Meer von März bis November zu einem liebgewonnenen Ritual geworden. Ob zur Neben- oder Hauptsaison, das war ihr ziemlich schnuppe. Schließlich war Ditte mit ihren sechsundsechzig Jahren und als echtes Nordseekind abgehärtet und nicht zimperlich, was das raue Seeklima mit seinen unbequemen Launen betraf. Ihre Mutter hatte ihr damals das Schwimmen am nördlichen Strandabschnitt von St. Peter-Ording beigebracht. Ditte war noch keine sechs Jahre gewesen, als sie die ersten Schwimmzüge im flachen Wasser getan hatte.

Sie war an dem Pfahlbau der DLRG angekommen, lehnte ihr Rad an eine der hölzernen Stelzen und schaute zum aufgewühlten Meer hinüber, das in einiger Entfernung hin und her wogte. Dann schloss sie die Augen und konzentrierte sich nur auf das Rauschen, das fast gänzlich vom pfeifenden Wind übertönt wurde. Sie lauschte angestrengt, und nach einer Weile konnte sie leise die brandenden Wellen vernehmen. Sie öffnete die Augen wieder, entledigte sich im zügigen Tempo ihrer Kleidungsstücke, die sie achtlos in den Fahrradkorb beförderte, der vor dem Lenker ihres Drahtesels befestigt war, bis sie nur noch mit einem schlichten dunkelblauen Badeanzug bekleidet war.

Ihre Schwimmeinteiler kaufte sie seit Jahren in derselben Größe, worauf sie heimlich ein kleines bisschen stolz war. Trotz ihres fortgeschrittenen Alters hatte sie nach wie vor eine athletische Figur, die sie zum einen ihrem Schwimmtraining und zum anderen ihren täglichen Reiteinheiten zuschrieb. Wer rastet, der rostet, hatte schon ihre Mutter gepredigt und damit recht gehabt.

Eisiger Wind wehte vom Meer zum Strand herüber und wirbelte Sand auf. Ein salziger Geruch lag in der Luft. Ditte fröstelte. Kurz dachte sie daran, das Bad heute ausfallen zu lassen, doch dann sprintete sie los, Richtung Meer. Sie spürte den kalten Sand unter ihren Füßen und wie ihr Blut in Wallung kam. Ihr Blick war direkt auf die schäumende Brandung gerichtet, die gleichmäßig weißflockig an den Strand perlte, um sich dann wieder zurückzuziehen und das Schauspiel zu wiederholen.

Als Ditte die Uferzone erreicht hatte, waren ihre Wangen angenehm durchblutet, und die Gischt spritzte unter ihren Füßen an ihrem Körper empor. Sie rannte noch sechs Schritte weiter ins Meer und stürzte sich kopfüber in die eisigen Fluten. Angenehme Ruhe umfing sie sogleich, als wäre sie in eine andere Welt eingetaucht. Sie tauchte noch tiefer und schwamm drei kräftige Züge unter der Meeresoberfläche, dann brach ihr Kopf durch das Wasser, und sie schnappte nach Luft. Ditte schwamm weiter im Kraulstil auf die offene See hinaus. Durch kräftige Wellen, an denen Surfer große Freude gehabt hätten. Sie hatte keine Angst vor dem Meer, dafür kannte sie es zu gut. Außerdem: Was hatte sie schon zu verlieren? Nach einer Weile schwamm sie auf dem Rücken und blickte in den zugezogenen, grauen Himmel.

Ditte ließ sich mit dem Kopf voran wieder zurück zum Strand treiben, bis ihr Rücken den sandigen Untergrund berührte. Sie stand auf und lief zurück zum Pfahlbau der DLRG. Wasser tropfte ihr von den Haaren ins Gesicht. Sie leckte sich über die Lippen, die salzig schmeckten. Auf halbem Weg drehte sie sich um und blickte wieder zum Meer. Sie entdeckte ein Schiff am Horizont. Vermutlich ein Krabbenkutter. Die Fischer mussten bei Wind und Wetter raus aufs Meer. Das Gleiche galt für Seemänner. Das wusste sie nur zu gut. So war es auch bei ihrem Mann Matthias gewesen, wenn er von Hamburg aus mit einem Containerschiff auf große Fahrt gegangen war, die oft ein halbes Jahr gedauert hatte.

Gute drei Jahre waren vergangen, seitdem ein Orkan über der Nordsee gewütet und auch auf den Inseln und dem Festland eine Schneise der Verwüstung hinterlassen hatte.

Es war eine Sturmflutnacht gewesen, mit Windstärke elf. Gleich nach dem verregneten Neujahrstag. Das Containerschiff, auf dem ihr Mann Matthias gearbeitet hatte, war in Seenot geraten. Fünfzehn Seemeilen westlich von Borkum riss plötzlich der Funkverkehr zum Schiff ab, und ein paar Minuten später war noch ein letztes, per Hilfsfunkgerät abgesetztes »Mayday, Mayday« zu hören. Danach herrschte Stille.

»Wir gehen davon aus, dass das Schiff von einer Grundsee erfasst worden ist«, hatte Bert Koch, der Einsatzleiter der Deutschen Gesellschaft zur Rettung Schiffbrüchiger, ihr am nächsten Tag am Telefon erklärt.

Ditte hatte nach Luft geschnappt und war in den Sessel gesunken. Sie hatte gewusst, was das bedeutete. Eine Grundsee war so ziemlich das Schlimmste, was Seeleuten passieren konnte. Es war eine unvorhersehbare und vor allem unbeherrschbare Wasserlawine. Eine Urgewalt, eine Riesenwelle.

»Eine haushohe Wasserwand hat vermutlich das Schiff Ihres Mannes erfasst, ist über ihm zusammengestürzt und hat es durchgekentert. Die geladenen Container treiben in der Nordsee. Doch von der Besatzung fehlt im Moment noch jede Spur.«

Ihr Atem hatte sich beschleunigt, und in ihrem Hals hatte sich ein Kloß gebildet. »Was bedeutet das?«, hatte Ditte fast tonlos gefragt, obwohl sie die Antwort schon kannte. Sie hatte den Kunststoffhörer ihres alten grauen Telefons, das noch eine Drehscheibe hatte, fest an ihr Ohr gepresst, ihr schlug das Herz vor Aufregung bis zum Hals, und sie konnte das Rauschen ihres eigenen Blutes hören.

»Wir gehen zum jetzigen Zeitpunkt davon aus, dass die Besatzung von der tobenden See mitgerissen wurde. Die Nordsee ist zurzeit sieben Grad kalt, was unsere Hoffnungen, die Mannschaft lebend zu finden, deutlich verringert. Wir werden natürlich weiterhin unser Bestes bei der Suche geben, doch wir müssen uns unter den Umständen auf das Schlimmste gefasst machen«, hatte Bert Koch mit einer Art einfühlsamen Sachlichkeit erklärt.

»Ich verstehe«, Dittes Antwort war so beherrscht wie möglich ausgefallen.

Rückblickend konnte sie nicht genau sagen, wie lange sie in dem Sessel gesessen und sich gefragt hatte, ob der Anruf gerade tatsächlich stattgefunden oder sie sich alles bloß eingebildet hatte. Zu unwirklich war ihr das Gespräch vorgekommen.

Zwei Tage war die Nordsee von Rettungsschiffen durchpflügt worden, in der Luft hatten Rettungshubschrauber gekreist, auf der Suche nach der vermissten Mannschaft des Containerschiffs. Vergebens. Bis auf weitere Container und das schwer beschädigte Schiff hatten sie nichts entdeckt. Die Besatzung war verschollen. Verschluckt von der Nordsee, zugedeckt vom Meer, als hätte es sie nie gegeben.

Der Krabbenkutter war nun fast am Horizont verschwunden. Erst jetzt merkte Ditte, dass sie vor Kälte bibberte. Sie rieb sich über die Arme, holte tief Luft und sagte mit zitternder Stimme: »Matthias. Warum hast du mich verlassen?«

Der Wind verschluckte ihre Worte und trug sie auf die See.

1. Kapitel

Inga

Inga blinzelte gegen die ersten Strahlen der aufgehenden Sonne an, die einen Bilderbuchtag im Frühling verhießen. Als die Ampel auf Grün sprang, bog sie mit ihrem klapprigen Kombi links ab und fuhr die am frühen Morgen noch leere Straße entlang. Die Brücke über dem Kanal verschwand fast gänzlich im Morgennebel. Es war erst kurz nach fünf Uhr. Noch lag Ruhe über den Straßen von Gelsenkirchen, was sich aber in den nächsten eineinhalb Stunden ändern würde, wenn der Berufsverkehr die Straßen verstopfte. Doch bis dahin hatte sie längst alles erledigt – so wie jeden Tag.

Inga fuhr auf den Hof einer Großbäckerei im Gewerbegebiet, auf dem bereits ein weißer Kombi parkte, an dessen Fahrertür ein mittelgroßer Mann mit Glatze lehnte und genüsslich eine Zigarette rauchte.

»Morjän, Engelschen! Du siehst aber schick aus heute«, begrüßte er sie gut gelaunt.

Inga parkte, stieg aus dem Wagen und ging zu dem

Mann. »Morgen, Hasan! Ja, ich bekomme heute hohen Besuch, mein Vermieter kommt!«, entgegnete sie gut gelaunt, musste dabei aber gähnen.

»Na, ich glaube, du brauchst erst mal einen Kaffee«, sagte Hasan lachend und zwinkerte ihr fröhlich zu.

»Unbedingt. Aber: Erst die Arbeit, dann das Vergnügen.«

Eigentlich war sie nie eine Frühaufsteherin gewesen, sondern jemand, der die Nächte zum Tag gemacht und am liebsten erst gegen Mittag vorsichtig die Augen geöffnet hatte, um sich dann noch mal auf die andere Seite zu rollen und eine weitere halbe Stunde vor sich hin zu dösen. Eine notorische Langschläferin, die ohne einen starken Kaffee gar nicht in die Gänge kam. Typ Eule eben, niemand, der auch nur im Entferntesten die Lerchen verstehen konnte, die sich schon um fünf Uhr früh die Joggingschuhe anzogen und bereits um sieben Uhr geduscht und gefrühstückt hatten und mit bester Laune ihrer Arbeit nachgingen.

Doch Ingas Leben hatte sich vor knapp zehn Jahren von einem Tag auf den nächsten schlagartig verändert, als ihre ehemalige Nachbarin aus gesundheitlichen Gründen ihr Café in der Gelsenkirchener Altstadt hatte aufgeben müssen und nach einem Nachfolger für den Laden gesucht hatte. Damals war Inga gerade Mitte zwanzig und voller Tatendrang gewesen und noch dazu gelangweilt von ihrer Assistenzstelle bei einem großen Energieversorgungskonzern in einer Nachbarstadt von Gelsenkirchen. Da kam ihr die Chance nach einer neuen beruflichen Herausforderung, bei der sie zum einen kreativ sein konnte und zum anderen ihr eigener Chef, gerade recht.

Inga dachte nicht lange nach, sondern ergriff die Möglichkeit beim Schopfe und übernahm das alteingesessene Café am Neumarkt von ihrer Nachbarin. Sie war noch nie der Typ gewesen, der lange über Entscheidungen gebrütet hatte, sie entschied immer aus dem Bauch heraus und machte zügig Nägel mit Köpfen. So wurde aus dem etwas angestaubten Oma-Café am Neumarkt das Café *Die Insel*.

Seit dem Tag der Eröffnung vor zehn Jahren klingelte ihr Wecker spätestens um halb fünf, und der erste Weg des Tages führte sie immer zur Großbäckerei am Kanal, um frische Brötchen, verschiedene Brotsorten, Croissants, Kuchen und Gebäck für ihre Gäste zu besorgen. Dort traf sie täglich auf Hasan. Mit dem Beginn ihrer Selbstständigkeit war aus ihr eine umerzogene Lerche geworden – notgedrungen –, denn die meisten ihrer Gäste wollten zwischen acht und zehn Uhr frühstücken und nicht erst dann, wenn der Eintopf bei den Leuten auf dem Herd köchelte oder der Braten im Ofen schmorte.

Nachdem Inga und Hasan ihre Einkäufe erledigt hatten, standen sie an einem der Stehtische und tranken den wohlverdienten ersten Kaffee des Tages.

»Und was will dein hoher Besuch heute?«, wollte Hasan wissen.

»Ach, nichts Weltbewegendes. Der Pachtvertrag für die *Insel* läuft aus, und wir müssen einen neuen aufsetzen«, erklärte Inga.

»Ist das denn schon alles in trockenen Tüchern? Vielleicht erhöht er ja die Miete«, meinte Hasan. »Da musst du vorsichtig sein.«

»Da wird sich schon nicht so groß was ändern. Ich bin optimistisch. Er hat keinen Grund, mit mir als Pächterin unzufrieden zu sein.«

Sie unterhielten sich noch über die gestiegenen Preise für Bio-Brote und das letzte Derby-Ergebnis zwischen Schalke und dem BVB, bevor sie sich verabschiedeten, um ihre Gäste zu bedienen – Inga in der *Insel* und Hasan in seinem kleinen Lebensmittelladen, in dem es alles gab.

Inga parkte ihren Kombi direkt vor dem Bistro in der Fußgängerzone und öffnete den Kofferraum. Sie hielt für einen Moment inne und stellte eine Kiste mit Einkäufen auf dem Boden ab. Ihr Blick blieb am Ladenschild hängen, das über dem Eingang des Bistros angebracht war. Auf ihm war ein rot-gelber Leuchtturm auf einer Düne zu sehen, und daneben prangte in großen Lettern der Name ihres Cafés: *Die Insel.* Neben dem Eingang lud ein blau-weißer Strandkorb zum Verweilen ein. Zum Laden führte eine kleine Holzrampe mit Geländer, die an einen Steg erinnerte. Ein Bistro im friesischen Stil, im Herzen vom Ruhrgebiet.

Ein Ort, an dem die Leute sich wie im Kurzurlaub fühlen und das Meer förmlich riechen sollen, obwohl es mehrere Hundert Kilometer entfernt ist. Das war Ingas Wunschvorstellung damals gewesen. Sie hatte an ihre Sommerferien als Kind bei ihrer Tante Ditte in St. Peter-Ording gedacht und an ein bestimmtes Café im Ortsteil Bad, in dem sie in ihrer Erinnerung den besten Kuchen der Welt gegessen hatte. So sollte ihre Insel auch werden.

Was sich zunächst wie eine Schnapsidee angehört hatte, war eingeschlagen wie eine Bombe. Am Tag der Eröffnung war das ehemalige Lokal nicht wiederzuerkennen gewesen. Aus dem Café, das den verstaubten Charme von Gelsenkirchener Barock verströmt hatte, in das sich nur hartgesottene Stammkunden verirrten, war ein wahrer Traum von einem Bistro im Nordsee-Stil geworden mit Möbeln aus hellem Holz und maritimen Accessoires.

Neben der Theke befand sich die sogenannte »Friesen-Ecke«, ein großes Regal, in dem sie Tees, verschiedene Teezucker, Teebonbons, Romane, die an der Nordsee spielten, Teetassen, Küstenfruchtaufstriche und kleine Nordseetaschen aus Filz ihren Kunden zum Kauf anbot. Inga liebte ihr Café, und bei dem Gedanken an ihre Gäste musste sie lächeln. Sie hatte keinen einzigen Tag der letzten Jahre bereut, ihre gut bezahlte Stelle bei dem Energieversorger aufgegeben zu haben.

Zugegeben, es war ein harter Job, ein Café zu führen, jeden Tag mit dem gleichen Elan für seine Gäste das Beste zu geben, kaum Freizeit zu haben, und reich wurde man in der Gastronomie auch nicht. Doch diese Arbeit gab ihr so viel, dass sie für kein Geld der Welt eine andere hätte haben wollen. Inga griff nach der Kiste mit frischen Brötchen und marschierte auf den Eingang des Bistros zu.

Um Punkt neun Uhr betrat ein untersetzter Mann in den frühen Fünfzigern, mit einer braunen Cordhose und einem blauen Hemd bekleidet, die *Insel*. Ihr Vermieter. Inga hatte ihn nicht gleich bemerkt. Ihre Freundin Konny, die seit fast neun Jahren regelmäßig die Frühstücksschicht übernahm, entdeckte den Mann zuerst. »Herr Seifert ist gerade reingekommen«, raunte sie Inga zu.

»Oh, alles klar, danke.« Inga drehte sich um und begrüßte ihren Vermieter. »Setzen Sie sich doch«, bot sie ihm einen Platz an einem Tisch am Fenster an. »Möchten Sie was trinken?«

Herr Seifert setzte sich. »Danke. Einen Kaffee bitte. Schwarz.«

»Bringt meine Kollegin Ihnen sofort. Ich hole derweil die Unterlagen.« Inga gab Konny ein Zeichen und verschwand in ihrem Büro.

Inga griff nach der Mappe mit den Unterlagen und warf einen prüfenden Blick in den Spiegel. Ihr Blick blieb an den dunklen Schatten unter ihren braunen Augen hängen. Inga schminkte sich notdürftig über, dann kämmte sie ihre schulterlangen blonden Haare und strich ihr blaues Shirt glatt, das mit weißen Ankern bedruckt war. Sie drehte sich prüfend vor dem Spiegel hin und her und betrachtete ihre schlanke Figur. So geht's, stellte sie zufrieden fest. »Dann mal auf in den Kampf«, sagte sie zu ihrem Spiegelbild, wobei dieses Gespräch eigentlich nur reine Formsache sein würde und es schlimmstenfalls zu einer leichten Mieterhöhung für den Laden kommen konnte. Sie hatte in den letzten zehn Jahren immer pünktlich ihre Pacht bezahlt und auch sonst nie Probleme mit ihrem Vermieter gehabt. Und trotzdem war sie etwas nervös – warum auch immer. Sie atmete tief durch.

Herr Seifert las in einer der Zeitungen, die in der *Insel* für die Gäste auslagen.

»So, da bin ich wieder«, sagte Inga, setzte sich auf den Stuhl ihm gegenüber und legte den Pachtvertrag vor sich hin.

»Ah, gut.« Herr Seifert faltete die Zeitung zusammen und trank noch einen Schluck aus seiner Kaffeetasse.

»Tja, so schnell gehen zehn Jahre vorbei«, versuchte Inga, einen Gesprächseinstieg zu finden. Sie faltete ihre Hände über dem Pachtvertrag und schaute ihren Vermieter erwartungsvoll an.

»So schnell, ja«, sagte Herr Seifert und kratzte sich umständlich am Kopf.

Erst jetzt fiel Inga auf, dass ihr Vermieter keine Tasche oder irgendwelche Dokumente dabeihatte, die sie als neuen Mietvertrag hätte identifizieren können. Noch nicht einmal einen Kugelschreiber hatte er dabei. »Ich habe mal den alten Mietvertrag mitgebracht. Vielleicht können wir den ja einfach formlos verlängern«, schlug sie deswegen vor. »Sie scheinen ja den neuen Vertrag noch nicht dabeizuhaben?«

»Da haben Sie recht. Ich habe keinen neuen Pachtvertrag mitgebracht. Und ich muss Ihnen leider sagen, dass es auch keine Verlängerung des alten Vertrags geben wird«, ließ er die Bombe platzen.

»Wie bitte? Keine Verlängerung?«, fragte Inga verwirrt.

»Ja, stimmt. Der Vertrag wird nicht verlängert. Es gibt nämlich bereits einen neuen Pächter für das Ladenlokal.«

Inga runzelte die Stirn. »Entschuldigung, aber das verstehe ich nicht ganz. Ich bin doch Ihre Pächterin.«

Er zuckte bloß mit den Schultern. »Ich habe letzten Monat ein Angebot von einer Mobilfunkfirma für meinen Laden bekommen. Mit unschlagbaren Konditionen und einer Miete, die Sie mir nie zahlen könnten. Wir sind uns ziemlich schnell einig geworden. Das konnte ich unmöglich ablehnen. Wir müssen ja alle sehen, wo wir bleiben, nicht wahr?«, erklärte Herr Seifert. »Es tut mir leid, aber

Sie müssen sich für Ihr Café neue Räume suchen. In Gelsenkirchen steht ja genug leer, da werden Sie bestimmt bald was Passendes finden.«

Inga war sprachlos. Sie sollte mit der *Insel* einfach woandershin?

»Der Vertrag läuft ja bis Ende nächsten Monats, da können Sie in Ruhe das Lokal räumen. Die Renovierung übernimmt übrigens der neue Pächter. Da haben Sie Glück, das fällt dann für Sie weg«, verkündete Herr Seifert gut gelaunt.

»Ja.« Inga nickte benommen und blieb, nachdem sich Herr Seifert von ihr verabschiedet und das Café verlassen hatte, wie betäubt auf dem Stuhl sitzen und schaute mit leerem Blick an die Wand, an der Fotos und Postkarten ihrer Gäste klebten, die sie ihr von ihren Nordseeurlauben geschickt hatten.

Konny setzte sich ihr gegenüber an den Tisch. »Und hat alles geklappt?«, erkundigte sie sich arglos.

»Was?«, fragte Inga und schrak zusammen.

Konny schüttelte den Kopf. »Ist alles in Ordnung mit dir?«

»Nein, der Pachtvertrag wird nicht verlängert«, sagte Inga mit heiserer Stimme und kaute auf ihrer Unterlippe.

»Bitte?«, fragte nun auch Konny mit weit aufgerissenen Augen. »Das kann doch nicht sein!«

Inga stiegen Tränen in die Augen. »Bis Ende nächsten Monats muss die *Insel* hier raus sein. Er hat einen neuen Vertrag mit einem Handy-Shop geschlossen.« Sie griff nach einer Serviette, die auf dem Tisch lag, und tupfte sich die Stirn ab.

»Ich kann das gar nicht glauben«, sagte Konny entsetzt.

»Er meinte, dass in Gelsenkirchen viele Ladenlokale leer stehen würden und ich bestimmt schnell was Neues finde.« Inga schüttelte fassungslos den Kopf. »Als ob das so leicht wäre. So eine Lage wie diese kriege ich doch nie wieder für die *Insel*, und dann noch zu dem Preis. Wie stellt er sich das denn vor? Am Neumarkt ist kein einziger Laden frei.«

»Was willst du denn jetzt machen?«

Inga zuckte mit den Achseln. »Der Laden trägt sich. Ich kann davon leben und auch dich beschäftigen, aber mehr ist nicht drin. Die Einrichtung und Renovierung eines neuen Ladenlokals kann ich mir nicht leisten. Dazu bräuchte ich finanzielle Reserven. Aber die habe ich nicht.«

Die beiden Frauen blieben noch einen Moment wortlos am Tisch sitzen. Jede hing ihren eigenen Gedanken nach und konnte es nicht glauben, dass sich ihr Leben vom einen auf den anderen Moment so dramatisch verändert hatte.

2. Kapitel

Ditte

Ein leichter Wind strich über die Salzwiesen und wiegte den Strandhafer raschelnd hin und her, als Ditte am frühen Nachmittag auf ihrem Friesenpferd Henk Richtung St. Peter Dorf ritt. Sie kam von einem Ausritt am Strand. Nun ging es in gemächlichem Schritttempo über den Seedeich, vorbei an mit Kiefernwäldern bewachsenen Dünen und Sträuchern, in dem schon die ersten Strandrosen blühten. Immer weiter, Richtung Böhler Leuchtturm, dem über hundert Jahre alten Leuchtfeuer von St. Peter-Ording. Dabei genoss sie jedes Mal aufs Neue die einmalige Aussicht über die mit Prielen durchfurchten Salzwiesen, die sich bis hin zum riesigen Sandstrand erstreckten, auf dem die gestelzten Wahrzeichen, die Pfahlbauten von St. Peter-Ording, standen. Schaute man genau hin, konnte man am Horizont bis nach Büsum blicken und bei klarer Sicht nachts sogar das Licht des Helgoländer Leuchtturms erkennen.

Das Fell des Friesen dampfte noch immer von dem

strammen Ausritt, als sie mit Henk links auf den Dünenweg einbog, der geradewegs zum Wilhelmshof führte. Den Pferdehof hatte Ditte nach dem Tod ihrer Schwiegereltern hauptsächlich allein bewirtschaftet, weil ihr Mann Matthias die meiste Zeit auf See verbracht und höchstens vier Monate im Jahr das Leben einer Landratte geführt hatte.

Ditte ritt über den Hof, und die Geräusche von Henks eisenbeschlagenen Hufen hallten von den Stallgebäuden mit den grünen Schiebetüren wider. Der Wilhelmshof lag zwischen den Ortsteilen St. Peter Dorf und Böhl und bestand aus fünf Gebäuden: zwei großen Ställe, die in L-Form gebaut und in denen insgesamt rund dreißig Friesenpferde untergebracht waren, einer Scheune sowie zwei weißen reetgedeckten Friesenhäusern mit dunklen Sprossenfenstern, die etwas versetzt voneinander standen. Das vordere war das ehemalige Gutshaus, in dem früher die Besitzer des Hofes gelebt hatten und das Ditte nun allein bewohnte, seitdem ihr Mann Matthias auf See verschollen war. Das nach hinten versetzte Haus stand den Gästen des Wilhelmshofs als Urlaubsunterkunft zur Verfügung. Zu ebener Erde lag der Speiseraum mit Aussicht in den Garten. In der oberen Etage befanden sich Doppel- und Mehrbettzimmer mit Dusche und WC. Außerhalb der Ferien kamen die Schüler vom ortsansässigen Nordsee-Internat zu Reitstunden auf den Hof, und ein paar Jugendliche stellten ihre Pferde bei Ditte unter.

Ein kräftiger Mann mit dunkelblauer Mütze, unter der rote Haare hervorblitzten, trat aus den Stallungen. Er schob eine Schubkarre voller Pferdemist vor sich her, auf den er eine Mistgabel gelegt hatte. »Moin, Ditte«, grüßte er, als er sie sah, und setzte die Karre ab.

»Moin, Hauke«, erwiderte sie seinen Gruß und saß vom Pferd ab.

Hauke übernahm die Zügel des Friesen. »Na, du dampfst ja, als kämst du gerade aus der finnischen Sauna«, stellte Hauke fest und klopfte Henk den nassen Hals. Er war seit seiner Lehre auf dem Hof vor über fünfundzwanzig Jahren für den Stall und dessen Bewohner zuständig. Er kannte jeden Winkel und jedes Mauseloch im Mauerwerk der Stallungen. Hauke gehörte im Grunde zum Inventar, und Ditte konnte sich den Wilhelmshof nicht mehr ohne den Pferdepfleger vorstellen.

»Du meinst wohl eher aus der friesischen Sauna.« Ditte lachte und zog sich die blauen Reithandschuhe aus. »Wir sind im gestreckten Galopp fast über den Strand geflogen.«

Hauke nickte. »Dann wollen wir dich mal ordentlich mit Stroh abreiben«, sagte er und führte das Pferd auf das Stallgebäude zu. Mitten im Gang blieb er stehen und wandte sich um. »Ach, bevor ich es vergesse, Lilo hat vorhin auf dem Stalltelefon angerufen, ich soll dir ausrichten, dass es bei ihr eine halbe Stunde später wird.«

»Das trifft sich gut. Dann kann ich noch in Ruhe duschen gehen und muss mich nicht abhetzen. Danke!« Ditte winkte Hauke noch mal zu und ging ins Haus.

»Verflixt, jetzt habe ich gekleckert!«, ärgerte sich Lilo Ampütte und stellte schwungvoll die Tasse zurück auf den Untersetzer, wobei ihre langen Perlenketten, die sehr dekorativ zu ihrer farbenfrohen Tunika aussahen, klimperten.

»Aber das macht doch nichts«, versuchte Ditte sie zu beschwichtigen.

Lilo griff nach einer Serviette und wischte den Fleck weg.

»Wie geht es dir denn eigentlich? Und wie läuft es mit dem Hof? Bist du die Saison ausgebucht? Unsere *Strandperle* ist bis Mitte September komplett dicht. Da passt kein einziger Wohnwagen mehr dazwischen. Stell dir mal vor, ich musste gestern sogar einer Stamm-Kegeltruppe aus dem Münsterland absagen und sie auf die Nebensaison vertrösten.« Sie schüttelte den Kopf und brachte dabei wieder ihre Ketten zum Klimpern.

»Ich hätte noch Platz für einen Kegelclub«, meinte Ditte nachdenklich. »Aber freut mich zu hören, dass die *Strandperle* so gut läuft«, fügte sie etwas lauter an Lilo gewandt hinzu.

»Seitdem Insa und Stephanie mich auf dem Campingplatz unterstützen, brummt der Laden wie nix. Die zwei haben wirklich ein gutes Händchen für die Urlauber.«

»Gute Mitarbeiter sind das A und O und mit Geld nicht zu bezahlen. Ich wüsste gar nicht, was ich ohne Hauke machen würde. Der kennt sich doch besser im Stall aus als ich. Oder ohne Babette. Ohne sie würden mir die Ferienkinder doch glatt auf der Nase herumtanzen.«

Lilo nahm sich mit einem Löffel einen weiteren Schlag Sahne aus der Glasschale. »Kommt sie denn wieder für die Ferienzeit als Betreuerin zu dir?«

»Das hat sie fest zugesagt. Und auf Babette ist stets Verlass.«

»Seit wie vielen Jahren macht sie das eigentlich schon?«, fragte Lilo nun.

»Lass mich mal kurz überlegen.« Ditte kniff die Augen zusammen. »Das müssten jetzt ungefähr fünf Jahre sein. Seit sie mit ihrem Studium angefangen hat. Und davor ist sie ja schon als Kind beziehungsweise als Jugendliche immer mit ihrer älteren Schwester als Feriengast auf dem Hof gewesen. Sie kennt den Wilhelmshof wie ihre Westentasche. Damals war das alles noch unkomplizierter, da gab es noch keine Eltern, die eine Rund-um-die-Uhr-Betreuung für ihre Kinder wollten. Da reichte es, wenn ich da war und eine Reitlehrerin. Ja, ja, damals, die guten alten Zeiten ... Oh, Moment mal ...« Im Innern des Hauses klingelte das Telefon. Ditte beeilte sich, um rechtzeitig zu dem alten Fernsprechgerät zu kommen.

Ich muss mich bei Gelegenheit unbedingt mal um ein zeitgemäßes Telefon kümmern, dachte sie. Oder sich gar mit dem Thema Internet auseinandersetzen. Bisher war sie gut ohne dieses neumodische Zeug ausgekommen, doch die schwindenden Zahlen der Feriengäste gaben ihr zu denken. Hatte doch jede kleine Zimmervermietung mittlerweile eine E-Mail-Adresse oder eine eigene Homepage. Die Gäste gingen einfach wie selbstverständlich davon aus, dass jeder Vermieter nicht nur im Gastgeberverzeichnis zu finden war, sondern auch über eine eigene Internetpräsenz verfügte. Das Modernste, was es jedoch auf dem Pferdehof gab, war ein Faxgerät, das ihr Mann Mitte der Neunziger angeschleppt hatte, damit ihre Gäste auch Buchungsanfragen schicken konnten. »Wilhelm?«, meldete sich Ditte.

»Guten Tag, Frau Wilhelm. Hier ist Babette«, erklang die Stimme der jungen Frau am anderen Ende der Leitung, die Ditte trotz der vielen Jahre, die sie sich bereits kannten, immer noch siezte.

»Ach, wie schön, dass du anrufst. Ich habe gerade noch von dir gesprochen und erzählt, dass du bald wieder kommst«, sagte Ditte erfreut.

»Ja, also, deswegen rufe ich auch an«, sagte Babette etwas verhalten. »Es tut mir schrecklich leid, aber ich muss für diesen Sommer absagen«, platzte es aus ihr heraus.

»Ach?« Ditte stützte sich unwillkürlich an dem kleinen Tischchen ab, auf dem das Telefon seinen Platz hatte.

»Ja, ich kann ein Praktikum in einer Tierklinik machen, das mir für das Studium angerechnet wird«, erklärte Babette zerknirscht.

Ditte schluckte und ließ sich in den Ohrensessel sinken. Sie brauchte einen Augenblick, um diese Nachricht zu verdauen. »Natürlich, das verstehe ich«, sagte sie dann zu Babette und bemühte sich, nicht zu geschockt zu klingen.

»Da bin ich aber froh«, sagte die junge Frau erleichtert. »Sie finden bestimmt eine andere Betreuerin für die Ferienkinder. Ich wäre wirklich sonst sehr gerne gekommen.«

»Das weiß ich doch, Babette! Mach dir keine Sorgen! Natürlich werde ich jemanden finden. In der Hauptsaison kommen ja immer viele Leute zu uns nach St. Peter-Ording, um hier arbeiten zu können«, antwortete Ditte betont zuversichtlich, auch wenn sie das gar nicht war.

Nachdem Ditte sich von Babette verabschiedet hatte, blieb sie noch einen Moment im Sessel sitzen. Wo sollte sie für nächsten Monat so schnell jemanden für die Kinderbetreuung finden? Es stimmte zwar, dass in den Sommermonaten viele Saisonarbeitskräfte im Ort waren, etwas kurzfristig war es jetzt aber schon.

Als Ditte wieder zu Lilo auf die Terrasse zurückkehrte, hatte die derweil ein weiteres Stück Kuchen auf ihren Teller befördert. »Gut, dass du mich nicht jeden Tag zum

Kaffee einlädst, dann würde mir bald keine Hose mehr passen«, verkündete Lilo gut gelaunt. »Oder nur die mit Gummizug.«

Ditte setzte sich wieder auf ihren Platz. »Iss nur, ich freue mich, dass es dir schmeckt.«

»Was ist denn los? Schlechte Nachrichten? Du siehst ein bisschen blass aus.«

Ditte seufzte. »Ach, frag lieber nicht ... Babette hat für diesen Sommer abgesagt.«

»Du meine Güte.«

»Du sagst es«, stimmte Ditte zu.

»Und gerade haben wir noch über sie gesprochen.« Lilo machte eine wegwerfende Handbewegung. »Ach, sieh das mal nicht so schwarz. Es wird sich was anderes ergeben«, meinte sie positiv gestimmt. »Ich höre mich für dich um. Wäre doch gelacht, wenn sich niemand finden würde, der nicht die schönste Zeit des Jahres auf dem Wilhelmshof verbringen möchte.«

Lilos Optimismus war ansteckend. Da musste sogar Ditte lächeln. »Dein Wort in Gottes Ohr.«

Ditte war dankbar, dass Lilo da war. Sie war doch ein wahrer Wirbelwind. Strotzte vor Tatendrang trotz ihrer mittlerweile achtundsechzig Jahre und hatte sich auch durch eine lästige Arthritis nicht ins Bockshorn jagen lassen. Vielleicht war das auch genau ihr Geheimrezept. Ihre positive Energie und dass sie nur das tat, was sie wirklich wollte und wovon sie überzeugt war. Ohne Lilo hätte Ditte damals nicht gewusst, wie sie die ersten Monate nach Matthias' Verschwinden hätte überstehen sollen. Da war es Lilo gewesen, die ihr neuen Lebensmut und auch die Kraft gegeben hatte, um weiterzumachen. Und auch jetzt, nach Babettes Absage, wird es weitergehen, dachte Ditte. Zwar anders, aber irgendwie.

3. Kapitel

Inga

Die letzten Wochen hatte sie wie eine Schlafwandlerin durchlebt. Seitdem sie wusste, dass die Tage der *Insel* gezählt waren, hatte sich eine Art unsichtbarer Schutzwall um sie aufgebaut, der das Leben nur noch wie durch Watte an sie heranließ. Selbst als ihr Freund Oliver ihr die nächste Hiobsbotschaft überbrachte, dass das Start-up-Unternehmen, für das er seit zwei Jahren als Controller arbeitete, insolvent war und er damit arbeitslos, drang diese Nachricht nicht wirklich zu ihr durch. Sie verstand zwar, was er ihr sagte, und auch, welche finanziellen Konsequenzen diese Entwicklung hatte, doch es berührte sie emotional nicht. Natürlich tat ihr Oliver leid, keine Frage. Doch Inga war wie betäubt durch ihre eigene Misere. Die sich unaufhaltsam nähernde Geschäftsaufgabe ihres Bistros hatte all den Platz in ihr eingenommen, der ihr zur Verfügung stand. Da passten einfach keine weiteren Probleme rein. Auch nicht, wenn sie sich bemühte.

Seitdem sie das Schild mit »Wir schließen zum 31. Mai«

an die Eingangstür der *Insel* gehängt hatte, hatte sie gefühlt tausendmal die Geschichte erzählen müssen, wie es überhaupt zu dem plötzlichen Ende gekommen war.

»Gibt es denn gar keine Möglichkeit, das Café weiterzuführen?«, wurde sie ständig von ihren Kunden gefragt.

Doch sie wusste nicht, wie. Und dann war der 31. Mai gekommen. Schneller als befürchtet, es war ein schwarzer Tag für Inga. Sie konnte nicht glauben, dass die *Insel* nun bald nur noch in ihrer Erinnerung existieren würde.

»Ich könnte deine Hilfe beim Ausräumen des Ladens wirklich gut gebrauchen. Du hast doch Zeit.« Sie stand in der Tür des Schlafzimmers, ihr Blick glitt zum Radiowecker. Es war schon nach acht Uhr. Sie sah wieder ihren Freund an, der mit dem Laptop immer noch im Bett lag und wie hypnotisiert auf den Bildschirm des Gerätes starrte. »Und eine sinnvollere Beschäftigung, als den ganzen Tag im Internet abzuhängen, wäre es auch«, fügte sie hinzu, als er nicht reagierte.

»Hm«, brummte er nur teilnahmslos und tippte auf der Tastatur herum.

Inga stemmte die Hände in die Hüften. Er nimmt mich überhaupt nicht ernst, dachte sie verärgert. »Oliver, so geht das nicht«, setzte sie erneut an.

»Was ist denn? Ich bin beschäftigt«, entgegnete er im gereizten Tonfall.

Doch bevor sie antworten konnte, klingelte ihr Handy, das in der Küche lag. Sie wandte sich um und ging zur Küche. Als sie die Festnetznummer auf dem Display ihres Mobiltelefons sah, verflog ihr Ärger. »Hallo? Tante Ditte?« Inga setzt sich an den Küchentisch.

»Ingalein, das ist ja schön, mal wieder deine Stimme zu hören«, erklang Dittes Stimme. »Meine Güte, das muss ja eine halbe Ewigkeit her sein, seit wir das letzte Mal miteinander gesprochen haben. Ich hoffe, ich störe nicht?«

»Nein, nein, du störst gar nicht. Wie geht es dir denn, und was machen die Pferde?«

»Och, mir geht es gut, und die Friesen können auch nicht klagen«, sagte Ditte. »Ich habe gerade mit deiner Mutter telefoniert, und sie meinte, du musst dein Café aufgeben?«

»Ja, das stimmt leider. Heute muss ich die letzten Sachen aus dem Laden räumen.« Inga seufzte und erzählte dann ihrer Tante die ganze Geschichte.

»Du lieber Gott! Das tut mir sehr leid für dich«, sagte Ditte, nachdem Inga mit ihrem Bericht geendet hatte. »Und was willst du jetzt machen? Ich meine, hast du schon eine neue Arbeit in Aussicht? Ach was sage ich da? Du brauchst vermutlich erst einmal Urlaub, um dich von den Ereignissen zu erholen.«

»Schön wär's! Für Urlaub fehlt mir leider das nötige Kleingeld. Ich brauche dringend einen neuen Job.«

»Hm«, machte Ditte, und man konnte durchs Telefon förmlich hören, dass sie nachdachte.

»Tante Ditte? Bist du noch da?«

»Ja, ja, ich bin noch dran. Ich habe nur gerade etwas überlegt … vielleicht hätte ich da was für dich.«

»Ja?« Inga setzte sich gerade hin. »Du meinst einen Job für mich?«, fragte sie interessiert.

»So könnte man es nennen«, sagte Ditte. »Also, Inga, es ist vielleicht nicht das, was du dir wünschst, aber frische Meeresluft hättest du bei der Arbeit auf jeden Fall«, begann Ditte mit Bedacht.

»Aha?«, sagte Inga zögerlich.

»Mir ist da eine Betreuerin für die Sommermonate abgesprungen, und ich suche ganz dringend jemanden, auf den ich mich verlassen kann. Die Hauptsaison steht ja schon vor der Tür.«

»Und da hast du an mich gedacht?«

»Ich weiß ja nicht, ob du dir das vorstellen könntest … und falls ja, ich könnte dir auch nicht so viel bezahlen …«

»An das Geld habe ich gar nicht gedacht. Vielmehr daran, dass ich mit Betreuung von Kindern und Jugendlichen keine Erfahrung habe«, gab Inga zu bedenken. »Ich müsste mir das noch mal durch den Kopf gehen lassen und auch mit Oliver darüber reden. Bis wann brauchst du denn eine Antwort?«

»Sag mir einfach Bescheid, sobald du dich entschieden hast. Ich würde mich wirklich freuen, wenn du kommst.«

Inga und Ditte besprachen noch ein paar Details, und als sie sich verabschiedeten, versprach Inga ihrer Tante, sich so schnell wie möglich zu melden. Ein Tapetenwechsel würde mir wirklich guttun, dachte sie.

Eine halbe Stunde später schnürte Inga ihre Turnschuhe zu. Oliver hatte sich mittlerweile aus dem Bett erhoben und taperte mit seinem Laptop in der Hand zum Sofa im Wohnzimmer.

»Mit wem hast du denn vorhin telefoniert?«, fragte er und schaute ihr dabei zu, wie sie sich eine Jacke anzog.

»Mit Tante Ditte.«

»Tante Ditte?« Er zog die Augenbrauen hoch.

»Das ist meine Tante, die in St. Peter-Ording einen Pferdehof hat. Bei ihr habe ich früher immer meine Ferien verbracht.«

»Und was wollte sie von dir? Sollst du etwa ein Nordsee-Café bei ihr in der Gegend eröffnen?«, fragte er leicht spöttisch.

Inga überging seinen unpassenden Ton und verkniff sich einen Kommentar. »Nein. Sie hat mir aber tatsächlich einen Job angeboten. Sie hat gefragt, ob ich in den Sommermonaten auf ihrem Hof bei der Gästebetreuung mithelfen kann.«

»Du? Bei der Gästebetreuung?«

Inga legte ihren Autoschlüssel wieder zurück auf die Kommode. »Was soll das denn heißen?«

Oliver zuckte die Achseln. »Ich wusste nicht, dass du eine pädagogische Ausbildung hast, die dich dazu qualifiziert.«

»Und wenn schon! Eigentlich solltest du dich darüber freuen, dass ich einen neuen Job angeboten bekommen habe.« Dass Tante Ditte ihr kaum etwas zahlen konnte, verschwieg sie ihm. Hier ging es schließlich ums Prinzip.

»Und?« Er schaute sie an. »Hast du zugesagt?«

»Nein, ich wollte erst mal mit dir darüber reden. Was sagst du denn dazu?«

Oliver zuckte wieder mit den Schultern. »Mach, was du möchtest.«

Mittlerweile kochte Inga innerlich, zwang sich aber, trotz Olivers Unverschämtheiten ruhig zu bleiben. »Kann ich mit deiner Hilfe im Laden heute rechnen?«, fragte sie ihn stattdessen.

»Ich fühle mich nicht besonders. Ich glaube, ich brüte was aus«, log er sie unverhohlen an.

Inga schluckte. »Na dann … gute Besserung.« Sie schnappte sich ihren Autoschlüssel und verließ die Wohnung – ohne dabei zu vergessen, die Tür laut zufallen zu lassen.

4. Kapitel

Inga

Inga nahm das gerahmte Foto von der Wand und pustete einen leichten Staubfilm von der Verglasung. Dann strich sie fast ein bisschen zärtlich über die Abbildung, die sie am Tag der Eröffnung vor ihrem Café zeigte. Stolz stand sie neben dem Strandkorb vor dem Eingang. Voller Tatendrang und Optimismus. Sie überlegte, wer dieses Foto damals geschossen hatte, doch sie konnte sich nicht mehr daran erinnern. Behutsam schlug sie das gerahmte Foto in Zeitungspapier ein und legte es in einen Umzugskarton. Sie blickte sich um. Das Bistro war fast komplett leer geräumt. Richtig trostlos sah der Laden nun aus. Ihre gesamte Existenz steckte gut verpackt in ungefähr sechzig Kartons, die sie vorübergehend in der Halle des Handwerksbetriebs ihrer Eltern einlagern wollte. Die restlichen Möbel und der Kaffeeautomat wurden morgen abgeholt. Die hatte Inga günstig an eine Altenstube abgegeben, nachdem klar gewesen war, dass sie in absehbarer Zeit kein neues Bistro eröffnen würde. An der Decke hing noch eine Deko-Möwe. Inga nahm einen Stuhl und kletterte darauf, um den einsamen Vogel abzunehmen.

»Warte, ich nehme sie dir ab«, hörte sie Konnys Stimme. Ihre ehemalige Angestellte und Freundin war unbemerkt in das Ladenlokal gekommen und stand neben den Kartons.

Inga griff sich vor Schreck mit einer Hand an die Brust. »Hast du mich erschreckt.«

Konny musste lachen. »'tschuldigung. Sag mal, wollte Oliver nicht auch kommen und mithelfen?«, fragte sie.

»Ja, wollte er. Er fühlt sich aber nicht danach.«

Konny verdrehte die Augen. »Seitdem er arbeitslos ist, scheint er sich ja nach gar nichts mehr zu fühlen. Wenigstens das hätte er ja mal machen können. Schließlich bist du seine Freundin und hättest ein paar zusätzliche starke Arme gebrauchen können.« Konny hielt Inga die Eingangstür auf und schnappte sich dann ebenfalls einen Karton.

»Ehrlich gesagt frage ich mich gerade, was ich eigentlich für ihn bin. Momentan fühle ich mich eher wie seine Krankenpflegerin.« Die Details ihres Streits mit Oliver wollte sie ihrer Freundin ersparen.

»Hört sich nach einer echten Krise an«, meinte Konny, die die hinteren Türen des Transporters öffnete.

Inga stellte nun auch ihren Karton ab und legte die in Zeitungspapier eingeschlagene Möwe oben drauf. Sie sah

Konny an und nickte. »Was soll's. Selbst ist die Frau. Deine und meine starken Arme müssen eben ausreichen, um den Laden leer zu räumen.«

Am Nachmittag hatten die beiden Frauen alle Kartons in der Lagerhalle von Ingas Eltern untergebracht. Inga brachte Konny mit dem Transporter noch nach Hause, bevor sie den Bus wieder bei ihren Eltern abliefern wollte. Sie fuhr an den Straßenrand und hielt vor Konnys Haus.

Inga beugte sich zur Beifahrerseite hinüber und nahm Konny in den Arm. »Danke, dass du mir geholfen hast. Ohne dich hätte ich das nie so schnell geschafft. Du bist echt ein Schatz.«

»Aber klar. Ist doch Ehrensache. Obwohl, ohne mich hättest du das bestimmt nie geschafft.« Konny zwinkerte Inga zu.

»Ich kann es immer noch nicht glauben, dass es das nun mit der *Insel* endgültig war. Wahrscheinlich werde ich es erst verstehen, wenn ich mich nicht mehr morgens um fünf Uhr mit Hasan vor der Großbäckerei am Kanal treffe.«

»Das wird schon«, sagte Konny aufmunternd und legte Inga ihre Hand auf die Schulter.

Die beiden Frauen umarmten sich noch einmal, und dann stieg Konny aus dem Transit. Inga fuhr den Wagen zurück zum Betrieb ihrer Eltern und machte sich dann selbst mit ihrem Auto auf den Heimweg. Als sie vor ihrer

Wohnungstür ankam, drehte sie den Schlüssel ins Schloss und wollte wie immer die Tür aufmachen. Doch weiter als einen Spalt breit ließ sie sich nicht öffnen. Oliver musste irgendetwas von innen davorgeschoben haben. Sie stemmte sich mit aller Kraft dagegen und konnte den Spalt so weit vergrößern, dass sie sich durch die Lücke zwängen konnte. Inga staunte nicht schlecht, als sie sah, was da vor der Tür gelegen und sie beim Eintreten behindert hatte: zwei große Koffer und vier Reisetaschen. Was war denn hier los?

»Oliver?« Inga stieg über die Taschen. »Oliver?«, rief sie noch mal etwas lauter, als keine Antwort kam.

»Im Schlafzimmer!«, hörte sie seine Stimme.

»Was sollen denn die ganzen Taschen in der Diele? Willst du etwa …« Inga verschlug es spontan die Sprache, als sie das Chaos in ihrem gemeinsamen Schlafzimmer erblickte.

»Was machst du da?«

»Packen«, sprach er das Offensichtliche aus. »Ich ziehe aus.«

»Wie bitte? Wohin denn?«

»Zu Hans.«

Oliver unterbrach seine Packerei, sah Inga an und machte eine ausholende Armbewegung. »Das alles hat doch keinen Sinn mehr. Mit uns läuft es doch schon so lange nicht mehr rund, und jetzt haben wir auch beide keinen Job mehr. Jedenfalls keinen richtigen Job.«

»Ach, und deswegen haust du ab?« Inga verschränkte die Arme vor ihrem Oberkörper.

Oliver stand auf und ging auf Inga zu. »Ich kann so nicht mehr weitermachen. Ich muss mich jetzt erst einmal um mich kümmern. Verstehst du das?«

Inga kochte innerlich und schaute demonstrativ an ihm vorbei. Da hätte sie Tante Ditte auch gleich zusagen können. Dabei fiel ihr Blick auf ein Schriftstück, das auf einem Stapel T-Shirts lag, die Oliver auf dem Bett ausgebreitet hatte. Sie schob sich an ihm vorbei und griff nach dem Papier. »Indien?«, fragte sie ungläubig, nachdem sie gelesen hatte, was darauf stand. »Du willst nach Indien fliegen?«

»Um einen klaren Kopf zu kriegen und herauszufinden, was ich eigentlich mit meinem Leben anfangen will«, sagte Oliver hektisch und fuhr fort, Socken in die Tasche zu stopfen.

»Ich glaub es nicht! Du lässt mich hier mit der gemeinsamen Wohnung einfach sitzen, um einen Selbstfindungstrip nach Indien zu machen? Das ist doch wohl ein Scherz.«

Oliver zuckte die Achseln. »Tja, tut mir leid, aber die Wohnung können wir uns jetzt eh nicht mehr leisten.«

»Dann hätten wir uns eben zusammen etwas Kleineres gesucht. Wo ist das Problem?«, fragte Inga ihn.

»Das hier ist das Problem. Das alles.« Oliver pfefferte wahllos Krawatten, Hemden und kurze Hosen in die Tasche.

Diese Antwort nahm Inga den Wind aus den Segeln. Sie erkannte den Mann, in den sie sich einst verliebt hatte, nicht mehr wieder. »Wirf den Schlüssel in den Briefkasten, wenn du gehst.« Sie drehte sich um. Sie musste ganz schnell hier raus. Raus an die frische Luft, bevor sie Oliver eigenhändig erwürgte.

Sie rannte im Rekordtempo die Flurtreppe hinunter. Unten angekommen, riss sie die Haustür zur Straße auf. Dort blieb sie einen Moment unschlüssig stehen und versuchte sich zu beruhigen. Doch sie war so wütend und enttäuscht. Das war doch alles absurd! Inga rieb sich mit den Fingerspitzen über die Schläfen und schloss kurz die Augen. Was sollte sie nun tun? Wieder raufzugehen und noch mal zu versuchen, mit Oliver zu reden, schied jedenfalls aus. Sollte er doch nach Indien fliegen und dort sein Arbeitslosengeld unter die Leute bringen.

Dieser Idiot! Nein, sie wollte erst wieder die Wohnung betreten, wenn er nicht mehr da war und sie sich nicht noch mehr über ihn aufregen konnte. Aber was sollte sie in der Zwischenzeit tun? Kurz entschlossen holte Inga ihr Fahrrad aus dem Keller und fuhr ziellos die Straße entlang. Sie musste unbedingt wieder einen klaren Kopf bekommen, und da half das Fahrrad fahren eigentlich immer. An der nächsten Ampel wusste sie, wohin sie ihr Weg führen würde.

Sie trat in die Pedale. Ihre Fahrt ging zunächst über die Berliner Brücke, an der Schalker Meile und dann am Stadthafen vorbei bis zur Uferstraße. In der Nähe der Hafenmundbrücke fuhr sie einen abfallenden Sandweg hinunter, der in einen Radweg direkt am Rhein-Herne-Kanal mündete. Es war ein lauer Frühsommerabend. Einer, der leise Vorfreuden auf den kommenden Sommer weckte. Die Sonne stand schon tief und warf ein warmes Licht auf die Wasserstraße und die mit Wiese und Grünpflanzen bewachsene Uferzone. Bei dem schönen Wetter hatte es nicht nur sie an den Kanal gezogen. Um die Uhrzeit waren noch etliche Spaziergänger und Radfahrer unterwegs. Inga kam sogar an einigen mutigen Pöttespringern vorbei, die sich von der noch recht kühlen Kanalwassertemperatur nicht abschrecken ließen.

Schließlich erreichte sie ihr Ziel. Eine Parkbank in unmittelbarer Nähe der gelb getupften Gaskugel. Hier war sie früher öfter gewesen. Zusammen mit Oliver, als die Welt noch in Ordnung gewesen war – und er noch normal. Hier waren sie sich vor langer Zeit zum ersten Mal bei einer Grillparty begegnet. Es war bei ihr keine Liebe auf den ersten Blick gewesen, das gewiss nicht. Und doch hatte er es am Ende des Abends geschafft, dass sie ihm ihre Telefonnummer gegeben hatte. Oliver hatte schon von jeher eine einnehmende Art gehabt, auch etwas, was sie so an ihm gemocht hatte.

Sie wischte den Gedanken beiseite, stellte ihr Fahrrad ab und setzte sich auf die Bank. Ihr Blick glitt über die hölzerne Rückenlehne und fand schnell den eingeritzten Liebesbeweis von damals. *Oliver loves Inga* war dort immer noch zu lesen. Die Liebesbekundung hatte all die Jahre ihrer Beziehung überdauert. Mittlerweile war sie zu einem Relikt der Vergangenheit geworden. Dabei hatte sie an ihre Liebe geglaubt. Wann war die Beziehung mit Oliver so aus dem Ruder gelaufen? Sie überlegte eine Weile. Wahrscheinlich war es schleichend passiert, ohne dass sie es richtig bemerkt hatte.

Inga erhob sich von der Bank und suchte auf dem Boden nach einem flachen Stein. Vielleicht hatte es ja so kommen müssen, erst die Schließung der *Insel* und dann auch noch Olivers Jobverlust. Wer wusste schon, was sich das Schicksal dabei dachte und welch höherer Sinn dahintersteckte? Inga fand einen passenden Stein, hob ihn auf und testete, ob sie es immer noch schaffte, ihn übers Wasser hüpfen zu lassen. Sie schaffte es tatsächlich, der Stein hopste drei Mal über die Kanaloberfläche, bevor er versank. Gar nicht mal übel, befand Inga. Aber was sollte sie jetzt machen? Sollte sie sich wirklich mit dem Beziehungsende einfach so abfinden? Einfach akzeptieren, dass dieses Kapitel ihres Lebens nun Geschichte war? Oder sollte sie um Oliver kämpfen? Sie wusste es nicht.

»Lieber Gott, wenn es dich wirklich gibt, dann gib mir doch bitte ein Zeichen«, flüsterte sie kaum hörbar, kam sich aber im nächsten Moment etwas albern vor. Als wenn so etwas funktionieren würde …

In der Ferne erklang das Signalhorn eines Schiffs. Sie legte eine Hand an die Stirn, um das blendende Sonnenlicht abzuschirmen, und schaute den Kanal hinauf. Ein Binnenschiff näherte sich in gemächlichem Tempo. Als Kind hatte sie oft Nachmittage lang mit ihren Großeltern am Kanal verbracht und dabei von jedem »Pott« den Namen fein säuberlich in ein Notizbuch geschrieben. Eine Kladde und einen Stift hatte sie zwar nicht dabei, dennoch wollte sie die alte Tradition fortsetzen und abwarten, bis das Schiff an ihr vorbeigefahren war.

Als das Binnenschiff fast auf ihrer Höhe angelangt war, konnte sie endlich den Namen lesen: *Große Freiheit*. Der Name verschwamm vor ihren Augen. Das war wohl das Zeichen, worum sie gebeten hatte, und auch die Antwort darauf, wie es nun in ihrem Leben weiterging. Sie setzte sich wieder auf die Bank und schaute der *Großen Freiheit* so lange hinterher, bis sie am Kanalhorizont verschwand. Ein Lächeln umspielte ihre Lippen. Man muss nur die Zeichen richtig zu deuten wissen.

5. Kapitel

Inga

Gute zwei Wochen später saß Inga in ihrem kleinen Auto und düste Richtung Norden. Im Kofferraum hatte sie zwei große Reisetaschen aufeinandergestapelt. Sie war früh losgefahren. Bevor der Berufsverkehr losging und sich auf den Autobahnen Staus bildeten. Um elf Uhr war sie längst an Hamburg vorbei, und ihre Fahrt verlief nun zügig über den grauen Asphalt und durch die immer flacher werdende Landschaft.

Trotz des Liebeskummers genoss sie das Gefühl der neu erlangten Freiheit, nicht genau zu wissen, was die Zukunft brachte und wohin es sie letztendlich verschlagen würde. Inga war wieder in die Einliegerwohnung ihrer Eltern gezogen, ein Teil ihrer Möbel lagerte zusammen mit der Inneneinrichtung in der Lagerhalle vom Betrieb. Sie war erstaunt darüber, wie leicht ihr der Abschied von der gemeinsamen Wohnung mit Oliver gefallen war. Immerhin hatte sie dort einige Jahre ihres Lebens verbracht. Alles im Leben hatte immer zwei Seiten.

Im Moment kam sie ganz gut klar mit der Trennung, aber sie wusste auch, dass das morgen schon wieder ganz anders aussehen konnte. Tatsächlich hatten sie und Oliver ziemlich lange nebeneinanderher gelebt. Durch ihr Café war sie eigentlich nur noch zum Schlafen zu Hause gewesen und hatte überhaupt keine Zeit gehabt, sich Gedanken über ihre Beziehung zu machen. Vielleicht hätte sie den Absprung erst Jahre später geschafft, wenn nicht Olivers plötzliche Selbstfindung dazwischengekommen wäre. Eventuell hätten er oder sie sich neu in jemanden verlieben müssen, um zu erkennen, dass ihre Lebensgemeinschaft eher auf Bequemlichkeit basierte und die romantischen Gefühle längst abhandengekommen waren.

Aber sie dachte auch daran, wie schön es beizeiten mit ihm gewesen war. Auch wenn sie wusste, dass die Trennung etwas Gutes hatte und ihrem Leben zwangsläufig eine neue Richtung gab, war sie sich auch im Klaren darüber, dass sie noch ein bisschen Zeit brauchte, um sie zu verarbeiten.

Am späten Mittag tauchten die ersten Schilder am Straßenrand auf, auf denen St. Peter-Ording zu lesen war. Ingas Herz tat einen kleinen Hüpfer. Bald war sie da! Es fühlte sich fast wie ein Nachhausekommen für sie an. Als Kind hatte sie alle Schulferien auf dem Wilhelmshof ihrer Tante verbracht.

Inga konnte es kaum mehr erwarten, endlich wieder bei ihr in der Küche zu sitzen und den selbst gemachten Milchreis mit Erdbeeren zu genießen, den niemand so gut kochen konnte wie ihre Tante und den sie über alles liebte. Sie war voller Pläne, wollte mit den Ferienkindern lange Ausritte durch das Watt machen und mit ihnen Sandburgen am Strand bauen. Abends wollte sie im Bett in dem Zimmer unterm Dach liegen und bei geöffnetem Fenster das Rauschen der Wellen hören, das der Wind leise zum Festland trug.

Hätte ihr jemand noch vor Kurzem gesagt, dass sie die schönste Zeit in diesem Jahr bei Tante Ditte in St. Peter-Ording verbringen würde und nicht das gut laufende Sommergeschäft in der *Insel* mitnehmen würde, sie hätte ihn wohl für verrückt erklärt. Seit der Eröffnung des Cafés war Inga kaum drei Tage am Stück in St. Peter-Ording gewesen, weil sie nie länger abkömmlich gewesen war. Meistens waren es bloß Stippvisiten bei Tante Ditte gewesen, zusammen mit ihren Eltern.

Seitdem Dittes Mann Matthias verschollen war, machte Inga sich ein wenig Sorgen um Ditte. Sie hatte zwar viele Bekannte und einige gute Freundinnen in St. Peter-Ording, doch sie war auch eigensinnig genug, um Dinge, für die man einen Fachmann benötigte, zuerst alleine zu probieren. Was ihr unter anderem den einen oder anderen Hexenschuss eingebracht hatte.

»Und achte ein bisschen auf Ditte. Jedenfalls unauffällig«, hatte sie ihr Vater gebeten. »Sie denkt zwar, sie wäre dreißig, aber das ist fast schon vierzig Jahre her.«

St. Peter-Ording stand auf dem nächsten gelben Verkehrsschild an der Landstraße. Inga bog links ab, entschied sich dann aber anders. Sie drehte um und fuhr die Straße zurück, um in den Ortsteil Dorf zu fahren und ihrer Tante Blumen mitzubringen. Sie überlegte noch, Kuchen mitzubringen, doch wie sie ihre Tante kannte, hatte sie mindestens eine Torte gebacken und hätte es womöglich als Beleidigung ihrer Backkünste empfunden, wenn Inga mit gekauftem Kuchen bei ihr vor der Tür gestanden hätte.

Sie legte die in Papier eingeschlagenen Blumen vorsichtig auf den Beifahrersitz und fuhr die Dorfstraße in nördlicher Richtung hoch, um dann links auf den Südstrand abzubiegen. Der Wilhelmshof von Tante Ditte lag links an der Gabelung zur Deichstraße, keine dreihundert Meter vom Seedamm und den dahinter gelegenen Salzwiesen entfernt.

Hauke holte gerade einen Friesen von der Weide, als Inga ihren Wagen auf dem kleinen Parkplatz vor dem Hof abstellte. »Moin!« Er winkte ihr freundlich zu.

»Moin!«, grüßte sie zurück und ging ihm entgegen.

»Schön, dass du endlich da bist, Mädchen. Da geht gleich die Sonne auf.«

»Das nehme ich jetzt mal als ein gutes Omen für die Zeit, die ich hier sein werde«, sagte Inga lachend und klopfte auf den Hals des Pferdes. Sie blickte sich um. »Hier scheint ja noch alles ruhig zu sein.«

»Das ist die berühmte Ruhe vor dem Sturm. Die Schüler vom Internat sind in den Ferien, deswegen laufen keine regulären Reitstunden. Da ist dann immer weniger Betrieb«, erklärte Hauke. »Aber was meinst du, was hier ab morgen Nachmittag los sein wird, wenn die ersten Ferienkinder ankommen. Da wirst du dich noch nach der Stille zurücksehnen. Ein Sack Flöhe hüten dürfte einfacher sein. Die werden dich gut auf Trab halten, das kannst du mir glauben!«

»Ach.« Inga winkte ab. »Ich mag Kinder und bin froh, wenn ich endlich mal wieder was anderes machen kann, als Wohnungen und Ladenlokale ausräumen und Möbel von A nach B zu schleppen.«

»Ditte hat mir schon erzählt, dass da viel los war bei dir in der letzten Zeit.«

»Ja, das stimmt. Wo ist sie eigentlich? Im Haus?«, fragte Inga.

»Vorhin war sie in der Küche.« Er beugte sich etwas zu ihr hinüber und flüsterte verschwörerisch: »Kuchen backen für euer Wiedersehen. Aber ich habe dir nichts verraten.«

Inga schmunzelte und beugte sich ebenfalls zu ihm hin. »Nein, ich weiß von nichts.« Der Friese stampfte nun energisch mit den Hufen auf und schnaubte geräuschvoll. »Ich muss dann mit dem Kameraden auch mal weiter. Der wird schon unruhig. Bis später.« Hauke zwinkerte ihr zu.

»Bis später.«

Hauke führte das Pferd in eines der Stallgebäude, und Inga ging wieder zu ihrem Auto zurück, um den Strauß Blumen für ihre Tante zu holen. Ihr Gepäck ließ sie im Kofferraum. Das konnte sie später immer noch holen. Dann lief sie über den hölzernen Stegweg auf das Haupthaus des Hofs zu. Es war alles noch so, wie sie es in Erinnerung hatte. Überall blühten Strandrosen, und es roch nach Salz. Bienen summten durch die Luft, es ging ein leichter Wind. Neben dem Eingang stand noch immer die blaue Holzbank, auf der sie als Mädchen bei warmem Wetter so gerne gesessen und Pferdebücher gelesen hatte. Daneben stand ein weißes Windlicht in Form eines Leuchtturms, dessen Kerze Ditte abends immer anzündete. Alte Erinnerungen wurden in ihr wach, und es fühlte sich an wie damals, als sie noch ein kleines Mädchen gewesen war und jedes Mal den perfekten Sommer bei Tante Ditte verbracht hatte. Doch ehe sie noch tiefer in ihre Erinnerungen abtauchen konnte, wurde die Tür von innen aufgerissen, und ein Hund sprang bellend an ihr hoch. »Ingalein!«

»Tante Ditte! Ja, ist ja gut Nemo.« Sie tätschelte dem Collie den Kopf, der wie wild an ihr hochsprang. Als der

Hund sich beruhigt hatte, umarmten sich die beiden Frauen.

»Lass dich mal ansehen.« Ditte hielt Inga in einem kleinen Abstand von sich weg und betrachtete ihre Nichte.

Und Inga wiederum schaute ihre Tante an. Sie trug ihre grauen Haare wie immer praktisch hochgesteckt, und ihre grünen Augen blitzten vor Freude. Wie jeher war sie sportlich angezogen, trug ein schwarzes T-Shirt mit rundem Halsausschnitt zu einer Jeans und dazu Ledersandalen.

»Hübsch wie eh und je«, fand Tante Ditte. »Da hat sich in den letzten Jahren nichts dran geändert.« Inga hatte ein buntes Sommerkleid angezogen, das ihr bis zu den Knien reichte und ihre schlanke Figur betonte. Die blonden Haare trug sie offen, und ihre Lippen schimmerten in einem zarten Rosa.

»Lieb von dir, Ditte. Die letzten Wochen waren turbulent. Gut, dass man mir das nicht ansieht«, sagte Inga mit einem Augenzwinkern. Um ihre Beine schnurrten mittlerweile zwei Katzen herum, die den Collie von ihr weggetrieben hatten. Inga beugte sich zu den Tieren hinunter und kraulte sie hinter den Ohren, was sie mit einem noch lauteren Schnurren quittierten.

»Dann komm mal rein, meine Liebe.« Sie gingen in die Küche.

Nemo legte sich unter den Küchentisch, und die Katzen

sprangen auf die Sitzbank, wo sie sich in einer Ecke zusammenrollten. Inga schnupperte. »Das riecht aber lecker hier«, fand sie.

Ditte zeigte zur Fensterbank, auf der ein Kuchen auf einem runden Rost auskühlte. »Rhabarberkuchen. Für später. Aber erst mal gibt es Mittagessen. Du bist doch bestimmt ganz ausgehungert von der langen Fahrt, oder? Ich habe Milchreis gekocht, den magst du doch so gern.«

»Absolut.« Inga hob den Deckel vom Topf, schaute hinein und strahlte über das ganze Gesicht. »Mmh! Sieht das gut aus.«

»Und Erdbeeren. Habe ich vorhin frisch aus dem Garten geholt.« Tante Ditte holte eine Schale Erdbeeren aus dem Kühlschrank, kippte sie in ein Sieb und wusch die Früchte unter kaltem Wasser ab.

Inga seufzte zufrieden, nachdem sie den letzten Rest Milchreis gegessen hatte. »War das gut.« Sie schob den Teller weit von sich.

»Na, hoffentlich hast du später dann noch Platz für ein Stück Kuchen. Das waren ja mindestens dreieinhalb Portionen, die du verdrückt hast«, sagte Tante Ditte amüsiert.

Nach dem Mittagessen saßen die beiden noch ein bisschen zusammen und gingen dann zum Gästehaus hinüber, um die restlichen Zimmer für die ankommenden Feriengäste herzurichten.

Inga stieg die Stufen zum Dachzimmer hoch und steuerte auf die Truhe zu, in der die Bettwäsche aufbewahrt wurde. Ihr fiel ein Eimer auf, der unter dem runden Dachfenster stand. Wahrscheinlich hatte Tante Ditte ihn bei einer Putzaktion hier vergessen. Am besten nahm sie ihn gleich mit hinunter. Inga öffnete die Truhe, legte sich Bettwäsche über den Arm und wollte schon nach dem Eimer greifen, als ihr auffiel, dass Wasser in dem Behälter war und es von der Decke in das Behältnis tropfte. Inga legte die Bettwäsche wieder auf der Truhe ab, um nachsehen zu können, woher das Wasser kam. Sie musste nicht lange suchen, denn der nächste Tropfen landete direkt in ihrem Gesicht. Das Reetdach hatte offensichtlich eine undichte Stelle. Inga bemerkte nun auch einen muffigen Geruch nach verrottetem Schilfrohr. Wie alt mochte das Dach wohl sein? Sie überlegte, konnte sich jedoch nicht daran erinnern, dass es irgendwann erneuert worden war, solange sie zurückdenken konnte.

»Ingalein?«, erklang die Stimme von Tante Ditte eine Etage tiefer. »Hast du alles gefunden?«

»Ja, ja, alles gefunden«, rief Inga ihr zu, schnappte sich erneut die Bettwäsche und stieg damit die Treppe zu ihr hinunter.

»Ich habe gerade oben den Eimer entdeckt. An einer Ecke tropft es durchs Dach. Das weißt du sicherlich?«

»Ja, das ist ein alter Hut. Das ganze Dach müsste erneuert werden. Längst. Aber weißt du, was das kostet? So viel Geld habe ich gerade nicht übrig.«

»Wie alt ist denn das Dach?«

»Fünfzig Jahre bestimmt. Das haben Matthias' Eltern decken lassen, bevor wir uns kennengelernt haben. So ein Dach hält locker eine Generation, aber langsam wird es kritisch. Ich rufe gleich morgen beim Dachdecker Petersen an, damit er die Stelle stopft und der doofe Eimer wieder verschwinden kann. Das hatte ich ganz vergessen.«

Inga nickte. »Ich lege dann mal mit dem Bettenbeziehen los, sonst schaffe ich es nicht rechtzeitig zu Kaffee und Kuchen.« Inga zwinkerte ihrer Tante zu. »Ich mache das hier schon. Verlass dich einfach auf mich.«

»Aber …«

»Nichts aber. Das schaffe ich schon«, sagte Inga, um ihre Tante abzuwimmeln. Sie war froh, als Tante Ditte gegangen und sie wieder allein war. Ihr Gefühl sagte ihr nämlich, dass vermutlich noch weitere unerwartete Überraschungen auf sie warteten. Inga öffnete die Tür zum ersten Mehrbettzimmer und fühlte sich auf den ersten Blick bestätigt. Es war tatsächlich noch alles so, wie sie es aus ihrer Kindheit kannte. Dieselben Etagenbetten, die orangefarbenen Vorhänge, sogar der Teppichboden war der alte. Unter einem Bein eines Etagenbettes entdeckte sie einen Bierdeckel, den jemand notdürftig darunter geschoben hatte. Inga setzte sich auf eine Matratze, die ebenfalls schon längst in Rente hätte sein müssen, und seufzte. In diesem Ambiente bekam das Wort *urig* eine ganz neue Bedeutung. Dagegen war das Oma-Café am Neumarkt damals am Puls der Zeit gewesen. Hier hingegen war die Zeit im wahrsten Sinne des Wortes stehengeblieben, allerdings mit Abnutzungserscheinungen der unübersehbaren Sorte. Daher war sie nicht wirklich überrascht, dass es nicht nur unter dem Dach tropfte. Sie fand die Bäder ebenfalls noch in ihrem ursprünglichen Zustand vor. Wahlweise waren sie in Orange oder Lindgrün gefliest, was in den 1970er-Jahren der letzte Schrei gewesen war. Durch manche Fliesen zogen sich kleine Risse, und die Fugen hätten auch neuen Dichtstoff vertragen können. Immerhin waren die Fugen in den Duschen nicht verschimmelt. Ein kleiner Lichtblick. Dafür tropften zwei Wasserhähne still vor sich hin, und alle anderen Badarmaturen hatten eine Entkalkung dringend nötig. Inga hatte das Gefühl, dass eine Menge Arbeit auf sie zukommen würde. Jetzt musste sie sich aber wirklich ranhalten, wenn sie heute noch mit der Vorbereitung der Zimmer fertig werden sollte. Um den Rest würde sie sich später Gedanken machen. Da würde ihr schon etwas einfallen.

6. Kapitel

Ditte

Ditte zuckte zusammen, und der voll beladene Löffel mit dem Schwarztee ging neben den Teefilter. »So ein Mist!« Nemo bellte im Garten wie verrückt, und eine ihrer Katzen verließ mit hoch erhobenem Schwanz ob der Ruhrstörung empört die Küche. »Ja, doch!« Das ungeduldige Klingeln an ihrer Haustür hatte sie völlig aus dem Konzept gebracht. Sie legte den Löffel auf die Spüle und warf im Gehen einen Blick auf die Wanduhr. Viertel vor sieben. Eine Viertelstunde zu früh, und es wurde immer noch Sturm geklingelt. Das konnte nur Gertrud sein. Ihre Freundin neigte zu dramatischen Auftritten. Als Ditte in die Diele kam, sah sie bereits Gertruds Gesicht durch das Buntglasfenster, das neben der Tür eingesetzt war, und dazu ihren Finger, mit dem sie nervös den Klingelknopf ohne Unterlass malträtierte.

»Gertrud! Was ist denn los? Man könnte ja glauben, es brennt irgendwo.« Ditte hatte die Tür aufgerissen, damit endlich die Klingelei aufhörte. Sie schaute Gertrud ungläubig an, die sich sogleich an ihr vorbeischob.

»Bei mir könnte wohl eher jemand gestorben sein. Ich habe es ja nicht so mit der Feuerwehr, aber dafür mit den Leichen, wie du weißt, meine Liebe. Und ja, es brennt tatsächlich. Ich meine, ich muss mal ganz dringend wo hin …« Gertrud humpelte ungelenk auf hohen Hacken an ihr vorbei und verschwand schließlich im Gäste-WC. Ditte schloss die Tür und musste schmunzeln. Sie ging zurück in die Küche. Vielleicht schaffte sie es noch rechtzeitig, den Tee aufzubrühen, bevor ihre Freundin Lilo kam. Die Dritte im Bunde ihres Klübchens. Lilo war diejenige, die bei ihren regelmäßigen Séancen in den Abendstunden als Medium auf keinen Fall fehlen durfte, wenn sie Kontakt zu den Toten aufnahmen. Sie war wie ein Kanal. Eine Art unsichtbare Leitung zwischen dem Diesseits und dem Jenseits.

»Das war aber auch allerhöchste Eisenbahn«, erklang Gertruds Stimme hinter ihr. »Mir wäre fast die Blase geplatzt!« Wie immer war Gertrud elegant gekleidet. Sie trug ein knielanges schwarzes Kleid, was offensichtlich sehr teuer gewesen war, dazu edle Pumps und eine Lackhandtasche. Ihre gelockten roten Haare bildeten einen farblichen Kontrast zu ihrer Kleidung, und sie trug einen knallroten Lippenstift, der sie noch blasser wirken ließ, als sie ohnehin war.

»Ja, was machst du denn auch? So weit wohnst du nun auch nicht von mir entfernt«, wunderte sich Ditte noch immer über Gertruds Auftritt.

»Ach, papperlapapp. Von wegen zu Hause. Ich komme direkt von einer Beerdigung, auf der ich mit Petter Grube gewesen bin. Da ist der Sekt in Strömen geflossen«, erklärte Gertrud und schob sich ihre Brille höher auf die Nase. »Kaum war mein Glas leer, war es wieder voll. Und Prickelwasser treibt.«

Petter Grube war der hiesige Bestatter in St. Peter-Ording. Hinter vorgehaltener Hand sagten nicht wenige St. Peteraner von ihm, dass er ein wahrlich mutiger Mann war, was hauptsächlich damit zu tun hatte, dass er mit Gertrud Möbius liiert war. Ausgerechnet mit der Frau, die schon fünfmal verheiratet gewesen war und bisher alle ihrer gut betuchten Männer unter die Erde gebracht hatte. Wie schnell hätte ihm da womöglich das gleiche Schicksal blühen können? Andere hingegen fanden die Beziehung zwischen Gertrud und dem Bestatter höchst verdächtig. Böse Zungen munkelten sogar, dass beide unter einer Decke steckten und das zuverlässige Ableben von Gertruds Ehemännern keineswegs pure Zufälle sein konnten. Doch für diesen Verdacht gab es keinerlei Beweise.

»Bist du dir sicher, dass du auf einer Beerdigung warst? Für mich hört sich das eher nach einer Party an«, sagte

Ditte. Sie wusste um die Trinkfestigkeit ihrer Freundin, daher war sie auch nicht verwundert, dass Gertrud nicht der kleinste Schwips anzumerken war. Wo andere bereits auf dem Boden lagen, stand Gertrud immer noch kerzengerade.

»Hach, nenne es von mir aus, wie du willst. Ich bin jedenfalls fix und fertig. Richtig anstrengend war das.« Gertrud ließ sich theatralisch auf einen Küchenstuhl sinken und legte ihre Handtasche auf dem Tisch ab.

»Wer ist denn eigentlich gestorben?«, wollte Ditte wissen und füllte eine Porzellandose mit Kluntjes aus einer Schachtel auf.

»Petter hat Enno Tetjen unter die Erde gebracht.«

Ditte hielt inne und stellte die Schachtel auf der Arbeitsfläche ab. »Ach was, Enno Tetjen?«, fragte sie über die Schulter.

Der Kessel auf dem Herd pfiff. Ditte nahm den Behälter von der Herdplatte und stellte ihn aus. »Der, dem die drei Restaurants in Bad gehören, die so gut laufen?«, fragte Ditte nach und goss dann heißes Wasser über den Teefilter, der bereits in einer Kanne steckte.

»Genau, der!«, bestätigte Gertrud noch mal. Sie zog ihre Schuhe aus und massierte sich die Füße.

»Aber er war doch noch gar nicht so alt«, wunderte sich Ditte. »Der war doch eigentlich noch recht jung.«

»Na ja, jung ist übertrieben«, fand Gertrud.

Ditte überlegte einen Moment. »Der Tetjen war doch mit Sicherheit noch nicht mal Mitte fünfzig.«

»Einundfünfzig, um genau zu sein«, wusste Gertrud zu berichten.

»Und woran ist er gestorben?«, fragte Ditte.

»Herzinfarkt. Typisches Alter dafür bei Männern. Zack, weg war er.« Gertrud schnipste mit den Fingern. »So schnell konntest du gar nicht gucken, wie der den Abgang gemacht hat. Wie damals bei meinem Knut.«

»Ach Mensch, da guck einer an!« Ditte stellte ein Tablett auf den Küchentisch und platzierte Teegeschirr darauf.

»Beim Autofahren hat es ihn eiskalt erwischt. Auf dem Weg zurück vom Großhändler. In einer Kurve. Der Wagen ist von der Fahrbahn abgekommen und gegen einen Baum geknallt. Die Feuerwehr musste ihn aus dem Blechhaufen rausschneiden«, berichtete Gertrud und beförderte die Schuhe mit ihren Füßen in eine Ecke. »Mit den Blasen kann ich in den Dingern keinen Meter mehr laufen.«

Ditte hielt sich eine Hand vor das Gesicht. »Das ist ja schrecklich!«

Gertrud nickte. »Es tut auch richtig weh!«

»Bitte? Was tut weh?«

»Na, die Druckstellen an meinen Füßen. Die brennen wie Feuer. Hätte mir vielleicht nicht meine neuesten Schuhe anziehen sollen.«

»Ach, so. Ja, ich kann dir gerne ein Paar flache Schuhe von mir holen. Soweit ich weiß, haben wir ja die gleiche Schuhgröße«, bot Ditte ihr an.

»Am besten offene Schuhe. Und dann muss ich dir noch was erzählen.«

Ditte verschwand aus der Küche. In der Diele des Gutshauses stand ein wuchtiger alter Holzschrank, in dem sie ihre Schuhe aufbewahrte. Sie öffnete die Doppeltür des Möbelstücks und suchte nach einem Paar Riemchensandalen, als es erneut an der Haustür klingelte und aus dem Garten Nemos Bellen erklang. Ditte ging zur Tür und öffnete. Es war Lilo, die ein knöchellanges regenbogenfarbenes Kleid und diverse Ketten mit bunten Steinen um den Hals trug. Unter ihrem Arm hatte sie ein Holzbrett geklemmt.

»Moin, Lilo. Komm rein.«

»Moin. Und ich dachte, Inga macht mir auf. Ist sie schon da?«, wollte Lilo wissen.

»Schon seit heute Mittag. Aber gerade ist sie unterwegs. Ins Dorf. Sie wollte in ein Café und dann ins Internet oder so. Der Handyempfang ist doch hier so schlecht«, erklärte Ditte ihrer Freundin. »Dafür ist Gertrud schon in der Küche. Komm rein.«

Als die drei zusammen im Wohnzimmer saßen, drängelte Gertrud ein bisschen. »Bau mal schnell das Hexenbrett auf. Es gibt nämlich einen neuen Auftrag für uns«, meinte sie geheimnisvoll und trug dabei ihr bestes Pokerface zur Schau.

»So, so.« Lilo warf Ditte einen vielsagenden Blick zu. Sie kannten Gertruds Geheimniskrämerei und taten ihr jedes Mal den Gefallen, ihr einen Moment zu gönnen, in dem sie es auskosten konnte, mehr als ihre Freundinnen zu wissen.

»Du machst es ja wieder spannend«, sagte Ditte und musste sich ein Grinsen verkneifen. Sie wusste, dass Gertrud es vermutlich keine Minute länger aushalten würde, die Neuigkeiten für sich zu behalten.

»Wir müssen Enno Tetjens Testament finden«, platzte es aus ihr heraus. »Und das am besten, bevor Inga wieder zurückkommt.«

»Ach, liegt das etwa nicht beim Notar? Bei den ganzen Besitztümern, die er in den letzten Jahren angehäuft hat«, wunderte sich Ditte. Sie stand auf, um Kerzen in einem Leuchter anzuzünden, der auf dem Wohnzimmertisch stand. »Das muss doch vorab geregelt worden sein.«

»Ist es angeblich auch. Jedenfalls hat Enno zu seiner Frau gesagt, dass er ein Testament mit seinem letzten Willen formuliert hat. Sie ist davon ausgegangen, dass er das schon längst amtlich gemacht hatte, für den Fall der Fälle. Doch beim Notar liegt nichts.«

»Das ist ja ein dicker Hund. Wie geht das denn jetzt mit

den Geschäften weiter?«, fragte Lilo und rückte das Holzbrett in die Mitte des Tisches, mit dessen Hilfe sie mit Verstorbenen in Kontakt traten und um Antworten baten. Auf dem Brett waren das Alphabet, Ziffern von Null bis Neun, die Wörter »Ja« und »Nein« sowie »Ich gehe« und »Danke« abgebildet.

»Im Moment gar nicht. Das ist ja das Dilemma, in dem Hilke Tetjen steckt. Ausgerechnet zur Hauptsaison. Ihr sind bei vielen Dingen die Hände gebunden. Selbst bei der Bank will man Ennos Testament sehen, bevor sie über seine Konten verfügen kann.«

»Und du hast ihr deine Hilfe angeboten und von unseren Sitzungen erzählt?«, fragte Ditte.

»Korrekt. Nachdem ich ihr erklärt habe, was wir für Möglichkeiten haben, hat sie mir ihr Einverständnis gegeben. Ihr ist jedes Mittel recht, solange nur bald das Testament auftaucht.«

»Glaubt sie denn an Botschaften aus dem Jenseits?«, fragte Ditte.

»Eigentlich nicht, aber wie gesagt, die Lage ist ernst.« Gertrud zuckte die Achseln. »Ist eine typische Verzweiflungsreaktion der Ungläubigen. Dient es dem Zweck, dann werden Nichtgläubige schlagartig gläubig.«

»Hast du sie auch darüber aufgeklärt, dass wir bei Erfolg eine Spende für wohltätige Zwecke nehmen?«, hakte Ditte nach.

Gertrud verwaltete eine schwarze Kasse, in der sie »Erfolgsprovisionen« für gefundene Testamente oder andere Wertgegenstände verwaltete. Der Ehrenkodex von Ditte, Lilo und Gertrud besagte allerdings, dass sie sich durch das Geld nicht persönlich bereicherten, sondern anonym regelmäßig Menschen halfen, die unverschuldet in eine Notsituation geraten waren. So stand bei Oma Hansen zum Beispiel plötzlich der benötigte neue Rollator vor der Tür, und der kleine Mick bekam einen Brief ohne Absender mit einem Geldbetrag, damit seine Katze regelmäßig wegen ihrer Schilddrüsenprobleme behandelt werden konnte.

»Natürlich! Wo denkst du hin? Wir bekommen von Hilke tausend Euro bar auf die Hand, wenn wir das Testament finden.«

»Dann wollen wir keine Zeit verlieren und mal das Hexenbrett befragen! Bevor Hilke von alleine auf das Testament stößt und wir uns die Geldprämie abschminken können.« Lilo platzierte den hölzernen Zeiger, der zum Markieren der Zeichen da war, in die Mitte des Bretts.

Die drei Frauen legten ihre Zeigefinger darauf und warteten einige Zeit schweigend. Sie konzentrierten sich, um ihre Energien zu bündeln und eine mögliche Verbindung ins Jenseits herzustellen.

»Enno Tetjen, wir rufen dich«, sagte Lilo nun beschwörend und mit einer viel tieferen Stimme als sonst. »Bist du anwesend?«

Gespannt warteten sie einige Sekunden. Ein leichter Windzug strich durch den Raum und brachte das Kerzenlicht zum Flackern. Und der Zeiger bewegte sich wie von Geisterhand auf das Wort »Ja«. Das Zeige-Gerät wanderte wieder zur Mitte des Bretts zurück. Ohne das Zutun der drei Frauen. Ditte spürte, wie sie eine Gänsehaut bekam.

»Ich bin Lilo und frage für deine Frau Hilke. Gibt es ein Testament von dir?«, wandte sich Lilo wieder an den Verstorbenen.

Es dauerte einen Moment, dann steuerte der Zeiger erneut auf das Wort »Ja« zu, um sich danach wieder in der Mitte zu positionieren.

Lilo schloss die Augen, um sich noch besser konzentrieren zu können. »Sagst du uns, wo Hilke es suchen muss?«

Dieses Mal setzte sich der Zeiger schneller in Bewegung und landete auf dem Feld mit dem »Nein«.

»Das kann ja heiter werden«, murmelte Lilo vor sich hin, um dann mit lauterer Stimme zu fragen: »Warum sagst du uns nicht, wo das Testament ist?«

Daraufhin rutschte der Zeiger zum Alphabet und machte bei vielen Buchstaben halt, bis Ditte, Lilo und Gertrud die Antwort kannten: Mach ich selber. Ich gehe. Danke.

»Ach, so ein Schiet!« Ditte rieb sich ihr Handgelenk.

»Jetzt ist der schon tot und hat trotzdem noch Allüren«, kommentierte Gertrud die Antwort aus dem Jenseits.

»Was machen wir denn nun? Meinst du, du kannst Hilke dazu bewegen, dass sie bei unserer nächsten Sitzung dabei ist, Gertrud?«, fragte Lilo und trank etwas aus der Teetasse, die vor ihr stand. »Ich fürchte nämlich, ohne sie wird uns Enno nichts über den Ort des Testaments verraten. Ihr wisst ja, wie stur Tote sein können. Geht es nicht nach ihrem Willen, sagen sie kein Sterbenswort mehr.«

»Keine Sorge. Ich werde Hilke schon hierherbekommen«, sagte Gertrud selbstbewusst und ließ keinen Zweifel daran zu, dass Ennos Witwe bei der nächsten Séance anwesend sein würde. »Die Aussicht auf Geld zieht im Zweifel doch immer.«

»Und es wäre ja auch für einen guten Zweck«, stimmte Ditte ihr zu.

»Wie sieht es aus? Wollen wir noch kurz versuchen, mit Matthias in Kontakt zu treten, bevor Inga zurückkommt?«, schlug Lilo unvermittelt vor.

»Das ist eine sehr gute Idee … oh!«

Von draußen erklangen Geräusche. Ein Schlüssel wurde ins Schloss gesteckt.

Ditte stand vom Tisch auf. »Inga kommt.«

»Tja, das war's dann wohl für heute«, sagte Lilo und klappte das Hexenbrett zusammen. »Beim nächsten Mal nehmen wir wieder Kontakt zu Matthias auf.«

»Tante Ditte?«, ertönte Ingas Stimme aus der Diele.

»Wir sind im Wohnzimmer«, rief Ditte ihr zu, und wenig später erschien Inga in der Tür.

»Moin! Ich wollte euch gar nicht stören, nur was fragen.«

»Du störst uns doch nicht!«, protestierte Ditte. »Komm her und setz dich zu uns.«

»Danke.« Inga nahm auf einem freien Stuhl Platz und legte ihr Notebook auf dem Tisch ab.

»Hallo, Inga, wie schön, dich wiederzusehen. Wo kommst du denn jetzt her?«, wollte Lilo wissen.

»Hallo, ihr zwei. Ich war mit meinem Laptop in einem Café im Bad. Dort gibt es WLAN.«

»WLAN?«, fragte Ditte. »Was ist das denn? Hört sich asiatisch an.«

»Internet«, kam es von Inga, Lilo und Gertrud gleichzeitig.

»Also, Tante Ditte«, begann Inga. »Ich habe mal etwas recherchiert. Die anderen Vermieter in St. Peter-Ording haben alle eine Homepage, sind per E-Mail erreichbar und online mit der Tourismuszentrale verbunden. Ich glaube, du bist so ziemlich die Einzige, die noch keinen Internetanschluss hat.«

»So? Bisher brauchte ich das nicht. Außerdem habe ich gar keinen Computer.«

»Du solltest mal darüber nachdenken, dir einen anzuschaffen, damit die Gäste leichter Kontakt zu dir aufnehmen können. Urlaubsbuchungen laufen viel unkomplizierter ab, und dein Hof wird für die Leute attraktiver«, erklärte Inga.

»Das erzählen wir deiner Tante schon seit Jahren«, schaltete sich Lilo nun ein. »Seitdem die *Strandperle* online ist, haben wir immer volles Haus und müssen kaum noch Werbung machen. Im Grunde genommen sind wir sogar überbucht.«

»Hm.« Ditte legte grüblerisch eine Hand ans Gesicht. »Vielleicht sollte ich da wirklich mal umdenken. Ein paar Gäste mehr täten dem Hof gut. Ausgebucht bin ich so gut wie nie.«

»Ich kann dir zeigen, wie das mit dem Internet so funktioniert«, bot Inga voller Eifer ihre Hilfe an. »Hast du eventuell ein Gastgeberverzeichnis hier? Ich möchte mir gerne ansehen, wie der Wilhelmshof präsentiert wird und ob wir daran noch etwas verbessern können.«

»Ja. Das Gastgeberverzeichnis liegt auf dem Schreibtisch in dem kleinen Büro. Neben dem Telefon und dem Faxgerät.«

»Ich hol es eben.« Inga sprang auf und verließ das Wohnzimmer. Kurz darauf kam sie nicht nur mit dem

Prospekt zurück. »Du hast ein Fax bekommen. Das habe ich dir gleich mitgebracht«, sagte sie in einem verhaltenen Ton zu ihrer Tante.

Ditte überflog die Mitteilung und ließ das Papier dann sinken. Die Falten auf ihrer Stirn wurden noch tiefer. »Ach, herrje!«

»Was ist denn los? Ist jemand gestorben?«, fragte Gertrud, taktvoll wie immer.

Lilo legte Ditte eine Hand auf die Schulter. »Ist dir nicht gut? Du bist ganz blass.«

Ditte musste sich räuspern, bevor sie in der Lage war, überhaupt zu sprechen. »Die Reisegruppe, die morgen kommen wollte, hat abgesagt, weil sich zu wenig Kinder für die Reiterferien angemeldet haben.«

»Nein! Zeig her!« Lilo griff nach dem Fax. Gertrud schob ihre Brille tiefer auf die Nase und beugte sich zu ihr hinüber, um mitlesen zu können.

»Können die denn einfach so absagen, ohne etwas zu bezahlen?«, fragte Inga.

»Wir haben das bloß mündlich ausgemacht«, sagte Ditte leise.

Gertrud schüttelte den Kopf, griff in ihre Handtasche und beförderte einen Flachmann zutage. Aus der silbernen Flasche kippte sie eine braune Flüssigkeit in Dittes Tee. »Trink einen Schluck, Ditte, auf den Schreck!«

»Mensch, Ditte, du bist aber auch ein Schaf. Viel zu gutmütig und vertrauensselig für diese Welt. Das muss man doch alles schriftlich machen«, meinte Lilo entsetzt.

»Das hat sonst immer geklappt«, rechtfertigte sich Ditte kleinlaut.

Lilo kam ebenfalls aus dem Kopfschütteln nicht mehr raus. »Dann hast du bislang verdammtes Glück gehabt.«

»So ein Mist. Dabei hatte ich die Einnahmen fest eingeplant.« Sie schluckte. »Das ist eine Katastrophe für den Hof. Was soll ich denn jetzt machen?«

7. Kapitel

Inga

Inga war früh aufgestanden. Sie hatte in der letzten Nacht kaum ein Auge zugetan, war stattdessen in dem gemütlichen Dachzimmer unruhig auf und ab gelaufen, hatte das kleine Fenster geöffnet, sich wieder ins Bett gelegt, die Augen geschlossen und versucht, sich auf das leise Rauschen des Meeres zu konzentrieren, das der Wind über die Salzwiesen und den Deich trug, bis sie einschlummern würde. Doch das half nicht. Zu viele Gedanken kreisten in ihrem Kopf herum, die sie davon abhielten einzuschlafen.

Abgesehen davon, dass sich ihr eigenes Leben innerhalb kurzer Zeit um hundertachtzig Grad gedreht hatte und sie sich immer noch daran gewöhnen musste, machte sie sich Sorgen um Tante Ditte. Was für Inga auf den ersten Blick wie ein Sommerurlaub auf dem Rücken der Pferde erschienen war, entpuppte sich mittlerweile als eine Herausforderung, die es in sich hatte. Mit undichten Dächern, tropfenden Wasserhähnen und noch dazu ausbleibenden Gästen, die den Wilhelmshof in eine finanzielle Schieflage brachten, hatte sie nicht gerechnet. Jetzt war Ingas voller Einsatz und ihre Kreativität gefragt. Sie hatte eine Mission: dem maroden und angestaubten Pferdehof wieder auf die Beine zu helfen, ihn in eine gut laufende und attraktive Ferienunterkunft zu verwandeln. Immerhin hatte sie dies schon einmal mit dem Café in Gelsenkirchen geschafft, sie konnte also auf ihre Erfahrungswerte zurückgreifen.

Die Sonne schien am nächsten Morgen von einem wolkenlosen Himmel und tauchte die nordfriesische Landschaft in ein helles Licht, perfekte Bedingungen für ein Fotoshooting. Inga hatte wohlweislich ihre Spiegelreflexkamera mit an die Nordsee genommen, weil sie ursprünglich ein paar schöne Erinnerungsfotos hatte schießen wollen. Nun erwies sich ihre Voraussicht als Gold wert. Für ihren Plan brauchte sie nämlich neue Fotos, die den Wilhelmshof von seiner besten Seite zeigten. Zu einem Imagewandel gehörte zunächst eine attraktive Homepage und ein ansprechender Facebook-Auftritt, der regelmäßig mit Neuigkeiten, Fotos und selbst gedrehten Videos aufwarten sollte, um möglichst viel Aufmerksamkeit zu generieren. Diese Arbeitsweise hatte damals mit der *Insel* funktioniert und zu einer guten Kundenbindung geführt.

Tante Ditte fuhr mit ihrem Hollandrad über den Hof vor den Stallgebäuden entlang, genau in dem Moment, in dem Inga Hauke knipsen wollte, der sich mit einer Mistgabel in der Hand vor die grüne Stalltür in Position gebracht hatte. Nemo saß mit heraushängender Zunge unbeweglich wie ein Denkmal neben ihm. Inga hatte zuvor bereits die Pferde auf den Weiden, die Ställe und auch die beiden Wohngebäude von außen fotografiert.

»Moment, Hauke.« Inga ließ die Kamera sinken. Sie wartete, bis Tante Ditte mit ihrem Rad neben ihr zum Stehen gekommen war.

»Moin, ihr zwei!« Tante Ditte küsste Inga auf die Wange. »Macht ihr Fotos?«

»Möchtest du auch mit drauf? Ich wollte gerade Hauke knipsen.« Inga hob die Kamera hoch.

»Gott bewahre!«, wehrte Tante Ditte ab und griff sich an die Haare. »Ich komme gerade vom Schwimmen in der Nordsee. So lass ich mich nur ungern fotografieren.« Mit einer Hand hielt sie das Hollandrad fest, und mit der anderen tätschelte sie Nemo, der zu ihr gelaufen war.

»Gehst du etwa immer noch jeden Tag schwimmen?«, wunderte sich Inga. Das hatte ihre Tante schon getan, als sie noch ein kleines Mädchen gewesen war. Inga hatte geglaubt, dass sie ihren Frühsport aus Altersgründen längst aufgegeben hätte.

Tante Ditte nickte. »Ja, jeden Morgen, von März bis November.«

»Bei Wind und Wetter«, fügte Hauke hinzu.

»Und du? Fotografierst hier alles?«, erkundigte Tante Ditte sich.

»Ja, ich richte für den Wilhelmshof eine Homepage und einen Facebook-Account ein. Ich habe da auch noch ein paar weitere Ideen heute Nacht gehabt«, erzählte Inga motiviert.

Ihre Tante blickte auf. »Was denn für Ideen? Nachts sollst du schlafen und keine Ideen haben.«

»Ich möchte die Holzmöbel im Gästehaus verschönern. Sie sind schon etwas in die Jahre gekommen, und ich möchte sie optisch aufwerten«, sprudelte es aus ihr heraus.

»Ach, Inga, das kostet doch bestimmt eine Menge Geld«, gab Tante Ditte zu bedenken. »Und gerade jetzt, da die Reisegruppe abgesagt hat … muss ich jeden Cent dreimal umdrehen.«

»Darüber brauchst du dir keine Gedanken zu machen.« Inga zog einen Zettel aus der Gesäßtasche ihrer Hose, den sie auseinanderfaltete und auf dem allerhand Möbel abgebildet waren. Sie gab ihn ihrer Tante. »Ich habe gestern im Internet-Café ein paar Bilder ausgedruckt als Inspiration. Den Stil nennt man Shabby Chic. Oft werden bei dem Einrichtungsstil alte Möbel vom Flohmarkt oder Dachboden aufgepeppt. Das ist im Moment total angesagt.«

»Sieht alt aus, aber irgendwie auch sehr schick«, fand Tante Ditte. »Und was brauchst du dafür?«

»Na, Farbe, ein paar Lappen und Pinsel und Lasur natürlich. Ich kann die Farbe gleich besorgen gehen und würde heute schon mit dem ersten Zimmer anfangen, wenn du einverstanden bist. Und vielleicht schickt mir Papa noch Wandfarbe. Er hat immer genügend übrig und ist bestimmt froh, wenn er sie nicht wegwerfen muss. Dann kann ich nämlich bald auch Fotos von den Gästezimmern auf die Homepage und die Facebook-Seite vom Wilhelmshof stellen.«

»Und ich helfe dir bei der Verschönerungsaktion, wenn ich mit den Pferden fertig bin«, schaltete sich Hauke mit einem Lächeln ein. »Schließlich muss ja einer ein Auge auf dich haben, wenn du hier den Hof auf den Kopf stellst.«

»Dann wäre ja alles soweit besprochen. Meinen Segen hast du. Hört sich toll an, danke!«

»Ach, da wäre noch was. Kann ich mir dein Fahrrad ausleihen?«, fragte Inga und deutete auf das Hollandrad.

Tante Ditte drückte ihr das Fahrrad in die freie Hand. »Bitte sehr.«

Nachdem Inga Fotos von Hauke und Nemo geknipst hatte, war sie mit dem Rad zum Baumarkt ins Böhler Industriegebiet geradelt. Sie wollte bei dem schönen Wetter nicht mit dem Auto fahren, das hatte sie am Vortag schon zur Genüge getan, sondern sich in der frischen Luft bewegen. Neben Kreidefarbe hatte sie auch Schleifpapier,

Brennspiritus, Grundierung und Pinsel für die Möbel gekauft. In der Sanitärabteilung war sie praktischerweise auch auf flüssigen Entkalker gestoßen, den sie gleich mit zu ihren Malersachen gepackt hatte, um die Armaturen in den Gästebädern zu reinigen.

Nach ihrem Einkauf war der Fahrradkorb bis zum Rand gefüllt. Sie radelte zurück zum Pferdehof und lud ihre Besorgungen im Gästehaus ab. Danach schnappte sie sich ihr Notebook und fuhr wieder los. Dieses Mal zur Tourismuszentrale in die Badallee, die bloß einen Katzensprung vom Wilhelmshof entfernt lag. Dort informierte sie sich bei einer Mitarbeiterin, wie das System von Online-Buchungen über die Tourismuszentrale funktionierte, und kündigte auch gleich an, dass der Wilhelmshof in absehbarer Zeit auch ans Internet angeschlossen sein würde. Im Anschluss machte sie wieder halt in dem Café mit WLAN-Zugang. Dort bestellte sie online bei der Telefongesellschaft, worüber Tante Dittes Anschluss lief, einen Internetzugang und testete auch gleich die Verfügbarkeit.

Überraschenderweise gab es dabei keine Probleme, und sie konnte einen Termin mit einem Techniker schon für die kommende Woche ausmachen. Der Telefonanbieter schien ein Sommerloch bei den Aufträgen in und um St. Peter-Ording zu haben. Das kam Inga gerade recht. Je schneller, desto besser. Sie rief ihre E-Mails ab und schrieb ihrer Mutter gleich eine Nachricht an die Adresse des Malerbetriebes, worin sie kurz die Situation auf dem Wilhelmshof erklärte und fragte, ob ihre Eltern Farbe für die Renovierungsarbeiten übrig hätten. Danach surfte sie noch bei Facebook vorbei. Das Erste, was sie dort sah, waren etliche Statusmeldungen und Fotos von Oliver aus Indien. Trotz Trennung war sie immer noch mit ihm auf Facebook befreundet. Auf den Fotos grinste er wie ein Honigkuchenpferd, und auch seine euphorischen Einträge ließen darauf schließen, dass es ihm ausgesprochen gut ging. Eigentlich ein Grund, sich für ihn zu freuen, doch sie kam nicht umhin, dabei einen Stich im Herzen zu spüren. Warum musste es erst zur Trennung kommen, damit es solche Fotos von ihm gab? Was hatte sie falsch gemacht? Wieso musste er bis nach Indien fliegen, um sein Glück zu finden? Die Fragen nagten an ihr. Inga kränkte es, dass ihr Ex scheinbar von heute auf morgen mit ihr und ihrer gemeinsamen Vergangenheit abgeschlossen hatte, auch wenn sie eingesehen hatte, dass die Trennung notwendig gewesen war. Trotzdem hätte sie sich von ihm ein leises Bedauern gewünscht oder zumindest weniger euphorische Schnappschüsse.

Trotzdem klickte sie bei einem der Fotos, auf dem er am Strand von Goa zu sehen war, auf »Gefällt mir«. Sie wollte keinen Groll hegen. Das Leben musste schließlich weitergehen.

Am Nachmittag trafen Frau Schneider und ihre Enkel aus Frankfurt auf dem Pferdehof ein. Ein paar Gäste würden immerhin kommen. Zuvor hatte es Inga noch geschafft, das Gästebad kalkfrei zu schrubben und das Zimmer so herzurichten, dass es den Ansprüchen einer Großmutter mit ihren Enkeln gerecht wurde. Auf den kleinen Tisch neben dem Fenster hatte sie eine blaue Decke gelegt und darauf eine Vase mit selbst gepflückten Blumen aus dem Garten gestellt. Daneben stand für die Kinder eine Schale mit Fruchtgummis bereit und eine Flasche stilles Wasser mit drei Gläsern.

Inga brachte die Gäste zu ihrem Zimmer im ersten Stock des Gästehauses, dessen Aussicht auf die Salzwiesen sie ganz verzauberte. Zurück im Erdgeschoss, fand Inga Ditte im Speiseraum vor. »Was hältst du davon, wenn ich morgen das Frühstück zubereite und mich um die Gäste kümmere?«, schlug sie vor. »Das fehlt mir seit der Schließung der *Insel.*«

»Einverstanden. Aber dann nehme ich dich jetzt zu einem Ausritt an den Strand mit«, schlug ihre Tante vor.

»Super Idee!«

Eine halbe Stunde später waren Henk und die Friesenstute Stina frisch gestriegelt, gesattelt und getrenst. Ditte führte Henk am Zügel aus dem Stall.

»Moment mal.« Sie blieb draußen stehen und beäugte Henks rechtes Hinterbein. »Lahmt er etwa?«

»Mir ist nichts aufgefallen.«

»Hauke?«, rief Tante Ditte nach dem Pferdepfleger, der sogleich aus dem anderen Stallgebäude auf den Hof trat.

»Ja?«

»Ich glaube, mit Henk stimmt was nicht. Kannst du ihn mal führen, damit ich sehen kann, ob er lahmt?«, rief sie ihm zu.

Hauke nahm ihr Henk ab. Er führte ihn im Schritt über den Hof. Ditte hatte den Zeigefinger an die Lippen gelegt und beobachtete konzentriert die Bewegungsabläufe des Friesen. »Im Schritt ist nichts zu sehen«, sagte sie zu Hauke.

»Vielleicht war es nur eine Verspannung«, meinte Hauke.

»Ich will lieber auf Nummer sicher gehen. Führe ihn doch mal im Trab über den Hof«, bat sie Hauke.

Der Pferdepfleger setzte sich mit dem Pferd in Bewegung, und jetzt konnte sogar Inga sehen, dass Henk nicht sauber lief.

»Alles klar. Danke. Er lahmt.« Tante Ditte seufzte.

»Der Arme.«

»Tut mir leid, aber aus unserem Ausritt wird heute wohl nichts mehr werden«, sagte Tante Ditte bedauernd und übernahm Henk wieder von dem Pferdepfleger.

»Kannst du bitte gleich in der Tierarztpraxis anrufen, Inga?«, bat Tante Ditte.

»Natürlich.« Inga übergab Stina an Hauke. »Wo hast du denn die Telefonnummer?«

»Liegt in der Schublade vom Schreibtisch. Tierarztpraxis Grothusen. Steht auch eine Handynummer drauf.«

»Die Praxis von Ann und Mats?«, fragte Inga.

»Genau. Ann soll bitte so schnell wie möglich vorbeikommen. Ihr kennt euch doch noch von früher. Sie kümmert sich schon seit einiger Zeit um meine Friesen.«

Inga ging ins Haus. Als Kinder waren Ann und sie unzertrennlich gewesen, wenn Inga ihre Ferien bei Tante Ditte verbracht hatte. Ann, ihr Bruder Mats und sie, das war eine verschworene Gemeinschaft gewesen, da passte kein Blatt Papier dazwischen. Außerdem war Mats Ingas erster Freund gewesen. Der erste Junge, den sie geküsst hatte. Ihre erste große Liebe, von der sie mal geglaubt hatte, dass sie für immer und ewig halten würde.

Doch irgendwann war Gesa aufgetaucht, und mit der ersten großen Liebe war es vorbei gewesen. Inga hatte geglaubt, sich nie wieder von diesem Liebeskummer zu erholen. Doch Zeit heilte bekanntlich alle Wunden. Mats würde jedenfalls immer einen besonderen Platz in ihrem Herzen haben.

Nach der Schule hatten Ann und Mats Tiermedizin in Berlin studiert, und Inga hatte sich ihren eigenen Karriereplänen gewidmet. Jeder hatte sein Ding gemacht, und dabei waren die Jahre ins Land gegangen. Es muss eine halbe Ewigkeit her sein, seit ich die beiden zum letzten Mal gesehen habe, überlegte Inga. Im Büro zog sie die Schublade vom Schreibtisch auf, die bis oben hin mit Briefen vollgestopft war. Wie sollte sie da die Telefonnummer von Ann und Mats finden? Sie nahm ein paar Briefe heraus und stellte fest, dass sie ungeöffnet waren. Inga schaute sich die Absender an, der Stromversorger, ein Futterlieferant, die Bank. Nun war Inga alarmiert.

Sie öffnete einen Brief, und ihre Vermutung wurde bestätigt. Es war eine Mahnung. Sie öffnete zwei weitere Briefe. Inga musste sich setzen, um den Schock zu verdauen. Sie hatte es hier nicht nur mit einem undichten Dach und ausbleibenden Gästen zu tun. Offensichtlich war Tante Ditte mit ihren Zahlungen im Rückstand. Inga öffnete weitere Briefe. Es waren alles Schreiben, die ihre Tante aufforderten, Rechnungen zu begleichen.

Von der Tierarztpraxis Grothusen fand sie ebenfalls eine Zahlungserinnerung, auf der auch die Handy-Nummern der Geschwister angegeben waren. Inga starrte auf das Schreiben. Sie begriff, dass da auf die Schnelle keine neue Homepage oder ein Facebook-Profil helfen konnte. Dies waren alles Dinge, die erst nach und nach griffen, doch Tante Ditte fehlte Zeit. Die Firmen wollten möglichst bald ihr Geld und nicht erst in der kommenden Saison – wenn überhaupt.

Tante Dittes finanzielle Probleme waren offenbar so ernst, dass sie am Ende die Existenz des Wilhelmshofs und damit Matthias' Vermächtnis bedrohten. Der Pferdehof und die Friesenzucht waren das, was ihrer Tante von Matthias geblieben war. Ein Andenken an ihn und eine Lebensaufgabe für Tante Ditte, die den Hof nicht freiwillig verlassen würde. In dieser Hinsicht war sie wie ein Kapitän, der nicht von Bord ging und am Ende eher bereit war, mit Pauken und Trompeten unterzugehen.

Inga dachte wieder zurück an die glücklichen Ferientage, die sie hier verlebt hatte. Den Wilhelmshof konnte sie sich ohne Tante Ditte nicht vorstellen. Dass dies nun auf der Kippe stand, musste Inga erst einmal verdauen. Sie stand auf und öffnete das Bürofenster. Sie brauchte dringend frische Luft, bevor sie Ann anrief.

8. Kapitel

Inga

Am frühen Abend fuhr ein dunkler Geländewagen auf den Hof, aus dem eine zierliche Frau ausstieg. Sie trug Jeans und darüber ein kariertes Hemd mit hochgekrempelten Ärmeln. Sie ging um den Wagen herum und holte aus dem Kofferraum eine schwarze klobige Tasche, die den Anschein machte, ziemlich schwer zu sein. Ihr mittelblondes Haar trug sie wie immer auf Kinnlänge. Inga hatte Ann schon gesehen und ging ihr entgegen. Die Frauen blieben voreinander stehen und schauten sich einen Moment strahlend an. Ann stellte ihre Tasche auf dem Boden ab. Dann fielen sie sich in die Arme.

»Inga!« Ann drückte sie so fest, dass ihr die Luft wegblieb. »Wie schön, dich wiederzusehen.«

»Ann! Du hast dich gar nicht verändert.« Inga schaute ihre Freundin an, nachdem sie sich wieder aus der Umarmung gelöst hatte.

»Ich dachte zuerst, ich hätte mich verhört, als ich meine Mailbox abgehört und deine Stimme erkannt habe. Aber du bist tatsächlich da«, sagte Ann und sah Inga ungläubig an.

Inga lachte. »Hey, ich bin es wirklich und bleibe sogar den ganzen Sommer.«

»Im Ernst?«

»Ja.«

»Ist ja fast wie früher, wenn Schulferien waren.«

»Aber nur fast. Bis Mitte September werde ich Tante Ditte auf dem Hof helfen.«

Ann nahm wieder die Tasche vom Boden hoch. »Wie schön. Dann werden wir uns bestimmt öfters sehen.«

»Auf jeden Fall! Du musst mir unbedingt erzählen, was die letzten Jahre so passiert ist bei dir.«

»Ja, und du mir natürlich. Aber zuerst muss ich mich um den Patienten kümmern. Du sagtest, dass Henk auf der Hinterhand lahmt?«, erkundigte sich Ann.

Die Frauen gingen in den Stall, wo sie schon von Tante Ditte an Henks Box erwartet wurden. Sie saß auf einem Strohballen und hatte das Pferd in der Zwischenzeit keine Sekunde aus den Augen gelassen. Ging es um ihre Friesen, war sie äußerst penibel und genau.

»Moin, Ann. Danke, dass du gekommen bist«, empfing sie die Tierärztin.

»Da nicht für. Ist ja schließlich mein Job«, sagte Ann und öffnete die Box. »Dann wollen wir mal sehen, was mit Henk los ist.« Ann untersuchte den Friesen zuerst ausgiebig und ließ sich anschließend auf dem Hof von Tante Ditte vorführen, wie das Pferd lief. »Scheint nichts Schlimmes zu sein. Ich tippe auf eine Verspannung.«

»Die Vermutung hatte Hauke auch schon«, meinte Tante Ditte.

»Schone ihn einige Tage und guck, ob es besser wird«, riet Ann ihr und hob ihre Tasche auf. »Falls es sich verschlimmern sollte, dann rufe mich bitte an.«

Inga brachte Ann zurück zu ihrem Auto.

»So schön, dass du hier bist und wir uns endlich mal wiedersehen. Wir dürfen uns auf keinen Fall wieder aus den Augen verlieren. Was machst du morgen Abend?«, fragte Ann.

Inga zuckte mit den Schultern. »Keine Ahnung. Bis jetzt habe ich noch nichts geplant.«

»Dann lass uns doch was essen gehen. Ich reserviere uns für sieben einen Tisch in der *Muschelkiste*. Ich lade dich ein. Was meinst du?«, schlug Ann vor und verfrachtete die Tasche wieder zurück in den Kofferraum.

»Unbedingt, lass uns das machen«, sagte Inga begeistert zu. »Wo ist die *Muschelkiste* noch mal?«

»Das ist das Restaurant in dem Pfahlbau am Strand in Böhl. Auf dem Deich linker Hand. Das kannst du gar nicht verfehlen. Ist von hier aus auch bloß ein Katzensprung. Da kannst du hinlaufen.«

»Prima! Ich freue mich!«

Inga und Ann umarmten sich noch mal zum Abschied.

»Dann sehen wir uns morgen.« Ann stieg in den Wagen und brauste vom Hof. Inga winkte ihr hinterher. Durch ihre Wiedersehensfreude waren die Mahnungen kurzzeitig in Vergessenheit geraten. Doch das sollte nicht lange so bleiben.

Die *Muschelkiste* lag in einem Pfahlbau auf einer Sandbank in Böhl. Das gestelzte Restaurant bot seinen Gästen in etwa sechs Metern Höhe einen spektakulären Blick aufs Wattenmeer und über die Salzwiesen. Inga lief den langen Holzsteg zur *Muschelkiste* entlang, der extra erbaut worden war, damit die Gäste auch bei Flut das Restaurant erreichen konnten.

Eine leichte Brise strich warm über ihre nackten Arme. Die Luft roch nach Salz und Muscheln. Über ihr flogen Möwen hinweg, dem Horizont entgegen. Der Steg endete an einer Treppe, über die Inga zum Eingang des Restaurants gelangte. Sie trug ein knöchellanges Sommerkleid mit Blumenmuster und dazu schwarze Espadrilles. Ihr Haar hatte sie hochgesteckt und auch etwas Lidschatten und Lipgloss aufgetragen.

Auf der Außenveranda herrschte an diesem lauen Sommerabend reger Betrieb. Die Kellner schleppten ohne Unterlass Gerichte, Sektkühler und Tabletts mit Getränken an die voll besetzten Tische. Man musste kein Experte sein, um zu erkennen, dass das Geschäft hier zur Haupturlaubszeit brummte.

»Guten Abend, ich bin hier verabredet«, sprach Inga einen Mitarbeiter aus dem Service an.

»Moin. Haben Sie reserviert?«, erkundigte er sich.

»Meine Freundin hat einen Tisch für zwei Personen reserviert. Ich kann sie allerdings nicht sehen. Das Restaurant ist so voll.«

»Auf welchen Namen bitte?«, fragte er.

»Grothusen. Ann Grothusen.«

Der Kellner schlug ein Buch auf, in dem die Reservierungen vermerkt waren. »Hier haben wir Sie.« Er zeigte mit dem Finger auf einen Eintrag. »Folgen Sie mir bitte.«

Er führte sie über die Veranda bis zu einem Tisch an der hinteren Außenseite, an dem Ann schon wartete.

»Hey! Da bist du ja!«, begrüßte Inga sie fröhlich und setzte sich zu ihr an den Tisch.

»Wie immer überpünktlich«, stellte sie fest.

»Du weißt doch, manche Dinge ändern sich nie«, sagte Ann und grinste.

Der Kellner brachte die Speisekarten und nahm kurz darauf die Bestellung der Getränke auf.

»Was hat dich jetzt eigentlich genau nach St. Peter-Ording verschlagen?«, fragte Ann, als der Kellner mit den Bestellungen abgezogen war. »Und dann auch noch so lange. Du hast doch ein Café im Ruhrgebiet, oder? Jedenfalls hat deine Tante davon immer erzählt. Kannst du denn da so lange fehlen?«

»Leider habe ich das Café nicht mehr. Ich musste es notgedrungen aufgeben. Es ist so viel passiert.« Inga erzählte Ann die Kurzversion von dem, was sich in den letzten Wochen bei ihr ereignet hatte, und von dem Hilferuf ihrer Tante Ditte, der sie unverhofft wieder auf den Wilhelmshof geführt hatte.

»Ganz schön viel Chaos in extrem kurzer Zeit bei dir«, stellte Ann sachlich fest.

»Ja. Aber sag mal, wie ist es denn dir in den letzten Jahren ergangen?«, fragte Inga und blätterte in der Speisekarte. Sie schwankte zwischen Kutterscholle in Speckbutter gebraten mit Drillingen und Kräuter-Dip oder gebratenen Schollenfilets mit Blattspinat, Sauce hollandaise und Salzkartoffeln.

Ann zuckte mit den Achseln. »Ganz gut, manchmal war es ein bisschen zu ruhig. Im Grunde genommen passiert hier nicht viel. Muss an der Gegend liegen. Was du zu viel hast, habe ich zu wenig.«

»Dabei dachte ich, dass bei einer Tierärztin ständig was los ist«, sagte Inga überrascht. Sie stellte sich das Leben einer Tierärztin durchaus spannend vor. Jedenfalls aufregender als so manch andere Jobs.

»Das stimmt auch. Und meine Arbeit macht mir auch unheimlich viel Spaß«, stimmte ihr Ann zu. »Aber sonst ist eher Ebbe in Sachen Action. Mein Leben plätschert so vor sich hin. Mats und ich führen seit drei Jahren zusammen die hiesige Tierarztpraxis. Ich habe mich auf Pferde und andere Großtiere spezialisiert, und er kümmert sich hauptsächlich um Kleintiere. Es ist alles ganz gut geregelt. Die meisten unserer Patienten kennen wir. Du weißt ja, in St. Peter-Ording kennt jeder jeden. Da passiert nicht so viel Neues. Hamburg wäre bestimmt spannender. Oder das Ruhrgebiet.«

»Und wie geht es Mats? Ich habe ihn schon ewig nicht mehr gesehen«, erkundigte sich Inga und versuchte, nicht zu neugierig zu klingen. Natürlich interessierte es sie brennend, wie es ihm ging. Und auch, ob er und Gesa noch ein Paar waren. Aber danach wollte sie lieber nicht direkt fragen.

»Mats geht's gut. Er macht sein Ding, so wie immer. Du kennst ihn ja, da hat sich nichts geändert. Er ist gerade auf einem Tierärztekongress in den USA und besucht danach noch einen Kollegen, der nach seinem Studium nach Boston gezogen ist.«

»Oh, wie aufregend. Aber schade für mich, ich dachte, ich könnte ihn auch wiedersehen.«

»Kannst du auch, aber erst in zehn Tagen. Dann kommt er wieder.«

»So, und nun zu den wirklich wichtigen Dingen: Bist du Single oder hast du jemanden?« Inga sah ihre Freundin verschwörerisch an und klappte die Speisekarte zu. Sie hatte sich für die Kutterscholle entschieden.

»Leider Single«, sagte Ann mit Blick in die Speisekarte. »Ich war mal ein paar Jahre lang mit einem Meeresbiologen zusammen, den ich während des Studiums in Berlin kennengelernt habe. Doch der ist mir dann irgendwann abhandengekommen.«

»So? Was heißt denn abhandengekommen?«, hakte Inga nach.

Ann legte nun auch die Speisekarte an die Seite und faltete die Hände auf dem Tisch. »Er hatte eine Arbeit angenommen, die ihn für mehrere Jahre ans Ende der Welt verschlagen hat. Sein absolutes Traumprojekt wohlgemerkt. Das musste er einfach machen, sonst hätte er das vermutlich irgendwann bereut. Da konnte ich ihm nicht im Wege stehen.«

»Ans Ende der Welt? Wo genau?«, wollte Inga wissen.

»Zu den Walen nach Grönland. Mit den Meeressäugern und Eisbergen konnte ich als Tierärztin in St. Peter-Ording nicht mithalten.« Ann ließ den Blick über das Wattenmeer gleiten und seufzte leise.

»Verstehe. Nach Grönland kann man auch nicht mal eben mit der Bahn fahren, um sich zu sehen.«

Ann schaute Inga mit einem belustigten Gesichtsausdruck an. »Nee. Dafür braucht man wohl eher einen Eisbrecher und seinen Jahresurlaub. Und dort zu leben, hätte ich mir nicht vorstellen können. Ich friere ja sogar im Hochsommer ständig.«

»Stimmt! Das wäre für dich alte Frostbeule nicht die ideale Lösung gewesen«, scherzte Inga.

Der Kellner kam und brachte ihre Getränke. Er goss für Inga etwas Wasser aus der Karaffe in ein Glas. Dann fragte er nach ihren Essenswünschen. Inga bestellte die Kutterscholle, und Ann hatte sich für Miesmuscheln entschieden.

Ann erhob ihre Apfelschorle, nachdem der Kellner gegangen war. »Dann trinken wir auf unser Wiedersehen.«

»Und darauf, dass es bei dir bald mal ein bisschen aufregender wird.«

»Und bei dir ruhiger«, ergänzte Ann.

Die Frauen stießen mit Apfelschorle und Zitronenwasser an. Inga stellte ihr Glas wieder ab und beugte sich etwas vor. »Du, ich muss dich etwas fragen. Als ich gestern in Tante Dittes Büro nach deiner Telefonnummer gesucht habe, ist mir unter anderem eine Mahnung von eurer Tierarztpraxis in die Hände gefallen«, sagte sie mit gedämpfter Stimme. »Ich will ja nicht allzu neugierig erscheinen, aber ist die Rechnung mittlerweile bezahlt worden?«

Ann schüttelte den Kopf. »Nein, bisher noch nicht.«

Inga lehnte sich zurück. »Das habe ich befürchtet«, sagte sie bekümmert. »Es lag ein ganzer Haufen Mahnungen und Rechnungen in der Schublade des Schreibtischs.«

»Weißt du, Inga, von mir aus kann sich deine Tante mit der Bezahlung noch etwas Zeit lassen«, begann Ann und kratzte sich umständlich am Kopf. »Ditte scheint es finanziell nicht besonders gut zu gehen. Im Ort wird gemunkelt, dass sie mit dem alten Gutshof und ihren Pferden überfordert ist und vermutlich kurz vor der Pleite steht. Einige Leute warten nur darauf, dass der Hof offiziell zur Zwangsversteigerung ausgeschrieben wird.«

»Wie bitte?« Inga schnappte nach Luft. »Unglaublich!« Sie hatte sich zwar auch schon Gedanken gemacht, die in die gleiche Richtung gingen, doch trotzdem schockte es sie, dass anscheinend jeder aus St. Peter-Ording wusste, wie es um den Hof stand. Langsam wurde ihr klar, dass sie und Tante Ditte im gleichen Boot saßen: Beide standen vor dem Nichts, wenn der Wilhelmshof nicht gerettet werden konnte.

Inga nahm einen Schluck Wasser. »Dazu wird es nicht kommen! Das lasse ich nicht zu«, antwortete sie kämpferisch.

»Ich hoffe auch, dass es nicht dazu kommt, doch der Hof hat schon bessere Zeiten erlebt«, gab Ann zu bedenken.

Inga stützte den Kopf auf ihre Hände. »Am Tag meiner Ankunft hat eine Gruppe Ferienkinder abgesagt, und das Dach im Gästehaus ist undicht. Die Zimmer und Bäder könnten auch eine Renovierung vertragen. Es müsste wirklich viel getan werden. Überall auf dem Hof. Ich muss mir etwas einfallen lassen. Der Gutshof ist doch das Vermächtnis meines Onkels, und Tante Ditte würde es bestimmt nicht verkraften, wenn sie ihr Zuhause verlieren würde und sich von ihren Pferden trennen müsste.«

»Aber was willst du machen? Hast du schon einen Plan?«

»Ich bin dabei, den Internetauftritt des Wilhelmshofs zu gestalten, und habe dafür Fotos gemacht. Einen Internetanschluss haben wir auch bald, der wird in den kommenden Tagen eingerichtet. Es müssen irgendwie neue Buchungen reinkommen, die die Absage der Reisegruppe auffangen. Doch bis alles läuft und die Renovierungen abgeschlossen sind, wird die Saison wohl vorbei sein.«

»Ja, das dauert viel zu lange«, stimmte Ann zu. »Außerdem gibt es auch viel Konkurrenz in St. Peter-Ording. Es gibt tolle Übernachtungsmöglichkeiten hier, die es locker mit denen auf Sylt aufnehmen können. Viele auch in zentraler Lage im Ortsteil Bad. Und selbst, wenn der Wilhelmshof ab morgen ausgebucht wäre, würden wahrscheinlich von den Einnahmen nicht alle Rechnungen bezahlt werden können, so wie sich das in deinen Erzählungen anhört.«

»Der einzige Ausweg ist entweder eine zündende Geschäftsidee oder ein mittelgroßes finanzielles Wunder«, meinte Inga nachdenklich. »Ich brauche ganz dringend einen Plan. Vielleicht sollte ich Yoga-Kurse oder so etwas in der Art auf dem Hof veranstalten«, überlegte sie laut.

»Yoga auf einem Pferdehof?«, fragte Ann. »Das passt doch überhaupt nicht zusammen. Außerdem wird in St. Peter-Ording Yoga mittlerweile sogar am Strand angeboten. Das zieht keine Feriengäste in Scharen an. Ich fürchte, du brauchst eine andere Lösung.«

»Aber was könnte ich denn sonst tun? Was läuft denn gut in St. Peter-Ording?«, fragte Inga ratlos.

»Na, schau dich doch mal um«, antwortete Ann und deutete um sich. »Gastronomie natürlich. Am besten noch am Strand. Bei den vielen Urlaubern kommt sicher was zusammen. Da bist du doch eigentlich Expertin.«

»Du kannst dir nicht vorstellen, wie gerne ich wieder ein eigenes Café hätte. Doch dazu fehlt mir das Startkapital. Hätte ich was auf der hohen Kante für ein neues Ladenlokal gehabt, dann hätte ich die *Insel* einfach an einem anderen Ort neu eröffnet. Doch genau an den Finanzen ist mein Traum gescheitert. Ich habe immer so viel mit dem Bistro verdient, wie ich zum Leben brauchte. Mehr nicht.« Inga schaute verzweifelt auf die Zitronenscheibe in ihrem Glas.

»Wir kriegen das schon irgendwie hin.« Ann war optimistisch.

Der Kellner kam und brachte ihre Speisen.

»Jetzt essen wir erst mal.« Ann griff nach ihrem Besteck.

»Hm«, brummte Inga und stocherte mit der Gabel in ihrem Fisch herum.

»Jetzt mach nicht so ein bekümmertes Gesicht. Uns wird garantiert eine zündende Idee kommen. Früher waren wir doch auch ein gutes Team«, Ann schaute Inga aufmunternd an.

Inga konnte nicht anders als lächeln. »Ja, das waren wir.«

Ann hob ihr Glas. »Auf die Freundschaft. Und auf die Rettung des Wilhelmshofs.«

»Auf ein Happy End.«

Die Freundinnen stießen an und schauten sich dabei entschlossen in die Augen.

9. Kapitel

Ditte

»Möchte noch jemand eine Tasse?« Ditte hob die Teekanne vom Stövchen, um ihren Gästen nachschenken zu können. »Ist noch ein Rest drin.«

»Vielleicht nach der Sitzung. Einen Tee oder was Hochprozentiges. Je nachdem, was gleich passiert«, sagte Hilke Tetjen, die mit Ditte, Lilo und Gertrud um den Wohnzimmertisch auf dem Wilhelmshof saß.

Gertrud hatte die Neu-Witwe nicht lange bitten müssen, damit sie an einer Séance teilnahm. »Mal wieder typisch mein Mann, dass er nur mir mitteilen will, wo er den Schrieb aufbewahrt hat. An jeder anderen Antwort hätte ich gezweifelt, doch das hört sich genau nach ihm an.«

»Dann wollen wir mal zur Tat schreiten.« Lilo klappte das Hexenbrett auf, platzierte es mittig auf dem Tisch und legte den Zeiger in Startposition.

Ditte zog die Vorhänge an den Fenstern zu, damit ihre Sitzung von neugierigen Blicken verschont blieb. Immerhin hatte sie Feriengäste, sie hätte nicht gewusst, wie sie im

Zweifelsfall Frau Schneider und ihren Enkeln erklären sollte, was sie da trieben. Nicht jeder Mensch stand spiritistischen Sitzungen offen gegenüber, und sie wollten kein Risiko eingehen. Deswegen kam es ihr auch entgegen, dass sie Inga mit Ann in der *Muschelkiste* am Böhler Strand wusste. Zwar glaubte sie nicht, dass sie ihre Nichte verschrecken würde, wenn sie wüsste, dass sie mit Lilo und Gertrud die Toten anrief. Aber sie dachte dabei vor allem an Hilke Tetjen, der es wichtig war, dass möglichst wenige Leute wussten, dass sie wegen des nicht auffindbaren Testaments ihren toten Mann über ein Medium kontaktierte. »Es muss aber unbedingt unter uns bleiben«, hatte Hilke Tetjen beschwörend zu Gertrud gesagt. »Was die Leute von mir denken würden, wenn das rauskommt! Die würden doch glatt glauben, ich hätte es nur auf das Geld abgesehen. Oder noch schlimmer, ich hätte einen an der Waffel. Und sofort wäre mein Ruf ruiniert, und niemand käme mehr in unsere Lokale. Nein, das kann ich meinem Mann nicht antun. Enno würde sich im Grabe umdrehen. Die Gastronomie war sein Leben.«

»Keine Sorge. Alle vertraulichen Informationen bleiben in diesem Raum«, hatte ihr Gertrud zugesichert. Ditte holte nun Leuchter aus einem Sideboard hervor, die sie mit Kerzen bestückte, im Wohnzimmer verteilte und anzündete. Dann setzte sie sich zu den anderen an den Tisch. »Fertig.«

»Wichtig ist, dass du dich gleich ganz auf deinen Mann und das Testament konzentrierst. Versuch möglichst, alle anderen Gedanken auszuschalten. So können wir am schnellsten mit ihm in Kontakt treten«, erklärte Lilo.

»Das werde ich«, versprach Hilke Tetjen.

»Gut. Dann beginnen wir jetzt. Bitte legt eure Finger auf den Zeiger«, ordnete Lilo an.

Die Frauen folgten Lilos Anweisungen und berührten mit ihren Fingerspitzen den Zeiger. Lilo schloss die Augen, um sich zu sammeln. Nach einer Weile sagte sie mit beschwörender Stimme: »Enno Tetjen! Wir rufen dich! Bist du da?«

Zuerst geschah nichts. Hilke Tetjen blickte zweifelnd in die Runde. »Ist er da?«, flüsterte sie.

»Noch nicht«, murmelte Ditte.

»Kommt er denn noch?«, fragte die Witwe ungeduldig.

»Geduld, meine Liebe«, schaltete sich Gertrud nun mit einem leicht tadeligen Ton ein. »Ein Toter ist doch kein D-Zug.«

»Enno Tetjen!«, rief Lilo nun etwas lauter und mit tiefer Stimme. »Deine Frau ist hier und wartet auf dich. Bist du da?«

Gespannt schauten die Damen auf den Zeiger, als plötzlich die Wohnzimmertür knallend ins Schloss fiel.

»Hilfe!« Hilke Tetjen sprang schreiend auf.

»Mein Herz!« Ditte griff sich an die Brust.

Selbst Gertrud war merklich zusammengezuckt. Die

Einzige, die völlig unbeeindruckt geblieben war, war Lilo. »Die Katze«, sagte sie zu Ditte und deutete auf eine schwarz-weiße Fellnase, die vor der Tür saß und sie mit großen Augen beobachtete.

»Ach, Pauline! Fühlst du dich wieder vernachlässigt?« Ditte ging zur Katze, öffnete die Tür, und das Tier verschwand mit hoch erhobenem Schwanz in der Diele. »Entschuldigt bitte.«

Ditte schloss die Tür. »So, zu«, sagte sie und setzte sich wieder zu ihnen an den Tisch.

Lilo sah in die Runde. »Ich glaube, Enno war vorhin da. Ich hatte so ein Kribbeln in den Fingern. Das passiert meistens, wenn ein Jenseitiger im Raum ist. Wir müssen es noch mal probieren.«

Lilo tippte wieder mit einer Fingerspitze auf den Zeiger, und die anderen taten es ihr nach. In dem Raum herrschte nun absolute Stille. »Enno Tetjen! Wir rufen dich!«, erklang Lilos dunkle Stimme. »Bist du da?« Der Zeiger bewegte sich zum Wort »Ja«.

»Er ist da«, platzte es aus Hilke Tetjen heraus.

»Ach, was«, grummelte Gertrud mürrisch.

Hilke Tetjen presste sich die freie Hand vor den Mund, damit ihr keine zweite Bemerkung herausrutschen konnte.

»Deine Frau Hilke ist da. Möchtest du uns nun sagen, wo das Testament liegt?«, fragte Lilo, nachdem der Zeiger wieder in die Ausgangsposition gebracht worden ist.

Wieder glitt das hölzerne Stück zum Wort »Ja«.

»Wo ist das Testament? Wo soll Hilke suchen?«

Der Zeiger bewegte sich zum Alphabet, und die Frauen schauten gespannt auf die Reihenfolge der Buchstaben, die sich langsam zu Wörtern zusammensetzten.

»Alte. Ist das erste Wort«, nuschelte Lilo.

»Schule. Das zweite«, kam es als Nächstes von Ditte.

»Die *Alte Schule* ist ein Restaurant von uns«, wisperte Hilke Tetjen aufgeregt.

»Kriechen?« Gertrud zog die Augenbrauen zusammen. »Ist nicht dein Ernst, Enno?«

Der Zeiger wanderte auf das Feld »Ich gehe« und danach auf »Danke«.

»Im Kriechen?«, fragte Hilke Tetjen skeptisch. »Was meint er damit?«

»Wir müssen in eurem Restaurant kriechen, um an das Testament zu kommen«, kombinierte Lilo.

»Wieso kriechen? In der *Alten Schule* kann man überall gerade stehen. Wir haben hohe Decken. Da muss niemand kriechen«, warf Hilke Tetjen ein.

»Vielleicht hat er es unter einem Stuhl befestigt oder unter einem Schrank«, vermutete Ditte.

Lilo tippte sich gedankenverloren mit dem Zeigefinger gegen ihre Oberlippe. »Oder es gibt tatsächlich eine Stelle, die nur kriechend erreicht werden kann. Ansonsten hätte Enno bestimmt einen Stuhl, Schrank oder was auch immer erwähnt. Überlege mal Hilke, ob man wirklich zu jedem Ort im Restaurant auf zwei Beinen gehend kommt.«

»Hm.« Auf Hilke Tetjens Stirn bildeten sich Falten. Sie dachte angestrengt nach. Nach einer Weile weiteten sich ihre Augen. »Meint er etwa den Kriechkeller unter unserem Restaurant?«, fragte sie ungläubig.

»Bestimmt. Das wird es sein. Da hat Enno das Testament versteckt«, war Lilo überzeugt.

Hilke Tetjen schüttelte den Kopf. »Wer kommt denn auf solch eine Schnapsidee, in einem Kriechkeller ein Testament zu verstecken?« Hilke war skeptisch.

»Dein Mann!«, sagte Gertrud trocken.

»Ich weiß nicht, ob das stimmt. Immerhin war Enno ein stattlicher Mann, der sich nicht in Kriechkellern rumgetrieben hat«, gab die Witwe zu bedenken.

»Wenn er den Bauch eingezogen hat, dann hat er da bestimmt reingepasst«, meinte Gertrud ungerührt und beförderte ein silbernes Zigarettenetui aus ihrer Handtasche.

»Nun ja, ein Kriechkeller ist ein ziemlich sicheres Versteck. Oder hast du dort schon nachgesehen?«, fragte Ditte.

»Natürlich nicht. Auf die Idee wäre ich nie gekommen«, wehrte Hilke Tetjen ab.

»Na, bitte! Da haben wir es!« Lilo legte das Hexenbrett zusammen. »Am besten wir fahren hin und gucken nach. Hat das Restaurant noch geöffnet?«

Hilke Tetjen schaute auf Dittes Standuhr, die 23 Uhr und 16 Minuten anzeigte. »Ja, noch bis Mitternacht.«

»Prima! Dann mal los!« Lilo erhob sich und sah Hilke Tetjen erwartungsvoll an.

Zwanzig Minuten später hielt Gertruds alter Benz vor dem roten mit Reet gedeckten Haus, in dem sich das Restaurant *Alte Schule* befand. Als sie eintraten, waren alle Gäste schon gegangen. Vier Leute vom Personal waren gerade dabei, das Restaurant aufzuräumen, Geschirr zu spülen und den Boden zu fegen.

Hilke grüßte ihre Angestellten. »Guten Abend, lassen Sie sich von uns nicht stören. Wir müssen nur kurz was holen«, sagte sie und schloss dann die große weiße Tür hinter sich, die einen Speiseraum von der Eingangshalle abtrennte. »Die müssen nicht sehen, was wir hier machen.«

Lilo schaute sich in dem Raum um, in dem die Tische für die Gäste des kommenden Tages noch nicht eingedeckt waren. »Wo geht es hier zum Kriechkeller?«

»Der Einstieg ist unter der erhöhten Sitzgruppe.« Hilke Tetjen zeigte auf eine gemütliche Sitzgelegenheit am Ende des Raumes.

»Dann geh mal nachsehen, ob Ennos Testament da unten irgendwo ist«, forderte Lilo die Witwe auf, nachdem sie die Möbel und den Teppich zur Seite geschafft hatten.

»Ich soll da runter gehen?«, fragte Hilke Tetjen ungläubig.

»Wer denn sonst?«, wunderte sich Ditte. »Es geht doch um das Testament deines Mannes.«

Hilke Tetjen verzog angewidert ihr Gesicht. »Da unten ist alles voller Ungeziefer. Und Ratten!«

»Na, und? Hauptsache du bekommst dein Testament und kannst endlich alles regeln«, fand Lilo.

»Und was, wenn das gar nicht stimmt? Was, wenn da gar kein Testament im Kriechkeller liegt?«, warf Hilke ein. »Außerdem kann ich mich nicht dreckig machen. Was sollen denn dann meine Angestellten von mir denken, wenn sie mich sehen?«

»Meine Güte!« Gertrud drückte kraftvoll ihre Handtasche gegen Hilke Tetjens Brust. »Halt mal!« Und schon hatte sie die Luke geöffnet, die den Einstieg in den Kriechkeller freigab. »Was soll denn Enno sagen? Durch den werden sich jetzt schon die Würmer fressen, und du stellst dich wegen ein paar Ratten und Spinnen an«, motzte sie.

Bevor jemand etwas erwidern konnte, war Gertrud schon in dem Einstieg verschwunden und hatte das kleine Lämpchen im Kriechkeller angeknipst. Lilo, Ditte und Hilke Tetjen beugten sich über das Loch im Boden. Sie hörten, wie Gertrud unter ihnen rumorte. »Kommst du klar, Gertrud?«, wollte Ditte wissen.

»Brauchst du eine Taschenlampe?«, fragte Lilo.

Bloß Ennos Witwe war stumm wie ein Fisch und hielt Gertruds Handtasche an sich gepresst, als wäre Ennos Testament in ihr.

»Hier steckt was fest. Oben, zwischen den Rohren«, rief Gertrud. Danach hörte man ein undeutliches Fluchen und dumpfes Schlagen.

»Brauchst du Hilfe, Gertrud? Sollen wir auch runterkommen?«, bot Lilo Hilfe an.

»Seid ihr wahnsinnig? Das ist hier ein Kriechkeller und kein Partykeller. Bleibt bloß oben!«, keuchte Gertrud.

Aus dem Kriechkeller erklang ein lautes Scheppern, das sich anhörte, als wären Rohre auf Beton geknallt. Danach war es still.

»Gertrud?«, fragte Ditte vorsichtig. »Ist alles okay bei dir?«

Es kam keine Antwort. Dafür erklang ein leises Schlurfen, und dann tauchte Gertrud wieder auf.

»Helft mir mal!«, forderte sie die Frauen auf, die sie an den Armen nach oben zogen.

»Ist alles okay? Hast du was gefunden?«, erkundigte sich Lilo erwartungsvoll.

»Hast du dich verletzt?«, fragte Ditte besorgt.

Gertruds ehemals marineblaues Kleid war nun staubgrau. In ihrem Gesicht trug sie eine wilde Kriegsbemalung aus Dreck, die jeden Indianer in die Flucht geschlagen hätte, die Gläser ihrer Brille waren blind vor Schmutz. Ihre roten Locken standen wild in alle Himmelsrichtungen ab, aber unter ihrem Arm hielt sie eine metallene Box.

»Ich glaube, das ist das, wonach wir gesucht haben.« Gertrud hielt Hilke Tetjen die Geldkassette im Austausch für ihre Handtasche entgegen.

»Danke«, sagte Hilke Tetjen leise, fast ein wenig kleinlaut. Sie setzte sich mit der Geldkassette auf einen Stuhl und holte ihren Schlüsselbund hervor. »Ich kenne die Geldkassette. Dafür habe ich einen Schlüssel.« Nach einiger Zeit fand sie den richtigen und öffnete die Box.

»Und?«, fragten Ditte und Lilo gleichzeitig.

»Das Testament.« Hilke Tetjen holte einen Schriftsatz hervor. »Das gibt es doch nicht, woher wusstet ihr das?«, fragte sie erstaunt.

»Wir wussten es gar nicht. Enno hat es dir verraten«, erklärte Lilo.

Gertrud steckte sich eine Zigarette zwischen die Lippen und zündete sie an, auch wenn in Restaurants striktes Rauchverbot herrschte.

»Danke, dass du in den Kriechkeller hinabgestiegen bist«, sagte Hilke Tetjen zu Gertrud. »Ich weiß nicht, ob ich mich das getraut hätte.«

Gertrud blies Rauchschwaden in die Luft und zog kurz die Augenbrauen hoch. Sie streckte Hilke Tetjen die offene Hand entgegen, die sie eifrig ergriff. »Danke noch mal, liebe Gertrud!«

»Dafür nicht. Ich bekomme noch tausend Euro Provision von dir«, entgegnete Gertrud, während eine kleine schwarze Spinne durch ihre Locken krabbelte.

10. Kapitel

Inga

Sie hatte sich an ihr Versprechen gehalten und pünktlich um neun Uhr das Frühstück für Frau Schneider und ihre Enkel fertig gemacht, während Ditte ihre morgendliche Runde in der Nordsee schwamm.

Nachdem Oma Schneider mit ihren Enkeln zu Ende gefrühstückt hatte und anschließend mit ihnen zu einem Schwimmtag in die Dünen-Therme losgezogen war, räumte Inga den Tisch ab und spülte anschließend das Geschirr. Dabei musste sie an den gestrigen Abend mit Ann denken. An ihre Gespräche, an Mats, daran, dass sie sich so sehr ein neues Café wünschte und dass St. Peter-Ording dafür der ideale Ort wäre. Ein Café in einem Pfahlbau. Das wäre die perfekte Lösung für sie und auch für Tante Ditte, denn damit ließe sich Geld verdienen, das sie zur Schuldentilgung verwenden konnte. Wenn ich dafür doch nur das nötige Startkapital hätte, dachte Inga wehmütig.

Um nicht weiter zu grübeln, beschloss sie, sich die ersten Möbel der Gästezimmer vorzunehmen. Sie deckte den Boden mit Zeitungspapier ab, bevor sie mit der Bearbeitung der Möbel begann. Einige mussten abgeschmirgelt werden, andere konnte sie ohne Vorbehandlung streichen. Bis zum Mittag hatte sie zwei Stühle und einen Tisch fertig. Das Etagenbett sollte am nächsten Tag auf Vordermann gebracht werden. Sie gönnte sich eine heiße Dusche und ging danach ins Erdgeschoss, wo sie Tante Ditte traf, die eine Schale mit Erdbeeren in den Händen hielt.

»Moin, Inga!«, begrüßte ihre Tante sie. »Danke noch mal, dass du heute das Frühstück für die Schneiders gemacht hast. Das hat wirklich perfekt gepasst, denn ich bin gestern noch mit Lilo und Gertrud weg gewesen, und da ist es spät geworden.«

»Hab ich gerne gemacht. Was hast du damit vor?«, fragte sie und deutete auf die Erdbeeren in der Schale.

»Ach ja, die Erdbeeren habe ich gerade aus dem Garten geholt, weil ich Milchreis kochen wollte. Hauke isst ihn auch so gerne.«

»Darf ich dir helfen?«, fragte Inga.

»Gerne«, antwortete Ditte, und gemeinsam machten sie sich daran, den Milchreis zu kochen.

»Ich habe übrigens die ersten Möbel fertig angestrichen. Sie stehen oben in dem Gästezimmer, dessen Fenster zum Deich rausgeht«, berichtete Inga, während sie fleißig in dem Milchreis rührte. »Die Farbe muss noch trocknen.«

»Prima! Das werde ich mir nachher gleich mal ansehen.«

»Und Papa schickt uns auch noch Farbe, die er nicht mehr braucht. Dann können die Wände der Zimmer auch gleich neu gestrichen werden.«

»Dann wird der Wilhelmshof ja bald in neuem Glanz erstrahlen und nicht wiederzuerkennen sein.« Tante Ditte stellte sich neben Inga und strich ihr über den Arm. »Ich bin so froh, dass du hier bist und mir unter die Arme greifst, Ingalein. Sehr sogar! Ohne dich würde ich es gar nicht schaffen, mich um alles zu kümmern.«

»Mach ich doch gerne!«, antwortete Inga und lächelte ihre Tante an. Sie brachte es nicht fertig, sie auf die Mahnungen anzusprechen, die sie gefunden hatte. Irgendwie fühlte es sich falsch an, weil Tante Ditte ja die Ältere war und es bisher so gewesen war, dass sie sich um Inga gekümmert hatte und nicht umgekehrt. Dass das Blatt sich nun wendete, daran musste Inga sich noch gewöhnen.

Tante Ditte breitete eine weiße Decke mit Spitze über den Gartentisch auf der Terrasse aus. Inga deckte den Tisch, und kaum stand der Milchreis darauf, war auch schon Hauke aufgetaucht. Er schaufelte sich eine ordentliche

Portion auf den Teller. »Mmmhh, das ist lecker, obwohl …«

»Nicht schon wieder, Hauke!«, ermahnte Ditte ihn schmunzelnd.

Hauke lachte. »Ja, liebe Ditte, dein Milchreis ist köstlich, obwohl …«

»Obwohl der deiner Schwester Hella noch besser schmeckt, ich weiß, ich weiß.«

»Du hast eine Schwester?«, fragte Inga verwundert. Das war ihr neu.

»Sogar zwei. Hella und Edda. Eine ist älter, die andere jünger«, bestätigte er.

»Den besten Milchreis gibt es jedenfalls auf Borkum. Da komme ich nämlich ursprünglich her, und da lebt der Rest meiner Familie«, sagte Hauke.

»Was ist denn so toll an dem Milchreis deiner Schwester?«, wollte Inga wissen.

»Sie betreibt eine Milchbude am Strand. Sie kocht also quasi beruflich Milchreis«, erklärte Hauke, dessen Schale schon fast leer war.

»Dafür, dass ich nur den zweitbesten Milchreis koche, haust du aber ordentlich rein«, bemerkte Tante Ditte trocken.

»Was ist denn überhaupt eine Milchbude?«, fragte Inga nach. »Davon habe ich noch nie gehört.«

»Milchbuden haben eine lange Tradition auf Borkum.

Das fing schon vor über hundert Jahren an, dass sich die Urlauber immer länger am Strand aufgehalten haben. Nur zu dem Zeitpunkt gab es noch keine Gastronomie am Strand, so wie wir das heute kennen. Und deswegen liefen die Badegäste Gefahr, viel zu lange nichts zu trinken. Das war der Grund, weswegen auf Borkum kleine Holzbuden am Strand aufgestellt wurden, in denen zunächst Borkumer Dickmilch an die Gäste verkauft wurde. Das waren damals die Anfänge der Milchbuden. Mittlerweile gibt es davon bestimmt elf Stück. Und eine davon gehört meiner Schwester Hella.«

»Und deine Schwester verkauft Dickmilch?«, wollte Inga wissen.

»Ja, auch. Aber nicht nur. Sie verkauft auch noch andere Dinge. Kaffee, Kuchen, Krabbensuppe ... aber vor allem verkauft sie Milchreis. Ihr Milchreis ist legendär auf Borkum. Dafür stehen die Leute in langen Schlangen an. An ihrer Milchbude können sich die Gäste übrigens auch auf eine schöne Terrasse setzen und von da aus nicht nur den Milchreis genießen, sondern auch einen tollen Ausblick auf den Strand und manchmal sogar auf ein- und auslaufende Schiffe innerhalb der Emsmündung. Das ist eine super Sache bei schönem Wetter, sag ich dir!«

»Das klingt ja toll«, sagte Inga, die, während Hauke erzählt hatte, immer hellhöriger geworden war. Milchreis zu verkaufen, darauf war sie bisher noch gar nicht gekommen. »Lohnt sich denn eigentlich der Milchreisverkauf? Ich meine, kann deine Schwester Hella davon leben?«, hakte sie deswegen bei dem Pferdepfleger nach.

Hauke lachte auf. »Ja, da kann sie gut von leben. Der Wareneinsatz ist nicht so hoch, und im Urlaub wird sich ja gerne mal etwas gegönnt. Sie macht guten Umsatz.«

»Hört sich super an!« Inga zog beeindruckt die Augenbrauen hoch.

»Gibt es solche Milchbuden auch in St. Peter-Ording?«

»Wo denkst du hin? Die Milchbuden sind einzigartig auf Borkum und gehören zu der Insel wie die Krabben in die Suppe. Diese Buden gibt es nur an den Borkumer Stränden«, sagte Hauke mit unüberhörbarem Heimatstolz in der Stimme.

»In St. Peter-Ording haben wir dafür unsere unverwechselbaren und berühmten Pfahlbauten. Das sind die Wahrzeichen unseres Ortes. Außerdem, überlege doch mal, Inga, würden solche Milchbuden doch von der Flut weggespült werden«, gab Tante Ditte zu bedenken. »Deswegen ist bei uns am Strand doch alles auf Stelzen.«

»Natürlich. Da hast du recht.« Inga schaute nachdenklich auf die Strandrosen, die üppig neben der Terrasse wuchsen. »Eigentlich schade«, sagte sie dann leise zu sich selbst.

»Kann ich noch etwas von dem Milchreis bekommen?« Hauke hielt Inga auffordernd seinen leeren Teller entgegen und riss sie aus ihren Gedanken, in denen sie sich mit Tante Dittes Milchreis schon in einer Milchbude am Strand von St. Peter-Ording sah.

11. Kapitel

Inga

Nach dem gemeinsamen Milchreisessen hatte Inga sich Tante Dittes Hollandrad ausgeliehen. Der Wind hatte merklich aufgefrischt, doch am Himmel war weiterhin keine einzige Wolke auszumachen. Sie war ohne festes Ziel losgeradelt, einfach ins Blaue, um ein bisschen nachzudenken. Auf dem Deich pfiff ihr eine gehörige Brise Seeluft entgegen, doch das kam ihr gerade recht. Sie hatte tatsächlich einen Moment darüber nachgedacht, auch Milchreis am Strand zu verkaufen, doch wo? In St. Peter-Ording gab es keine Milchbuden, und einen Pfahlbau für den Milchreisverkauf anzumieten, schied aus. Das war viel zu teuer. Zumal die gestelzten Häuser am Strand allesamt verpachtet waren. Doch trotzdem ging ihr die Idee nicht aus dem Kopf. Was auf Borkum der absolute Verkaufsschlager war, würde doch sicherlich auch in St. Peter-Ording funktionieren.

Inga bremste ab und kam mit dem Rad zum Stehen. Es musste doch irgendeine Möglichkeit geben, die Idee in die

Tat umzusetzen. Sie legte den Kopf in den Nacken. Über ihr kreischten zwei Möwen, als wollten sie ihre Überlegungen bestätigen. Inga sah den Vögeln nach, die immer tiefer sanken und schließlich auf der Salzwiese landeten. Sie nahm sich vor, später Ann anzurufen, vielleicht fiel ihrer Freundin etwas ein. Sie schwang sich wieder in den Sattel und bog links in einen Weg ein, der sie zuerst durch eine Siedlung mit Einfamilienhäusern führte und dann zu einer Landstraße wurde.

Inga wusste nicht, wo sie sich befand, und überlegte kurz, in welche Richtung sie am besten weiterfahren sollte. Da St. Peter-Ording nicht Dortmund oder Essen war, machte sie sich keine großen Sorgen, dass sie sich verfahren könnte. Irgendwie führten alle Wege irgendwann wieder zum Deich und damit auch zurück zum Wilhelmshof. Sie entschied sich, rechts abzubiegen und somit wieder nordwärts zu radeln.

Inga kam an Wiesen mit Schafen vorbei und an reetgedeckten Häusern mit »Zimmer frei«-Schildern. Sie ließ ihren Blick über die Weite der Landschaft gleiten und genoss den schönen Sommertag. Irgendwann merkte sie, dass das Treten anstrengender wurde. Zuerst konnte sie es sich nicht erklären, doch dann schlingerte das Vorderrad leicht und zwang Inga zum Absteigen. Sie ging neben dem Rad in die Hocke. »Mist!«, fluchte sie laut. Der Reifen war platt. Sie hatte nicht die geringste Lust, das Rad zurück bis zum Wilhelmshof zu schieben, doch Flickzeug hatte sie ebenso wenig dabei.

Inga blickte sich um und entdeckte in einiger Entfernung einen Hof. Vielleicht konnte sie dort nach Flickzeug fragen. An dessen Einfahrt war ein gelbes Schild befestigt, auf dem *Hof-Trödelmarkt* geschrieben stand. Wenn das mal kein Zufall war! Inga hatte ein Faible für Flohmärkte. Auf einem Trödelmarkt gab es doch bestimmt alte Fahrräder, deren Reifen intakt waren und zu ihrem Rad passten.

Sie schob das Fahrrad die Einfahrt hinauf, bis sie an eine offene Scheune gelangte, vor der einige Leute standen und sich Dinge besahen, die teilweise auf Tischen, in Kartons und Kästen oder Wäschekörben lagen. An einer Scheunenwand erspähte Inga drei Fahrräder. Daneben stand eine offene Truhe mit Holzspielzeug und eine zweite mit allerhand Nippes wie Engelsfiguren aus Porzellan, kitschige Gartenzwerge, geschnitzte Hasen und eine bunt angemalte Mini-Statue der Madonna. Was die Leute sich alles anschafften, wunderte sich Inga.

»Entschuldigung? Kann ich Ihnen helfen?«, fragte eine Männerstimme neben ihr.

»Bitte, was?« Inga drehte überrascht den Kopf in die Richtung, aus der die Stimme gekommen war. Neben ihr stand ein dunkelhaariger großer Mann in ausgewaschenen Jeans und einem sonnengelben Shirt, das die Bräune seiner Haut betonte. Er musste ungefähr in ihrem Alter sein,

Mitte oder Ende dreißig, schätzte sie. An seinem Handgelenk trug er verschiedenfarbige Armbänder, die aus Segeltau geflochten waren. An seinem rechten Oberarm lugte eine Tätowierung unter dem Shirt hervor.

»Ich fragte, ob ich Ihnen helfen kann«, wiederholte er. Dieses Mal etwas lauter und langsamer, als wäre Inga ein wenig schwer von Begriff.

»Ähm, nein«, antwortete sie. »Nein, danke. Gartenzwerge und Madonnen-Statuen sind nicht unbedingt mein Ding.«

»Ich meinte eigentlich auch dabei«, sagte er und zeigte auf den Platten an ihrem Fahrrad. »Dem scheint die Luft ausgegangen zu sein.« Er lächelte Inga freundlich an.

»Oh, ja, stimmt! Das war eigentlich der Grund, weswegen ich hierhergekommen bin. Ich bin vorhin die Straße entlanggefahren und habe plötzlich gemerkt, dass der Reifen platt ist, und dann habe ich zufällig das Schild von dem Hof-Trödelmarkt gesehen, und da habe ich mir gedacht, dass ich hier eventuell einen Ersatzreifen bekommen kann und mir vielleicht jemand dabei helfen könnte, den Reifen zu flicken«, ratterte Inga eine Erklärung herunter.

Der Typ musste lachen. »Ihnen scheint jedenfalls nicht so schnell die Puste auszugehen wie dem Reifen. Holen Sie beim Sprechen eigentlich auch mal Luft?«

»Meistens rechtzeitig, bevor ich blau anlaufe und umkippe«, konterte Inga, ohne eine Miene zu verziehen, musste dann aber auch lachen. Ihr gefiel dieser lockere Typ.

»Dann bin ich beruhigt«, antwortete er. »Ich bin übrigens Davide.« Er hielt ihr die Hand hin.

Sie griff danach. »Freut mich. Ich heiße Inga.« Er hatte einen angenehm festen Handschlag. Das mochte sie bei Männern.

»Ich habe den Trödelmarkt im Namen meiner Tante Rosella organisiert«, sagte er nun und zeigte auf eine rundliche Frau, die mit Leuten zusammenstand und ihnen einige Bilder zeigte, auf denen Blumen zu sehen waren. Sie trug eine knielange Jeanshose und darüber eine bunt gemusterte Bluse, die mindestens so farbenfroh war wie die Blumen auf den Bildern. Sie schien etwas jünger zu sein als Tante Ditte, glaubte Inga. Aber vielleicht lag es auch an ihren dunklen Haaren, die sie bis zur Schulter trug und in die sich noch keine silbrigen Strähnen verirrt hatten. »Sie will den Hof verkaufen, und deswegen misten wir gerade aus«, erklärte Davide.

»Ah, verstehe. Das macht Sinn.« Sie lächelte ihn an. Er wurde ihr von Minute zu Minute sympathischer.

»Dann lass uns mal in den Speicher gehen. Da müsste irgendwo Flickzeug sein.«

Inga folgte Davide in die geräumige Scheune, wo allerhand Geräte herumstanden. Rasenmäher, Kühlschränke und Kühltruhen, eine gelbe Vespa, ein rostiger Traktor und weitere Fahrräder, unter anderem ein Tandem.

»Das Flickzeug hatte mein Onkel Lorenzo in einem blauen Werkzeugkoffer gehabt, und der war immer in dem Spind dort drüben.« Davide ruckelte an der Tür eines grauen länglichen Schranks, die mit einem Mal aufsprang. »Wusste ich es doch. Da ist der Kasten.« Er nahm den Werkzeugkasten aus dem Spind, stellte ihn auf dem Boden ab und öffnete ihn. »Perfekt. Alles da fürs Rad.«

Ingas Blick blieb an einem Gegenstand in einem kräftigen Farbton hängen. »Oh, was ist denn da?« Sie deutete in den hinteren Teil der Scheune. »Da leuchtet es so pink.«

»Typische Signalfarbe für Frauen«, scherzte Davide. »Komm mit, dann zeige ich es dir!« Er räumte einen Rasenmäher und ein paar Kartons aus dem Weg, damit Inga ihm in den hinteren Bereich folgen konnte.

»Oh, wow!« Es verschlug ihr für einen Moment die Sprache. Vor ihr stand ein alter VW Bulli in Knallpink. »Der ist ja wahnsinnig schön!«

»Der T2 war der ganze Stolz von Onkel Lorenzo. 1974 hat er ihn gekauft und seitdem gefahren. Wenn er kaputt war, hat er ihn wieder repariert.« Davide strich etwas wehmütig mit einer Hand über die Fahrertür des Bullis. »Er hätte sich nie von ihm getrennt.«

»Du sagtest *war* und *hätte* … ist dein Onkel etwa …?«

»Tot, meinst du?«

»Hm.«

»Schon seit drei Jahren. Deswegen bin ich auch hierhergekommen. Ich löse mit meiner Tante zusammen den Haushalt auf. Allein ist es für sie zu viel Arbeit.«

»Ach, du bist gar nicht von hier?«

»Nein. Ich lebe in Flensburg. Dort habe ich, und nun kommt das Klischee, eine eigene Eisdiele. So wie sich das für einen waschechten Italiener gehört.« Er lachte wieder. »Entweder Eisdiele oder italienisches Restaurant. Da setze ich die Familientradition fort.«

Inga trat nun an den Bus heran und schaute in den vorderen Bereich. »Na ja, wenigstens hast du ein Café, ich musste mein Café im Ruhrgebiet vor Kurzem schließen.«

Davide verzog das Gesicht. »Oh! Das tut mir leid.«

»Ja, ich habe es sehr gerne gehabt, aber man muss nach vorne schauen«, sagte sie tapfer und rang sich ein Lächeln ab. »Es geht schließlich immer irgendwie weiter.«

»Weißt du, was das Besondere an dem Bulli ist?«, fragte er.

»Er ist pink?«

»Das auch! Aber nein, das meinte ich nicht. Der T2 war nicht nur Onkel Lorenzos Ein und Alles, sondern gleichzeitig auch sein Arbeitsplatz.«

»Wie das?«, fragte Inga interessiert.

»Na, es war ein Eiswagen«, antwortete er und zog die Schiebetür an der Seite auf. Er kletterte in den Bus und bot Inga dann seinen Arm als Einstiegshilfe an. »Hereinspaziert, die Dame! Willkommen im pinken Eiswunder auf vier Rädern.«

Inga kletterte in den T2 und staunte. »Meine Güte, was man auf so kleinem Raum alles unterbringen kann! Wirklich erstaunlich …«

Davides Onkel hatte in dem Bus eine ganze Küche eingebaut.

»Guck dir ruhig alles an«, forderte Davide sie auf.

Neben einer Eistheke und einer Sahnemaschine entdeckte sie auch einen Kühlschrank, eine Gefriertruhe, eine Spüle und einige Schränkchen. Es gab sogar einen Herd mit zwei Platten. »Das glaube ich alles nicht«, sagte Inga mehr zu sich. Sie blickte sich um und legte einen Zeigefinger an ihre Lippen. »Das kann kein Zufall sein. Das ist total verrückt.«

»Was kann kein Zufall sein?«

Inga fuhr sich durch die Haare. »Na ja, dass ich heute einfach mit dem Rad drauflosgefahren bin, dann einen Platten hatte und ausgerechnet bei dir auf dem Hof gelandet bin. Und jetzt stehe ich hier in dem Eiswagen, der alles hat, was ich brauche. Das wäre die Lösung!«

»Lösung?« Davide lehnte sich gegen die Eistheke und schaute Inga aufmerksam an. »Ich verstehe zwar kein Wort, von dem, was du sagst. Aber ich bin mir sicher, du wirst es mir erklären.«

Inga erzählte Davide, ohne zu zögern, die ganze Geschichte, von ihrer Geschäftsaufgabe angefangen bis hin zu der Milchreis-Idee, die sie nicht mehr losließ. Lange hatte sie keinen Menschen mehr getroffen, mit dem sie von Anfang an das Gefühl hatte, so auf der gleichen Wellenlänge zu sein wie mit Davide. »Der Bulli wäre perfekt. Keine Milchbude, die von der Flut weggespült werden kann, und ich könnte mit dem Bus auf die Strandabschnitte Böhl und Ording fahren, um dort Milchreis an den Mann zu bringen«, plapperte Inga aufgeregt. »Könnte ich ihn dir vielleicht abkaufen?«

Davide hatte ihr aufmerksam zugehört, aber nun verschränkte er die Arme vor seiner Brust. »Leider ist der Bus unverkäuflich. Er ist eines der wichtigsten Andenken an meinen Onkel. Zu viele Erinnerungen hängen daran.«

»Wie schade, aber das verstehe ich.« Inga ließ die Schultern hängen. Das durfte nicht wahr sein. Aus der Traum, bevor er richtig angefangen hatte.

Davide kam zu ihr herüber und legte einen Arm um ihre Schulter. »Hey, jetzt mach nicht so ein Gesicht. Da findet sich bestimmt noch eine andere Lösung«, versuchte er sie zu trösten.

»Alles gut, es hätte einfach nur so gut gepasst.« Inga seufzte. »Und einen zweiten Eiswagen, an dem keine Erinnerungen hängen, hat dein Onkel nicht zufällig hier irgendwo noch rumstehen?«

Davide schaute sie einen Moment wortlos an. »Moment mal, ich muss eben was klären. Bin gleich wieder da«, sagte er zu ihr.

»Was hast du vor?«

»Gib mir fünf Minuten.«

Sie blickte ihm hinterher. Er verließ die Scheune und lief zu seiner Tante hinüber, die beiden unterhielten sich angeregt, wobei sie immer wieder in ihre Richtung blickten. Inga sah dem gestenreichen Gespräch gebannt zu.

Nach einer Weile kam Davide wieder zurück in die Scheune. »So, Problem gelöst«, verkündete er.

»Welches genau?«

»Deines.« Er zog die Augenbrauen hoch.

»Verkaufst du mir jetzt etwa doch den Bulli? Konntest du deine Tante überreden?«, fragte Inga ungläubig.

»Nein, der Wagen steht nach wie vor nicht zum Verkauf. Der letzte Wille meines Onkels zählt. Aber …« Er machte eine Pause und lächelte sie an.

»Aber?« Inga hielt vor Spannung die Luft an.

»Aber, wenn du mir und meiner Tante versprichst, dass du gut mit dem Bus umgehst, dann wollen wir ihn dir gerne für deinen Milchreisverkauf leihen, solange du ihn brauchst.«

»Wirklich?!« Inga konnte nicht glauben, was sie da hörte, oder vielmehr traute sie es sich nicht zu glauben.

Tat er das wirklich? Ihr Herz schlug vor Aufregung bis zum Hals. »Ist das dein Ernst? Einfach so? Schließlich kennen wir uns gar nicht.«

Davide zuckte die Achseln. »Als Gastronom treffe ich viele Leute und habe eine gute Menschenkenntnis. Ich bin mir sicher, dass mein Onkel keine Einwände gehabt hätte. Es würde ihn bestimmt freuen, zu sehen, dass Rosi nicht bloß in der Garage verstaubt. Du würdest quasi die Tradition fortsetzen. Zwar nicht mit Eis, aber mit Milchreis.« Davide zwinkerte Inga zu.

»Rosi?«, fragte Inga grinsend. »Der Bulli heißt Rosi?«

»Ja. Seit 1974, und sie reagiert auch auf ihren Namen. Zickt sie mal rum, musst du ihr gut zureden.«

»Aha, das werde ich mir merken.« Inga schmunzelte.

12. Kapitel

Ditte

Ditte schaute auf ihre Armbanduhr. »Inga ist bestimmt mit dem Fahrrad noch zu Ann und Mats gefahren, und das kann dauern. Die jungen Leute haben sich seit Ewigkeiten nicht mehr gesehen. Und Hauke ist mit Nemo am Hundestrand.« Ditte führte Lilo und Gertrud ins Wohnzimmer. Sie hatte ihre Freundinnen um ein spiritistisches Treffen gebeten, um endlich wieder Kontakt zu Matthias aufzunehmen und ihn um Rat zu fragen.

»Worum geht es denn, Ditte? Wo brennt es bei dir? Haben sich immer noch keine neuen Gäste angemeldet?«, fragte Lilo.

Die Damen setzten sich an den wuchtigen Esstisch, auf dem schon heißer Tee in einer Kanne und Teeporzellan in Friesisch Blau bereitstanden.

»Ach.« Ditte seufzte. Sie hatte eigentlich mit ihren Freundinnen nicht noch mal über das Ausbleiben von Feriengästen reden wollen und schon gar nicht von den finanziellen Schwierigkeiten, die sie hatte, aber was blieb ihr anderes übrig? »Nein. Kein einziger. Nur Frau Schneider und ihre Enkel sind da. Der Rest der Betten ist nach wie vor leer. Und das zur Hochsaison! Ich weiß langsam nicht mehr, wie es mit dem Hof weitergehen soll. In den nächsten Tagen kommt Ann Grothusen wieder, um nach Henk zu sehen. Ich werde sie wieder vertrösten müssen. Dabei schulde ich ihr schon Geld. Die Futterbestände für die Pferde neigen sich langsam dem Ende zu. Ich habe mittlerweile eine ganze Schublade voll mit Mahnungen und Zahlungsaufforderungen. Wir müssen Matthias noch mal um Rat fragen. Vielleicht hat er irgendeine Lösung für diese Situation parat.«

»Na ja, tausend Euro hätten wir schon mal«, merkte Gertrud sachlich an.

»Nein! Auf gar keinen Fall!«, protestierte Ditte. »Das geht gegen unseren Ehrenkodex, uns nicht durch unsere spiritistischen Sitzungen persönlich zu bereichern. Das Geld wird ausschließlich für Bedürftige verwendet.«

»Sind deine Pferde etwa nicht bedürftig? Willst du sie verhungern lassen?«, fragte Gertrud ohne Umschweife.

»Nein, natürlich nicht.« Ditte schaute zu Boden und fummelte nervös an ihrer Perlenkette herum. Ihr war die Angelegenheit mehr als unangenehm.

»Dachte ich es mir.« Gertrud schob Ditte den Umschlag über den Tisch. »Für deine Friesen.« Sie notierte etwas in ihrem Notizbuch und las dann vor. »Tausend

Euro von Hilke Tetjen an Ditte Wilhelm für den Futterlieferant. Flexibel rückzahlbar – falls du es nicht als Geschenk annehmen möchtest.«

Zunächst sagte Ditte gar nichts. »Na, gut«, gab sie sich dann geschlagen. »Aber ich werde davon jeden Cent in unsere Kasse zurückzahlen. So schnell wie möglich.«

»So eilig ist das nicht. Im Moment ist nämlich nicht nur Hauptsaison bei euch Gastgebern, sondern auch Hochsaison beim Sterben. Petter und ich werden in den nächsten Tagen wieder einige Männer unter die Erde bringen, die spontan den Löffel abgegeben haben. Deren verwitwete Ehefrauen werden bestimmt darauf brennen, noch mal mit ihren Dahingeschiedenen zu reden, wenn ich ihnen stecke, dass ich den Kontakt ins Jenseits vermitteln kann. Da holen wir die tausend Euro in null Komma nichts wieder rein. Bei den verzweifelten Witwen sitze ich schließlich an der Quelle«, erklärte Gertrud, ganz Geschäftsfrau, und machte sich schon wieder Notizen.

»Dann wäre das geklärt. Lasst uns anfangen und Matthias befragen, was zu tun ist«, sagte Lilo.

Nachdem die Vorhänge zugezogen waren, die Kerzen in den Leuchtern brannten, die Wohnzimmertür geschlossen war und das Hexenbrett auf dem Tisch lag, konnte die Kontaktaufnahme mit dem Jenseits beginnen. Die Fingerspitzen der Frauen berührten den Zeiger. Es war mucksmäuschenstill im Wohnzimmer. Das Ticken der alten Standuhr war das einzige Geräusch, das zu hören war.

»Matthias, wir rufen dich! Ditte braucht deinen Rat. Bist du da?«, durchbrach Lilos Stimme die Stille.

Die Frauen warteten gespannt, doch es tat sich nichts.

»Matthias! Gib uns ein Zeichen, wenn du da bist«, forderte Lilo Dittes verschollenen Mann auf.

Mit einem Mal schien die Temperatur im Raum zu sinken. Ditte fröstelte, und dann bemerkte sie einen Lufthauch auf ihrer Haut, der augenblicklich eine Gänsehaut bei ihr auslöste.

»Matthias, bist du da?«, fragte Lilo noch einmal. Kaum hatte sie die Frage gestellt, glitt der Zeiger auf das Wort »Ja«. »Was kann Ditte tun, um die offenen Rechnungen bezahlen zu können?«, stellte Lilo ohne Umschweife die wichtige Frage.

Ditte wusste, dass Tote meistens nicht lange im Kontakt mit dem Diesseits blieben und keine Zeit mit unnötigem Small Talk verplempern wollten. Deswegen hatte sich Lilo angewöhnt, immer gleich zur Sache zu kommen.

Der Zeiger setzte sich wieder in Bewegung und steuerte verschiedene Buchstaben des Alphabets an.

»Ditte ist reich«, sprach Lilo Matthias' Botschaft laut aus.

Die drei Frauen blickten sich fragend an. Was meinte Matthias damit?

»Haben wir deine Botschaft richtig verstanden?«, hakte Lilo nach, der die Aussage merkwürdig vorkam.

Der Zeiger glitt auf das Wort »Ja«, dann auf »Danke« und zum Schluss auf das »Ich gehe«-Feld. Damit war die Séance beendet. Ditte, Lilo und Gertrud schauten einander verständnislos an.

»Was soll das bedeuten, du wärst reich?«, fragte Lilo.

Ditte wickelte die Perlenkette um ihre Finger und schüttelte ratlos den Kopf. »Ich kann mir keinen Reim darauf machen, was er meint. Jetzt bin ich genauso schlau wie vorher.«

»Ts! Ich glaube, der gute Matthias hat einen über den Durst getrunken. Das kann doch nicht sein Ernst sein«, polterte Gertrud los.

Ditte rutschte nervös auf ihrem Stuhl hin und her. »Irgendwas stimmt da nicht. Ich weiß, dass man das eigentlich nicht macht, aber können wir Matthias ausnahmsweise noch mal rufen und nachfragen, was er damit meint?«, bat sie Lilo.

»Du weißt, dass man normalerweise die Geister der Toten nicht mehrmals am Tag anrufen sollte. Das ist nicht gut und kann dazu führen, dass Verstorbene sich nicht mehr rufen lassen. Man sollte sparsam mit den jenseitigen Energien umgehen, sonst läuft man Gefahr, die Verbindung zu verlieren«, gab Lilo zu bedenken. »Aber in diesem speziellen Fall sollten wir da vielleicht wirklich noch mal nachhaken.«

»Dass Männer sich auch nicht klar ausdrücken können«, motzte Gertrud leise vor sich hin. »Um sie zu verstehen, braucht man eine Kristallkugel.«

»Dann noch mal alles auf Anfang«, sagte Lilo.

Die Frauen wiederholten das Ritual. Sie tippten wieder den Zeiger mit ihren Fingerspitzen an, konzentrierten sich auf die Verbindung mit dem Jenseits.

»Matthias, wir rufen dich.« Dieses Mal klang Lilos Stimme noch dunkler als sonst, und sie atmete tiefer. »Komm zurück zu uns. Ditte hat noch eine Frage«, sagte sie mit einer ungewohnt fordernden Stimme, als plötzlich die Wohnzimmertür aufsprang.

»Oh Gott!« Ditte sprang erschrocken von ihrem Platz auf.

»Meine Güte!« Lilo griff sich mit einer Hand ans Herz.

Auch der sonst unerschrockenen Gertrud stand der Schreck ins Gesicht geschrieben. Sie fing sich jedoch schnell wieder und verzog abschätzig den Mund. »Du hast ja vielleicht ein Timing.«

Inga stand mit einem fragenden Gesichtsausdruck in der Tür. »Ich wollte euch nicht stören«, entschuldigte sie sich bei den Frauen.

Ditte setzte sich wieder auf ihren Stuhl, und Lilos

Gesichtszüge entspannten sich langsam.

»Das hat nicht geklappt«, stellte Gertrud fest und sagte dann zu Inga gewandt: »Deine Tante hätte fast der Schlag getroffen.«

»Mich auch«, fügte Lilo hinzu. Sie klappte das Hexenbrett zusammen und verstaute den Zeiger in einer Tasche in ihrem Kleid.

Inga deutete auf eine getigerte Katze, die mit hocherhobenem Schwanz durch das Wohnzimmer stolzierte. »Fine saß vor der Tür und wollte rein.«

Die Katze streifte um Dittes Beine. »Ja, ich weiß, Finchen, du hasst geschlossene Türen«, sagte sie und kraulte die Katzendame hinter den Ohren. »Warst du bei Ann und Mats?«

Inga lehnte im Türrahmen. »So weit bin ich gar nicht gekommen. Dein Rad hatte Gott sei Dank einen Platten.«

»Wieso denn Gott sei Dank?«, wunderte sich Ditte. »Und warum strahlst du so über das ganze Gesicht?«

»Ohne die Fahrradpanne wäre ich nie auf dem Resthof von Rosella Rossi gelandet und hätte Rosi nie gefunden.«

»Wer in Himmels Namen ist denn Rosi?«

»Da werdet ihr nie drauf kommen.« Inga zog ihr Handy aus der Tasche und zeigte den drei Frauen ein Foto von dem pinken Raumwunder.

»Ein Bus?«

»In Pink?«

»Was willst du denn mit so einem alten Ding?« Ditte verstand nur Bahnhof.

»Milchreis verkaufen«, sagte Inga triumphierend. »Am Strand in Ording. Was auf Borkum funktioniert, wird auch in St. Peter-Ording funktionieren. Rosi ist mein Milchbus.«

Ditte hob interessiert den Kopf. »Das musst du uns aber mal genauer erklären.«

Als Ditte später am Abend mit einer Tasse Tee in ihrem Ohrensessel saß und Nemo zu ihren Füßen lag, lächelte sie – trotz all ihrer Sorgen und Matthias' eigenartiger Botschaft. Sie erinnerte sich an den Bus. Dass der ehemalige pinke Eiswagen von Lorenzo Rossi auf seine alten Tage noch mal groß rauskommen würde, damit hatte wohl niemand gerechnet. Die pinke Rosi. Ein Milchbus. St. Peter-Ordings Antwort auf die Borkumer Milchbuden. Als Hauke mit Nemo von einem ausgedehnten Spaziergang am Deich zurückgekommen war, hatte Ditte ihm sofort von Ingas Plänen erzählt, woraufhin er plötzlich ganz dringend nach Hause musste. Die Neuigkeit musste Hauke sicher gleich seiner Schwester Hella erzählen, denn schließlich war der Titel um den besten Milchreis der Welt in Gefahr. Ob allerdings mit Ingas Milchreisverkauf tatsächlich die Gefahr einer drohenden Pleite des Hofs abgewendet werden konnte, das schien Ditte zweifelhaft. Eines war jedenfalls sicher: Sie war bestimmt keine reiche Frau, jedenfalls nicht finanziell, so wie es Matthias behauptet hatte. Seine Botschaft war und blieb für sie schleierhaft.

13. Kapitel

Inga

Nachdem sie Tante Ditte, Lilo und Gertrud von ihren Plänen mit Rosi erzählt hatte, war Inga in ihr Zimmer gegangen. Mittlerweile hatte sie herausbekommen, dass sie rechts neben dem Fenster einigermaßen Handyempfang hatte. Inga rief bei ihrer Freundin Konny an, um ihr von Rosi zu erzählen und sie um einen Gefallen zu bitten.

»Könntest du mir die Kartons aus der *Insel* mit den Tellern, Schüsseln, dem Besteck und den zwei großen Töpfen zum Wilhelmshof schicken?«, fragte sie Konny, nachdem sie ihr die Neuigkeiten im Schnelldurchgang erzählt hatte. »Du weißt besser, in welche Kisten wir den Kram gepackt haben, als meine Mutter. Sie würde wahrscheinlich erst ewig suchen müssen.«

»Klar kann ich das machen. Ich gehe gleich morgen im Betrieb deiner Eltern vorbei. Und was willst du mit dem Zeug?«, fragte Konny.

»Ich kann den Milchreis den Leuten ja schlecht auf die nackte Hand verkaufen. Ich brauche also Teller oder

Schalen. Und so habe ich auch gleich Pfandgeschirr und muss kein Wegwerfzeugs kaufen. Eine Portion Milchreis für fünf Euro und fünfzig Cent Geschirrpfand, habe ich mir überlegt. Das scheint mir ein guter Preis zu sein.«

»Verstehe. Eine gute Strategie«, bestätigte ihre Freundin.

»Aber jetzt rück mal raus mit der Sprache, denn wenn du meinst, du kannst mich mit dem Geschirr so einfach von deiner neuen italienischen Bekanntschaft ablenken, dann hast du dich geschnitten. Wie heißt er noch mal?«, wollte sie wissen.

»Davide.«

»Aha! Und, wie ist er so?«

»Konny, du bist echt lustig. Ich habe ihn doch gerade erst vor ein paar Stunden kennengelernt. Was soll ich denn da sagen?«

»Aber gefallen tut er dir schon«, stellte Konny fest.

»Ja, schon. Und er sieht auch ganz gut aus. Okay, er ist super attraktiv, nett und hilfsbereit. Aber mehr ist da nicht«, sagte Inga. »Ich bin einfach total froh, dass sich alles so gefügt hat und ich nun diesen tollen Bus an Land gezogen habe.«

»Ja, klar.«

Inga hörte, dass Konny lächelte, während sie das sagte.

»Jedenfalls sehen wir uns morgen schon wieder, weil er mir versprochen hat, Rosi verkehrstüchtig zu machen. Sie muss noch vor ihrem nächsten Einsatz über den TÜV kommen und sauber gemacht werden. Einige Geräte müssen überprüft und notfalls repariert werden. Davide hat mir netterweise auch versprochen, mir bei den Behörden zu helfen. Du weißt schon, Gesundheitsamt, Gewerbeamt, die Konzession und was da eben noch so alles an Auflagen anfällt«, zählte Inga auf.

»Das ist wirklich äußerst nett von Davide.« Konny zog Inga auf.

Inga musste grinsen. »Hör auf! Komm mich halt demnächst mal besuchen, dann kannst du ihn dir live und in Farbe ansehen und deine Neugier befriedigen.«

»Würde ich total gerne machen, aber bei meinem neuen Job in der Café-Kette kriege ich in der nächsten Zeit nicht frei. Urlaubssperre nennt man das. Keine Chance auf einen Kurztrip an die Nordsee. Da sind höchstens ein paar Stunden am Baggersee drin.«

»Klingt nicht nach Spaß.«

»Nee. Ist super anstrengend und ziemlich unlustig. Meine Kollegen sind auch total gestresst und haben nur schlechte Laune. Ich mache meistens keine Minute länger und bin froh, wenn ich da raus bin.«

»Also, sobald ich expandiere und es einen zweiten Milchbus gibt, bist du wieder mit an Bord.«

»Das klingt doch super. Ich sage dir morgen Bescheid, wann du mit dem Geschirr rechnen kannst. Jetzt muss ich aber leider ins Bett hüpfen. Meine Frühschicht fängt morgen schon um sechs Uhr dreißig an«, sagte Konny wenig begeistert.

»Gute Nacht, liebe Konny. Und vielen Dank für deine Hilfe. Schlaf gut!«

»Du auch!«

Inga drückte auf den roten Hörer auf dem Display und stöpselte ihr Handy an die Ladestation. Um Ann auch noch anzurufen, war es schon zu spät. Das musste bis morgen warten. Sie öffnete das kleine Fenster in ihrem Zimmer unter dem Reetdach und schaute in einen klaren dunkelblauen Himmel, an dem die ersten Sterne leuchteten. Was für ein herrlich verrückter Tag das war, dachte sie und ließ die letzten Ereignisse noch mal Revue passieren.

Am nächsten Morgen stand Inga zeitig auf und ging ins Gästehaus, um das Frühstück für Oma Schneider und ihre Enkel vorzubereiten. Die beiden Kinder freuten sich wie Bolle über Ingas selbst gemachte Buttermilch-Pancakes, und Frau Schneider fand lobende Worte für das Rührei, das sie ihr servierte.

Als Inga den Tisch wieder abräumte, erklang von draußen Motorengeräusch. Vor dem Haupthaus parkte ein brauner Lieferwagen, aus dem ein Mann in ebenfalls brauner Arbeitskleidung stieg. »Moin! Ich suche eine Frau

Inga Wilhelm«, las er von einem Zettel ab, der auf einem Klemmbrett steckte.

»Das bin ich«, antwortete Inga.

»Dann bekomme ich bitte hier eine Unterschrift.«

Sie unterschrieb auf dem digitalen Gerät, und wenig später standen fünfzehn Eimer Farbe und zwei Kartons mit Malerzubehör um sie herum.

Hauke kam mit der Mistkarre vorbei. »Du willst wohl ganz St. Peter-Ording einen neuen Anstrich verpassen, was?«

»Eigentlich nur dem Wilhelmshof. Aber mein Vater lässt sich nicht lumpen, wenn man ihn um etwas Farbe bittet, die er nicht mehr braucht. Dann bekommt man so viele Eimer, die für den gesamten Ort reichen würden, und die Farbe ist sogar noch neu.«

»Ist doch prima, dann kann ich später mit den ersten Zimmern im Gästehaus loslegen«, fand Hauke. »Lass die Eimer mal stehen, ich schleppe sie gleich in den ersten Stock.«

»Danke. Rollen und Pinsel hat mein Vater auch mitgeschickt. Die bringe ich dann schon mal hoch«, sagte Inga und schnappte sich einen Karton.

Im Gästezimmer stellte sie das Malerzubehör auf eine Fensterbank und beschaute sich die Möbel, die sie gestern gestrichen hatte. Sie waren kaum wiederzuerkennen, sahen richtig schick aus. Es war doch immer wieder erstaunlich, wie durch ein paar Handgriffe abgenutzte Dinge auf Vordermann gebracht werden konnten. Inga griff nach dem Schmirgelpapier und begann, das Etagenbett zu bearbeiten, so wie sie es sich vorgenommen hatte. Mit Davide war sie erst am späten Mittag verabredet. Bis dahin konnte sie hier noch eine Menge schaffen. Ihr Herz machte vor Freude einen Satz. Sie war voller Tatendrang und ganz berauscht von den neuen Möglichkeiten, die sich auftaten.

Inga hatte gar nicht gemerkt, wie schnell die Zeit verging. Es klopfte an der Tür, und Tante Ditte steckte ihren Kopf herein, sie hatte noch nasse Haare von ihrem morgendlichen Bad. »Das sieht hier ja wie bei den Profis aus.«

»Ich kann meine Malerherkunft eben nicht leugnen«, sagte Inga und deutete auf die Farbeimer, die Hauke heraufgetragen hatte. »Hauke möchte nachher übrigens den ersten Raum komplett ausräumen und dann mit dem Streichen beginnen.«

Tante Ditte nickte anerkennend. »Da hat er sich ja was vorgenommen.«

»Außerdem hat er sich für unsere Renovierungsarbeiten ein ausgeklügeltes System überlegt, wie wir uns nicht in die Quere kommen werden.«

»Meinen Segen habt ihr jedenfalls, und ich bin schon sehr neugierig darauf, zu sehen, wie die Zimmer am Ende aussehen werden. Ich habe gestern ganz vergessen, dir zu erzählen, dass ich den pinken VW-Bus noch von früher kenne. Damit ist Lorenzo Rossi damals durch alle Orte in der Gegend gefahren, um Eis zu verkaufen.«

»Du kanntest ihn?«, fragte Inga verwundert.

»Klar. Lorenzo und seine Rosi kannte hier jeder. Er war eine Institution mit seinem Eiswagen, bevor es an jeder Ecke Eiscafés gab. Original italienisches Eis. Das hat er damals selber gemacht, und man hat sich dann auch fast wie in Italien gefühlt, wenn man im Sommer einen Eisbecher genossen hat. Pistazieneis habe ich damals am liebsten gegessen«, erinnerte sich Tante Ditte. »Und nun willst du mit Rosi Milchreis verkaufen. Ich kann es noch gar nicht glauben.«

»Deinen Milchreis. Den besten Milchreis mit Früchten der Welt. Die Erdbeeren dürfen natürlich nicht fehlen.«

Tante Ditte musste lachen. »Lass das mal nicht die Borkumer Konkurrenz hören, sonst schicken Hella und Edda noch Spione nach St. Peter.«

»Müssen sie doch gar nicht. Hauke ist doch längst da«, antwortete Inga amüsiert.

»Da hast du natürlich recht.« Die beiden Frauen lachten.

Am Mittag hatte sie das Etagenbett vollständig abgeschmirgelt und zum Streichen vorbehandelt. Inga kniete vor dem Bett und machte noch einen letzten Pinselstrich an einem Holzbein, als sich die Weckfunktion ihres Handys meldete. Sie krabbelte auf Knien zu dem Stuhl, auf dem sie das Mobiltelefon abgelegt hatte, um den Alarm auszuschalten. Sie stöhnte. Die Knochen taten ihr weh. Sie merkte, dass sie viel zu lange vor dem Bett gekniet hatte. Vorsichtig drückte sie sich am Stuhl hoch und bewegte ihre fast tauben Beine.

Sie duschte, zog sich um und radelte eine Dreiviertelstunde später mit Tante Dittes frisch geflicktem Fahrrad zum Resthof. Davide Rossi saß entspannt mit einer Tasse Kaffee in der Hand auf einem Strohballen vor der Scheune. Er hatte die Augen geschlossen und den Kopf in den Nacken gelegt. Die warmen Strahlen der Mittagssonne schienen ihm direkt ins Gesicht. Neben der Scheune parkte Rosi, die mit der Sonne um die Wette strahlte. Der VW-Bus war frisch gewaschen und blitzte, als gelte es, einen Preis auf einem Oldtimer-Treffen zu gewinnen.

Inga stieg vom Fahrrad und schob es neben den Bus. Sie spähte durch die Fenster hinein. Die Sitzbank und der Teppichsatz waren tadellos sauber, die Seitenverkleidung gereinigt und die Armaturen entstaubt worden. Der Bulli hätte ohne Weiteres als Ausstellungsstück einer VW-Show durchgehen können.

»Ich dachte, ich mach mich schon mal ein bisschen nützlich, bevor du kommst«, erklang Davides Stimme neben ihr.

»Ein bisschen ist gut!«, sagte Inga überrascht. Anschleichen konnte sich der Italiener definitiv. Aber das wusste sie ja schon von ihrer ersten Begegnung, als er ebenfalls plötzlich neben ihr gestanden hatte.

»Die Technik läuft auch. Zündkerzen und die Batterie habe ich ausgetauscht. Hatte mein Onkel alles noch in der Scheune liegen, für den Fall der Fälle, dass er mit Rosi noch mal losmuss. Halt mal bitte.« Er hielt ihr seine Kaffeetasse entgegen und kletterte dann in den Bus. Davide steckte den Schlüssel ins Zündschloss und drehte ihn um. Der Motor sprang sofort an. »Na, der schnurrt doch wie ein Kätzchen«, sagte er zufrieden und grinste sie breit an.

»Es ist ja schon alles fertig. Ich dachte, ich hätte hier auch noch was zu tun«, sagte Inga gespielt empört.

»Du hast noch genug zu tun. Du kannst gleich mal gucken, ob im Innenraum noch etwas verändert werden muss. Die Stromzufuhr klappt, die Herdplatten funktionieren auch. Der Kühlschrank kühlt, und die Gefriertruhe läuft ebenfalls tadellos.« Davide kletterte aus dem Bus und zog die Seitentür auf. Beide stiegen ein. »Was brauchst du denn für deinen Milchreisverkauf?«

Inga schaute sich um. »Eigentlich ist alles dafür vorhanden. Zwei Herdplatten zum Kochen, eine Spüle für die Teller und Schalen, die Milch und das Obst können im Kühlschrank untergebracht werden.« Sie ging in die Hocke und öffnete die Schränke unter der ehemaligen

Eistheke. »Und hier bringe ich das Geschirr unter. Das ist ja super! Richtig viel Stauraum. Rosi ist einfach perfekt als Milchbus.«

»Dann können wir ja los.«

Inga richtete sich wieder auf. »Wir? Los? Wohin denn?«

»Zu Franco. Ein Bekannter von meinem Onkel. Er hat eine eigene Werkstatt, und da habe ich Rosi zum TÜV angemeldet.« Er schaute auf sein Handy.

Inga verschränkte lachend die Hände vor der Brust. »Du hast wohl an alles gedacht, was?«

»Natürlich!«, antwortete Davide wie selbstverständlich, grinste und sah sie etwas länger an als gewöhnlich. »Was denkst du denn?« Er stieg aus und bot ihr seinen Arm an. »Darf ich bitten? In zwanzig Minuten ist Rosi dran. Das schaffen wir.«

14. Kapitel

Inga

Inga rührte mit einem großen Holzkochlöffel den vor sich hin köchelnden Milchreis um. Tante Ditte saß am Küchentisch und schnitt einen Berg Erdbeeren. Inga und ihre Tante hatten gleich nach dem Frühstück von Oma Schneider und ihren Enkeln mit der Vorbereitung der Süßspeise begonnen. Mittlerweile erfüllte der Duft von frisch gekochtem Milchreis die ganze Küche. Inga schloss die Augen und atmete den Geruch tief ein. Es hatte bloß eine gute Woche gedauert, bis alles geregelt gewesen war. Was nicht zuletzt Davides Tatkraft zu verdanken war und den Kontakten, die er durch seine Tante und seinen Onkel zu den hiesigen Ämtern hatte.

Sogar Tante Dittes Internetanschluss konnte in der Zwischenzeit freigeschaltet werden und lief nach ein paar Anfangsschwierigkeiten seit dem gestrigen Tage einwandfrei. Konny hatte wie versprochen das Geschirr geschickt und gleich noch eine Erinnerung beigefügt, dass Inga sie und Rosi 2 nicht vergessen sollte. Typisch Konny! Noch hatte Inga keine einzige Portion Milchreis mit Früchten verkauft, aber ihre Freundin beschäftigte sich schon mit einer zweiten »Filiale«.

»Ich komme nachher mal mit Henk bei dir am Strand vorbei«, kündigte Tante Ditte an.

»Mach das. Ann wollte auch vorbeischauen. Ich bin wirklich froh, dass es Henk wieder gut geht und es bloß eine Verspannung war.«

»Und ich erst! Deine Freundin ist wirklich eine sehr gute Tierärztin. Sie hat es sofort vermutet.«

»Hauke aber auch«, warf Inga ein.

»Ja. Hauke auch. Sind eben beide Menschen, denen das Wohl der Tiere sehr am Herzen liegt. Habe ich dir erzählt, dass Ann mir keinen Cent für die letzten Untersuchungen in Rechnung gestellt hat?« Tante Ditte kippte einen Teil der geschnittenen Erdbeeren in eine große Plastikschale.

»Aha?«, tat Inga überrascht.

»Sie meinte, weil sie ja eigentlich zu Besuch bei dir war und es für sie kein zusätzlicher Aufwand war, mal nach Henk zu schauen.«

»So ist Ann eben.« In Wirklichkeit wusste Inga natürlich darüber Bescheid, dass ihre Freundin bewusst auf weitere Rechnungen verzichtete, bis sich Tante Dittes wirtschaftliche Lage wieder gebessert hatte. »So, fertig!«

Tante Ditte erhob sich und ging zu ihr. »Lass mal sehen.« Sie nahm einen Esslöffel und kostete von dem

Milchreis. »Schmeckt so, als hätte ich ihn gemacht«, lobte sie.

»Und du meinst, dass ich aus dem Topf fünfzig Portionen rausbekomme?«, fragte Inga skeptisch.

»Na klar. In meinem Topf hätten wir keine fünfzig Portionen kochen können, aber in dem Riesenpott … was hast du da noch mal für dein Café drin gekocht?«

»Krabbensuppe.«

»Und für wie viele Personen?«

Inga überschlug im Kopf. »Ungefähr fünfzig, wenn er halb voll, und hundert, wenn er bis zum Rand gefüllt war.«

»Na, also. Der Pott ist nur zur Hälfte gefüllt. Wird schon schiefgehen«, ermutigte sie ihre Nichte. »Am ersten Tag muss man immer ein bisschen ausprobieren.«

»Das stimmt!« Inga zog den Topf von der Herdplatte und legte einen Deckel drauf.

»Und wenn es zu wenig Milchreis ist, dann kochen wir eben welchen nach.«

Es klingelte an der Haustür.

»Wer kommt denn jetzt? Der Postbote war doch vorhin schon da.«

»Ich gehe.« Inga putzte sich die Hände an einem Tuch ab und ging zur Tür.

»Moin.« Es war Davide.

»Moin«, sagte Inga überrascht. »Mit dir habe ich nicht gerechnet. Komm doch rein.«

»Nee«, wehrte Davide ab. »Du musst rauskommen.«

»Okay.«

»Ich habe da nämlich noch etwas gefunden, was du unbedingt für deinen ersten Verkaufstag haben solltest.« Er ging zu einem dunklen Passat und öffnete den Kofferraum. »Du brauchst doch noch etwas, worauf du die Preise für deine Milchreissorten schreiben kannst.« Er zog zwei längliche Platten aus dem hinteren Teil des Autos.

»Oh, wie toll!« Inga klatschte begeistert in die Hände. »Kreidetafeln!«

»Einen Aufsteller, eine Tafel zum Aufhängen und dazu die passende Kreide in verschiedenen Farben. Habe ich gestern noch in der hintersten Ecke der Scheune gefunden«, sagte er, während er ihr seinen Fund präsentierte.

»Das ist wirklich total lieb von dir, dass du sie gleich vorbeigebracht hast. Danke!« Inga umarmte Davide. Er fühlte sich gut an und roch dazu noch sehr verführerisch. »Wie praktisch, dass du vorbeigekommen bist«, sagte sie, als sie sich aus der Umarmung löste, die sehr herzlich ausgefallen war. Sie griff in ihre Gesäßtasche und beförderte ihr Handy heraus. »Ich wollte gleich zum Ordinger Strand fahren. Könntest du mich vielleicht vorher noch vor Rosi fotografieren? Ich möchte so gerne ein Foto von mir vor dem Bulli auf Facebook posten. Der erste Tag ist ja immer ein wichtiges Ereignis. Ach ja, und im Anschluss könntest du mir vielleicht dabei helfen, den großen Kochtopf zum Bus zu tragen, okay?«

»Na klar!« Er grinste sie mit einem schiefen Lächeln an, wobei seine Augen unternehmungslustig blitzten.

Wenig später schob sich Inga mit Rosi in einer langen Autoschlange über den Deich, hinauf zum Ordinger Strand. An Schönwettertagen herrschte an dem zwölf Kilometer langen Sandstrand Hochbetrieb. Von einer Mitarbeiterin der Tourismuszentrale wusste sie, dass sich besonders an den Wochenenden bis zu zwanzigtausend Surfer, Schwimmer und Spaziergänger dort tummelten, was keine schlechten Voraussetzungen für Inga waren, um geplante fünfzig Portionen Milchreis zu verkaufen. Normalerweise waren Busse auf dem Ordinger Strand verboten, doch sie hatte eine Sondergenehmigung für Rosi, die sie beim Parkwächter vorzeigte, der sie durchwinkte.

Sie fuhr möglichst nah an die Pfahlbauten heran, stieg aus dem Bulli aus und legte eine Hand an ihre Stirn, um die Sonne abzuschirmen. Ein leichtes Lüftchen wehte vom Meer herüber. Kinder tobten über den Sand, bauten Burgen oder spielten Ball. Familien hatten es sich in angemieteten Strandkörben gemütlich gemacht. Einige lasen Bücher oder Zeitschriften, andere nutzten die Gelegenheit, um ein Nickerchen zu halten. Jüngere Badegäste stellten bunte Strandmuscheln auf, ließen Drachen steigen oder lieferten sich Volleyball-Matches auf den jeweiligen Feldern. Kitesurfer nutzten die herrlichen Wellen für waghalsige Sprünge, und einige Kinder paddelten mit ihren Gummibooten in der Brandung.

Inga beschriftete zuerst die aufstellbare Kreidetafel: *Milchreis mit Früchten oder mit Zimt und Zucker, selbst gemachtem Apfelmus oder roter Grütze, fünf Euro, Geschirrpfand fünfzig Cent.*

Sie hatte ihr Sortiment vorsichtshalber erweitert, weil nicht davon auszugehen war, dass jeder so gerne Erdbeeren zum Milchreis aß wie sie. Davide hatte die andere Tafel noch an die dafür vorgesehenen Halterungen befestigt, wo sie schon damals bei Onkel Lorenzo immer hing. Inga schnappte sich die kleine Haushaltsleiter, die sie sich von Tante Ditte ausgeliehen hatte, und beschriftete auch diese Tafel mit den angebotenen Milchreis-Varianten und ihren Preisen. Danach stellte sie den Topf mit dem Milchbrei auf die Herdplatte, packte die Früchte, die Grütze und den Mus auf die Eistheke, stellte Zimt und Zucker dazu und erwärmte den Milchreis.

Sie rührte langsam den dicken Reis durch, gab etwas Milch hinzu und wartete, bis der Reisbrei dampfte und es im Bus köstlich danach duftete. Das Rühren hatte etwas Meditatives, und Inga war ganz in ihre Gedanken versunken, als die ersten Kunden auf das Angebot aufmerksam wurden.

»Hallo? Was gibt es denn hier Gutes?«, hörte Inga eine dumpfe Stimme. Jemand klopfte von außen an die Fensterscheibe über der Eistheke.

Sie drehte sich um und erblickte einen sommersprossigen Jungen mit einer gelben Baseballkappe auf seinem Kopf, der einen fiesen Sonnenbrand auf der Nase hatte. Sie schob die Fensterscheibe zur Seite. »Moin. Hier gibt es Milchreis, ganz frisch. Eine Portion? Was soll denn drauf?« Sie holte ein Schälchen und Besteck aus den Schränken unter der Eistheke hervor.

»Einmal mit Erdbeeren für mich und für meinen Bruder mit Apfelmus«, bestellte der Junge, den Inga auf ungefähr zwölf Jahre schätzte.

»Alles klar, kommt sofort.« Inga griff nach einem weiteren Teller und einem Löffel.

Das geht ja schon gut los, dachte sie, während sie die Teller mit Milchreis füllte. Als sie sich mit den vollen Schalen wieder zu dem Jungen umdrehte, standen bereits neue Kunden hinter ihm an. Ein Mann und eine Frau, die ihr vier weitere Portionen abkauften. So ging es den Nachmittag über weiter. Hatte sie Kunden mit dickem Reis versorgt, standen schon die nächsten parat. Nach drei Stunden hatte sie die letzte Portion Milchreis verkauft. »Tut mir leid. Der Milchreis ist leider ausverkauft. Ich komme aber morgen wieder«, musste sie eine ältere Dame mit einem kleinen Mädchen an der Hand vertrösten. »Ab zirka elf Uhr dreißig werde ich wieder hier stehen.«

Die alte Dame lächelte sie an. »Dann werden wir zusehen, dass wir morgen rechtzeitig kommen.« Die Frau lief mit dem Mädchen in die Richtung einer Krabbenbrötchenbude, und Inga schloss das Schiebefenster über der Eistheke. Als Nächstes packte sie die aufstellbare Tafel zusammen, um sie in den Bus zu räumen.

»Wie, schon Feierabend?«, fragte eine bekannte Männerstimme hinter ihr.

Inga schrak zusammen. »Davide! Du bist wirklich ein König im Anschleichen. Hast du mich erschreckt«, sagte sie.

Davide grinste breit, und statt darauf einzugehen, fragte er: »Gibt es keinen Milchreis mehr? Ich wollte mir eigentlich eine Portion mit Zimt und Zucker genehmigen.« Er nahm ihr die Tafel ab und stellte sie in den Bulli.

»Nein, wir sind ausverkauft. Tante Dittes Spezialität hat einen reißenden Absatz bei den Strandgästen gefunden, es ist nichts mehr übrig.«

»Das freut mich für dich. Ich habe auch mit nichts anderem gerechnet. Dann muss ich wohl woanders zum Essen hingehen.«

»Ich hatte heute einen fantastischen Tag und einen richtig guten Lauf. Rosi scheint mir Glück zu bringen.« Inga stieg aus dem Bus.

Davide lehnte sich mit der Schulter von außen an Rosi und verschränkte die Arme. »Also, ich finde, das muss gefeiert werden. Dein erster Tag im Milchreis-Geschäft und dann gleich ausverkauft. Was hältst du davon, wenn ich dich heute Abend zum Essen einlade?«

Inga blickte ihn erstaunt an. »Gern, da sag ich natürlich nicht Nein«, nahm sie freudig seine Einladung an und schob die Seitentür zu.

»Gleich hinter dem Deich gibt es in einem Hotel ein schönes Restaurant. Das *diike*.« Er zeigte in Richtung des Seedamms. »Ich kenne da einen Koch, der kann uns bestimmt noch einen Tisch für heute Abend organisieren.«

»War eigentlich klar, dass du dort jemanden kennst. Alles andere hätte mich auch verwundert«, sagte Inga amüsiert.

»Das bleibt nicht aus. In den Ferien damals war ich oft bei meinem Onkel und meiner Tante und habe viel Zeit mit den Kindern aus dem Ort verbracht. Mit manchen bin ich heute noch eng befreundet, und Kai ist einer von ihnen«, erklärte Davide.

»Eigentlich komisch, dass wir uns früher als Kinder nie über den Weg gelaufen sind.«

»Vielleicht sind wir das ja. Vielleicht warst du eins der Mädchen, die Kai und ich immer geärgert haben, und hast es bloß vergessen. Gott sei Dank vergessen, würde ich sagen, denn sonst hätte ich wohl keine Chance auf einen netten Abend mit dir. Wir waren damals echt furchtbar«, lachte Davide.

»So wie Jungs eben in dem Alter sind«, konterte Inga und öffnete die Fahrertür vom Bulli.

»Dann heute Abend um sieben?«, fragte er.

»Geht klar.«

»Soll ich dich abholen?«

Inga schüttelte den Kopf. »Nicht nötig. Das *düke* finde ich schon.« Sie setzte sich ins Auto, winkte Davide noch mal zu und schalt sich einen Narren. Wieso hatte sie sein Angebot nicht angenommen? Na, Hauptsache, sie aßen zusammen. In heller Vorfreude auf den Abend und sehr zufrieden mit dem, was sie heute alles geschafft hatte, fuhr Inga Richtung Wilhelmshof.

15. Kapitel

Inga

»Du bist ja schon wieder da?«, wunderte sich Tante Ditte, als Inga mit dem Kochtopf in der Küche erschien. »Ich wollte eigentlich gleich mit Henk losreiten, um dich am Strand zu besuchen.«

»Das wirst du wohl auf morgen verschieben müssen. Innerhalb von drei Stunden waren alle fünfzig Portionen ausverkauft.« Inga hob den Deckel wie zum Beweis, um ihrer Tante zu zeigen, dass der Topf leer war.

»Donnerwetter! Das ging aber schnell«, Tante Ditte nickte anerkennend.

»Ich hoffe, du hast noch genug Erdbeeren im Garten und selbst gemachten Apfelmus und rote Grütze vorrätig. Morgen koche ich nämlich hundert Portionen Milchreis«, verkündete Inga eifrig.

»Apfelmus und rote Grütze habe ich genug eingekocht. Das reicht bestimmt noch für eine ganze Schiffsmannschaft«, überschlug Tante Ditte im Kopf. »Und falls der Vorrat zur Neige geht, wird eben neu eingekocht. Nur die Erdbeeren im Garten sind bald aus. Da müssten wir dann beim Bauern hinzukaufen. Und wenn die Erdbeerzeit vorbei ist, können wir auf Kirschen umsatteln. Die Bäume im Garten tragen immer mehr Früchte, als gegessen werden.«

»Das machen wir genau so«, sagte Inga zufrieden. »Ich gehe mich mal frisch machen. Bin ganz schön verschwitzt von der Arbeit.«

Während sie die Treppen zu ihrem Zimmer hochstieg, warf sie einen Blick auf ihr Facebook-Profil. Das Foto von ihr und Rosi hatte drei neue »Gefällt mir«-Klicks. Konny und Davide mochten das Bild – das dritte »Gefällt mir« kam von Oliver.

Inga rollte mit ihrem Wagen langsam die Straße am Deich entlang, die sie einige Stunden zuvor schon mit Rosi entlanggefahren war. Es waren Wolken aufgezogen, und der Wetterbericht hatte Regenschauer vorhergesagt, weswegen Inga vorsichtshalber einen Schirm mitgenommen hatte.

Seit Olivers Lebenszeichen über Facebook grübelte sie darüber nach, warum er ihr Foto mit »Gefällt mir« markiert hatte. War es bloß eine Reaktion darauf, dass sie vor einiger Zeit auch ein Bild von ihm geliked hatte, oder steckte mehr dahinter? Sie hatte auf sein Profil geklickt, um zu schauen, was es Neues bei ihm gab. Doch seitdem sie es das letzte Mal besucht hatte, waren keine neuen Fotos oder Statusmeldungen von ihm hinzugekommen. Sie hatte überlegt, ob sie Kontakt zu ihm aufnehmen sollte, aber sich dagegen entschieden. Er konnte sich genauso gut bei ihr melden. Schließlich war er derjenige gewesen, der einfach nach Indien verduftet war, also konnte er den ersten Schritt machen, wenn er Kontakt haben wollte.

Inga hatte die Adresse vom *düke* vorher gegoogelt und hielt nun nach der Hausnummer einunddreißig Ausschau. Sie verlangsamte das Tempo. Doch das wäre gar nicht nötig gewesen, denn sie sah Davide am Straßenrand vor einem schicken Strandhotel. Er winkte, als er sie im Auto entdeckte.

Inga fuhr rechts ran und kurbelte das Fenster herunter. »Moin! Dachtest du, ich finde das Restaurant nicht?«, fragte sie amüsiert.

»Nein, nein. Aber der Parkplatz ist rappelvoll. Kai hat mir deswegen ein Parkticket speziell für Gäste vom *düke* gegeben. Der Ausweichparkplatz ist allerdings ein paar Meter entfernt.«

»Dann spring rein.«

Sie parkten etwa fünf Minuten zu Fuß entfernt auf einer brachliegenden Fläche an der Utholmer Straße, die ausschließlich als Parkplatz genutzt wurde. Auf dem Weg zum Restaurant kam Ingas Regenschirm zum Einsatz.

Der Himmel hatte seine Schleusen geöffnet. Kräftiger Landregen ergoss sich über St. Peter-Ording, und bald roch die Luft wie einmal frisch gewaschen.

Inga und Davide drängten sich dicht unter dem Regenschirm zusammen und liefen los, um noch einigermaßen trocken anzukommen. Als sie auf der Veranda des Restaurants standen, waren Ingas Espadrilles durchgeweicht. Sie zog sie aus und folgte Davide ins Restaurant. In der Mitte des Raumes verlief ein Holzsteg wie am Strand, von dem aus die Gäste an die Tische gelangten, unter denen weißer Strandsand lag.

»Da fühlt man sich ja gleich wie am Strand. Richtig schön hier«, sagte Inga begeistert.

Ein Kellner begrüßte sie, führte sie zu ihrem reservierten Tisch, der sich an einem Fenster befand, und gab ihnen die Speisekarten.

»Warte mal ab, bis du die Pizza aus dem Holzkohleofen probiert hast oder die Tapas. Kann ich beides nur empfehlen«, sagte Davide. »Wobei der Kabeljau auch nicht von schlechten Eltern ist. Falls du Fisch essen möchtest. Hier gibt es einen bunten Mix aus italienischer, spanischer und norddeutscher Küche. Du hast die freie Auswahl.«

Als sie beim Kellner eine Flasche Wein bestellt hatten, stand plötzlich jemand am Tisch, der Inga spontan an einen Wikinger erinnerte. Eine Kochmütze musste er sich gar nicht aufsetzen, da er eine Glatze hatte. Dafür trug er alle Haare, die ihm auf dem Kopf fehlten, als rötlichen Vollbart im Gesicht.

»Moin, Davide.«

»Hey, Smutje!« Die beiden Männer begrüßten sich mit Handschlag.

»Cool, dass du dich mal wieder in meine Kombüse verirrt hast. Und noch jemanden mitgebracht hast.«

»Darf ich vorstellen: Inga, das ist Kai.« Davide zeigte auf den Koch. »Kai, das ist Inga. Die Königin des Milchreises von St. Peter-Ording und neue Fahrerin von Rosi«, stellte er Inga vor.

Inga musste lachen. »Na, übertreib mal nicht.«

»Freut mich, dich kennenzulernen, Inga.« Kai deutete eine leichte Verbeugung an.

»Freut mich ebenfalls, Kai.«

»Habt ihr schon einen Blick in die Karte geworfen?«, fragte Kai, doch Davide schaltete sich sofort ein.

»Inga, du musst auf jeden Fall die Pizza aus dem Holzkohleofen probieren. Die ist hier wirklich sehr gut. Das kann ich als Italiener bestätigen. Und wenn ich das schon mit meinem verwöhnten Gaumen sage …« Er zwinkerte Inga zu.

Inga lächelte und blickte in die Karte.

»Interessante Namen habt ihr für eure Pizzen. Also, ich nehme dann einmal die Pizza *Scharfer Kerl*«, sagte sie und trank einen Schluck Wein, um ihr Grinsen zu verbergen.

Sie hätte genauso gut eine andere Pizza bestellen können, doch fand sie diese in Davides Begleitung besonders passend.

»Gute Wahl«, fand auch Kai, der Ingas Wink mit dem Zaunpfahl verstanden hatte und unauffällig in seinen Rauschebart schmunzelte.

Davide verzog ebenfalls belustigt den Mund. »Dann nehme ich die *Große Schwester.*«

»Einmal *Scharfer Kerl* für die Dame und einmal *Große Schwester* für den Herrn«, sagte Kai förmlich und notierte die Bestellung. Dabei konnte er sich ein Grinsen nicht mehr verkneifen »Das könnte ein interessanter Abend werden. Ich kümmere mich mal um eure Pizzen.«

»Vielen Dank noch mal für die Einladung«, sagte Inga als Erstes, sobald Kai weg war.

»Da nicht für.« Davide winkte ab.

»Doch. Genau dafür«, beharrte Inga. »Und für Rosi, den TÜV, deine Verbindungen und so weiter. Ohne dich würde ich immer noch verzweifelt auf dem Wilhelmshof mit meiner Milchreis-Idee sitzen.«

»Da wäre dir bestimmt noch was anderes eingefallen. Außerdem hätte dir wahrscheinlich jeder andere auch geholfen«, spielte er seine Hilfsbereitschaft herunter.

Inga schüttelte den Kopf. »Das glaubst aber nur du.«

»Ach …« Davide schaute verlegen zur Seite, doch ihm war anzusehen, dass er sich über Ingas Dankbarkeit freute.

Kai ließ es sich nicht nehmen, ihnen persönlich die riesigen Pizzen auf den Holzbrettchen zu bringen, von denen locker zwei Personen hätten satt werden können. Und sie schmeckten genauso gut, wie sie aussahen. Davide hatte nicht zu viel versprochen.

Inga genoss den Abend, das leckere Essen und vor allem Davides Gesellschaft. Sie unterhielt sich angeregt mit ihm, sie tauschten Kindheitserinnerungen über ihre Ferien in St. Peter-Ording aus und stellten dabei einige Gemeinsamkeiten fest.

»Bei dem Strandfest damals war ich auch«, erzählte sie und trank den letzten Schluck Wein aus ihrem Glas.

»Vielleicht sind wir uns ja tatsächlich als Kinder schon begegnet. Möchtest du noch?«, fragte er sie.

»Ja, gerne.«

Davide verteilte den Rest der Weinflasche auf beide Gläser und orderte eine neue Flasche. Er hatte ihr aufmerksam zugehört, Fragen gestellt und, wo es passte, auch Dinge aus seinem Leben erzählt. Inga erfuhr im Laufe des Abends, dass er noch drei Geschwister hatte und eigentlich das schwarze Schaf der Familie war, weil er mit achtunddreißig Jahren immer noch Single und kinderlos war, während seine Brüder und seine Schwester verheiratet waren und Kinder hatten. »Damit erfülle ich nicht die italienischen Wunschvorstellungen meiner Familie.«

»Wie gut, dass ich keine Geschwister habe und deswegen nie ein schwarzes Schaf werden kann«, scherzte Inga. Sie spürte, wie wohl sie sich in seiner Gegenwart fühlte. So unbeschwert und leicht hatte sie sich seit Langem nicht mehr gefühlt, obwohl das auch am Wein liegen kann, dachte Inga im Stillen.

Als sie das Restaurant spät am Abend verließen, hatte es aufgehört zu regnen. Inga hatte ein Taxi für sich gerufen. Nach drei Gläsern Wein konnte sie sich unmöglich noch hinters Steuer setzen. Davide wollte nach Hause laufen, der Resthof seiner Tante war nur wenige Minuten Fußmarsch vom *diike* entfernt. Er hatte ihre Espadrilles und den Schirm in der Hand.

Inga lehnte sich an das Verandageländer. »Das war wirklich ein wunderbarer Abend. Vielen Dank.«

»Ich fand's auch sehr schön, lass uns das doch wiederholen«, schlug Davide vor. »Das heißt, falls du möchtest … ich weiß ja nicht, ob es da vielleicht noch jemanden bei dir gibt?«, wagte er einen Vorstoß.

Inga war froh, dass er das Thema anschnitt. Davide hatte ihr zwar von seinem Beziehungsstatus erzählt, ohne nähere Details zu erwähnen, doch sie nicht direkt nach ihrem gefragt. Sie hatte den Abend nicht mit Gesprächen über ihr Beziehungsdrama mit Oliver füllen wollen. Trotzdem kam es ihr gelegen, dass er sie danach fragte. So konnte sie durchblicken lassen, wie es bei ihr gerade stand, ohne plump mit der Tür ins Haus zu fallen. »Seit Kurzem gibt es niemanden mehr, und ich bin auch ehrlich gesagt gerade nicht auf der Suche. Den Abend können wir aber auf jeden Fall wiederholen. Sehr gerne sogar!«

»Das nehme ich jetzt als handfeste Zusage.« Er lächelte sie an. »Aber morgen komme ich erst mal bei dir am Strand vorbei, um eine Portion Milchreis zu ergattern. Kann ja nicht sein, dass andere Leute in den Genuss kommen, aber ich leer ausgehe.«

»Da musst du dich wohl ranhalten.« Inga schaute zur Straße, von wo aus sich Scheinwerferlicht näherte. »Oh, da ist das Taxi schon. Ich muss los. Dann sehen wir uns morgen.«

Davide drückte ihr die Espadrilles in die Hand. »Unbedingt!« Er hielt ihr den Schirm hin.

Inga hob abwehrend die Hände. »Nein, nein. Behalte den mal, falls es auf dem Rückweg noch mal regnen sollte. Den kannst du mir demnächst zurückgeben.«

»Danke. Komm gut nach Hause.« Er umarmte sie.

»Du auch«, erwiderte Inga. Sie löste sich aus der Umarmung und beeilte sich, zu dem wartenden Taxi zu kommen. Als sie sich noch einmal umdrehte, bevor sie einstieg, hob er mit einem Lächeln die Hand, in der er den Regenschirm hielt. Eigentlich war Davide ein richtiger Traumtyp, und Konny würde sie bestimmt einen Dummkopf nennen, wenn sie sich den Italiener durch die Lappen gehen lassen würde. Doch die Trennung war einfach noch zu frisch. Vielleicht konnte Davide warten? Sie erwiderte sein Lächeln und stieg dann ins Taxi ein. »Zum Wilhelmshof, bitte.«

16. Kapitel

Inga

»Schmeckt total lecker«, nuschelte Ann mit vollem Mund. »Das ist der beste Milchreis mit Erdbeeren, den ich je gegessen habe«, lobte sie Inga. »Normalerweise bin ich gar kein großer Milchreis-Fan, doch deiner schmeckt so atemberaubend gut, das könnte glatt zu einer Sucht werden.« Ann war zwischen zwei Außenterminen auf Bauernhöfen und Pferdeställen an den Strand gekommen, um Inga zu besuchen und sich mit einer Portion süßem Reis zu stärken.

»Deswegen bist du ja auch schon den vierten Tag in Folge hier«, bemerkte Inga. »Scheint mir auch eine Sucht zu sein. Warte mal ab, bis du den Milchreis mit Apfelmus oder mit roter Grütze probiert hast. Du wirst ihn lieben.« So wie Davide, fügte Inga im Geiste hinzu. Der kam nämlich auch öfter zu ihr und Rosi an den Strand. Seit ihrer Verabredung im *düke* verbrachten sie immer mehr Zeit miteinander. Davide hatte ihr mit der Homepage und der Facebook-Seite für den Wilhelmshof geholfen und auch bei den Renovierungsarbeiten der Gästezimmer mit Hand angelegt. Auf dem Resthof seines Onkels gab es im Moment nicht viel zu tun. Die meisten Sachen waren verkauft, und seine Tante hatte sich bis zum Ende des Jahres vorgenommen, die Dinge in Kartons zu packen, die sie mitnehmen wollte.

In seiner Flensburger Eisdiele, die er zusammen mit einem seiner Brüder führte, lief während seiner Abwesenheit alles rund, sodass er seinen Aufenthalt in St. Peter-Ording getrost verlängern konnte, um noch Kleinigkeiten für seine Tante am Haus zu reparieren, für die sie sonst einen Handwerker hätte beauftragen müssen.

Oliver hatte sich seit dem »Gefällt mir« auf Facebook nicht wieder gemeldet, sodass Inga davon ausging, nichts mehr von ihm zu hören. Es war vermutlich lediglich eine Nettigkeit auf ihr versöhnliches Zeichen gewesen.

»Wollen wir uns nicht mal wieder für einen Ausritt nach Feierabend verabreden?«, riss Ann sie aus ihren Gedanken.

»Liebend gern. Von mir aus gleich heute Abend«, schlug Inga vor.

»Prima. Mats kommt zwar heute aus den Staaten wieder, aber ich habe bei dem schönen Wetter nichts gegen einen Ritt einzuwenden. Muss man ausnutzen, solange es sich hält. Außerdem wird mein Bruder wahrscheinlich froh sein, wenn er mit seinem Jetlag ungestört ist.«

»Schön, dass er wieder im Lande ist. Dann reiten wir kurz bei dir vorbei, und ich sage ihm auch mal wieder Hallo, ja? Wann willst du zum Wilhelmshof kommen?«, fragte Inga.

»Gegen 18 Uhr? Das würde ich schaffen.«

»Abgemacht.« Die Nachricht über Mats' Rückkehr nach St. Peter-Ording ließ Inga nicht kalt. Zwar waren Jahre ins Land gegangen, seitdem sie ein Paar gewesen waren, und die Umstände ihrer damaligen Trennung waren nicht schön gewesen, aber inzwischen war sehr viel Zeit vergangen, und sie war neugierig, wie es ihm ergangen war. Sie hatte immer noch das Bild des jungen gut aussehenden Typen im Kopf, aber natürlich war auch er älter geworden. Sie war gespannt, und den restlichen Nachmittag kreisten ihre Gedanken mehr um ihre Jugendliebe als um Milchreis – oder Davide.

Ann kam pünktlich zu ihrer Verabredung. Inga hatte zuvor Davide Bescheid gegeben, dass sie sich nach dem Milchreisverkauf mit einer Freundin verabredet hatte und er den Abend ohne sie verbringen musste. Das kam ihr auch ganz gelegen, denn so hatte sie ein wenig Zeit, darüber nachzudenken, was das mit Davide und ihr war beziehungsweise werden sollte. Eine gute Freundschaft, ein harmloser Ferienflirt oder vielleicht doch der Anfang von mehr? Sie schob den Gedanken erst einmal beiseite und freute sich auf den Ausritt.

»Hier sind übrigens schon mal fünfhundert Euro von den ausstehenden Tierarztrechnungen. Ich weiß, es ist noch nicht alles, aber wenigstens ein Anfang.« Inga überreichte ihrer Freundin einen Briefumschlag mit Geldscheinen. Der Milchreisverkauf in den letzten Tagen lief ausgesprochen gut. Zwar war das Geld nur ein Tropfen auf den heißen Stein. An der ernsten Lage des Hofes änderte ihre Geschäftsidee nichts, aber zumindest konnte sie schon mal ein paar Löcher stopfen und die dringlichsten Rechnungen begleichen.

»Danke.« Ann nahm den Umschlag und steckte ihn in ihre Weste.

Inga sattelte für sich Stina, und Ann hatte sich den geduldigen Wallach Fietje ausgesucht. Ihr Ausritt ging an diesem herrlichen lauen Sommerabend zunächst im Schritttempo über den Deich, vorbei an Strandrosen und bewachsenen Dünen bis zu einem Weg, der sie durch die Salzwiesen führte, auf denen der Strandflieder in strahlendem Lila blühte. Dann ging es weiter durch Dünenlandschaften bis zu dem unendlich weiten Sandstrand von St. Peter-Ording, auf dem Strandsegler an ihnen vorbeisausten und sich scheinbar ein Wettrennen mit den Möwen lieferten. Die Sonne stand schon tief über dem Meer, als Inga und Ann durch die Brandung galoppierten und in der Ferne der Westerhever Leuchtturm auftauchte.

»Wunderschön! An dieser Aussicht werde ich mich nie

sattsehen können«, rief Inga begeistert. Sie hatte während des Ausritts überlegt, ob sie Ann von Davide erzählen sollte, hatte sich jedoch dagegen entschieden. Zuerst dachte sie, es würde ihr bestimmt guttun, neben Konny mit einer anderen Freundin über ihre Begegnungen mit dem Retter in der Not zu reden und sie nach ihrer Meinung zu fragen. Vielleicht kannte sie ihn sogar? Doch dann hatte Inga beschlossen, lieber auf einen passenden Zeitpunkt zu warten, falls der sich ergab.

Sie ritten auf den Friesen weiter Richtung Norden, bis der rot-weiße Leuchtturm gar nicht mehr so weit weg erschien.

»Gleich sind wir bei mir. Wahrscheinlich ist Mats schon da. Er wird sich bestimmt freuen, dich mal wiederzusehen«, meinte Ann.

Inga versuchte, einen entspannten Eindruck zu machen, aber innerlich war sie aufgewühlt. Seine erste große Liebe vergaß man schließlich nie, egal wie lange man sie nicht gesehen hatte. Ihr letzter Kontakt war damals sehr unerfreulich gewesen, was besonders den intriganten Aktionen von Gesa geschuldet war, die letztendlich zu ihrer Trennung geführt hatten. Gesa war immer schon eifersüchtig gewesen und hatte ihr Mats ausspannen wollen. Wäre Inga damals nicht so sorglos gewesen und hätte die Zeichen besser zu deuten gewusst, wer weiß, was dann passiert wäre. Vielleicht hätten sie sich nicht getrennt.

Vielleicht wäre alles anders gekommen. Wie ihr erstes Wiedersehen seit damals wohl sein würde?

Sie ritten einen Dünenweg entlang, der direkt vor einem mit Reet gedeckten Resthof mit einem Anbau endete.

An der Einfahrt zum Hof parierte Ann den Friesen zum Stehen durch. »Da wären wir. Du warst ja früher schon hier. Hat sich nicht viel verändert. Unsere Eltern wohnen allerdings nicht mehr hier. Sie sind vor einiger Zeit in eine Wohnung mit Terrasse und Garten gezogen. Der Hof bedeutete zu viel Arbeit. Und Mats und ich sind geblieben, was ich sehr schön finde. Ich liebe unser Zuhause.« Inga nickte und suchte mit den Augen das Grundstück nach einem Auto ab, das Mats gehören könnte, sah aber keins.

Sie überlegte, ob Mats überhaupt schon zu Hause war. Doch bevor sie Ann diese Frage stellen konnte, hörte sie es. Von der Straße näherte sich ein Auto. Inga wandte den Kopf in die Richtung, aus der die Geräusche kamen.

»Ach, wenn man vom Teufel spricht, dann kommt er schon angedüst«, bemerkte Ann erfreut und hob eine Hand zum Gruß.

Ein grüner, schon etwas in die Jahre gekommener Geländewagen fuhr auf sie zu und hielt wenig später neben den Stallungen.

Inga musste unwillkürlich an Mats' erstes Auto denken, einen alten Kadett in Quietschgelb. Den Wagen hatte Mats damals zur bestandenen Fahrprüfung von seinem Großvater vererbt bekommen, weil der seinen Führerschein abgegeben hatte. Mit dem Wagen hatten sie früher zu dritt ganz Schleswig-Holstein unsicher gemacht. Einmal waren sie sogar bis hoch nach Dänemark gefahren, und auf dem Rückweg hatte der Motor des Kadetts vor Garding den Geist aufgegeben.

Das Erste, was Inga sah, als die Tür aufging, war ein brauner Labrador, der wild kläffend und dabei in einem Affenzahn auf sie zu rannte, sodass die Pferde scheuten. Danach stieg Mats aus dem Auto. Ihn hätte Inga sofort wiedererkannt. Sie erinnerte sich, wie sie damals Mats das erste Mal am Strand begegnet war. Er stach unter den Jungs der Surfer-Clique hervor. Seine strahlenden blauen Augen waren ihr nicht mehr aus dem Kopf gegangen, und mit seinem entwaffnenden Lächeln hatte er ihr Herz berührt. Er hatte noch die gleiche sportliche Figur wie damals und den gewohnten lässigen Kleidungsstil, er war immer noch sehr attraktiv. Er trug eine Jeans, Sportschuhe und ein Poloshirt. Fietje stieg vor Schreck, und selbst die sonst so abgeklärte Stina tänzelte nervös und machte dann einen Satz zur Seite, sodass Inga alle Hände voll damit zu tun hatte, das Pferd zu beruhigen.

»Hey, ist ja gut, Kalle. Beruhige dich. Du machst mit deinem Theater ja die Pferde scheu. Pfeife doch mal den Hund zurück, Mats, sonst fliege ich hier gleich im hohen Bogen runter«, rief Ann ihrem Bruder zu.

»Kalle! Bei Fuß!« Mats pfiff zwischen den Fingern, und der Hund rannte im gleichen Tempo, wie er zuvor auf sie zugeschossen war, zurück zum Auto und setzte sich seelenruhig neben Mats. »Braver Hund, so ist es gut.« Mats tätschelte den Kopf des Labradors.

Ann war vom Pferd abgestiegen und hielt Fietje am Zügel. »Hey, wie schön, dich zu sehen. Da bist du ja wieder.« Sie umarmte ihren Bruder. »Bist du schon lange da?«

»Eine Stunde vielleicht. Bin dann gleich mit Kalle spazieren gegangen, musste mich bewegen, diese stundenlange Sitzerei im Flugzeug ist nichts für mich«, entgegnete er.

Der vertraute Klang seiner Stimme ließ Inga ein bisschen wehmütig werden.

»Schön, dass du wieder zu Hause bist.« Ann löste sich aus der Umarmung.

»Ich habe da übrigens jemanden mitgebracht, den du noch kennen müsstest«, sagte Ann mit einem verschmitzten Lächeln und deutet auf Inga.

»Hallo«, brachte Inga mit leicht kieksender Stimme heraus.

Mats wandte sich ihr zu und stutzte einen Moment. »Inga?«, fragte er überrascht und blickte sie lange an. »Wow, ich hätte dich fast nicht erkannt.«

Inga lächelte, weil sie nicht wusste, was sie sagen sollte. Sie zuckte leicht mit den Achseln.

»Das gibt's ja gar nicht! Was machst du denn hier?«, fragte er erstaunt.

»Ich bin bei Tante Ditte zu Besuch.«

Mats musste lächeln. »Für den ganzen Sommer?«

»Für den ganzen Sommer«, bestätigte Inga.

»Wie schön.« Mats fuhr sich mit einer Hand durch sein Haar, das noch genauso strahlend blond war wie damals. Es war zerzaust, so wie sie es von früher kannte. Selbst beim näheren Hinsehen hatte er sich seit ihrer letzten Begegnung kaum verändert. Nur die Lachfältchen um seine Augen waren etwas tiefer geworden, und auch auf der Stirn waren deutliche Linien zu erkennen, stumme Zeugen dafür, dass die Zeit seit damals nicht stehengeblieben war.

Nachdem sie ein paar Höflichkeiten ausgetauscht hatten, schauten sich Inga und Mats wortlos an. Sie spürte, dass die ungeklärten Dinge von damals noch zwischen ihnen standen. Nach einer Weile wusste Inga vor Verlegenheit nicht, wo sie hinsehen sollte, und senkte den Blick. Stina schlug ungeduldig mit dem Kopf, und Fietje blähte die Nüstern.

»Wollt ihr euch den ganzen Abend hier auf dem Hof angucken?«, fragte Ann und durchbrach die unangenehme Stille. »Das könnte für die Pferde eine ziemlich langweilige Angelegenheit werden. Und für mich auch. Lasst uns lieber ins Haus gehen. Ich koche uns was Leckeres.«

»Das ist eine super Idee«, sagte Mats erfreut. »Und dann trinken wir ein Gläschen auf unser Wiedersehen. Sag mir Bescheid, wenn du meine Hilfe beim Kochen brauchst, ja? Ich gehe mich noch schnell frisch machen.«

»Als ob ich dich jemals beim Kochen gebraucht habe«, lachte Ann. »Geh ruhig.«

Ann und Inga sattelten die Pferde ab und brachten sie auf die kleine Koppel neben dem Anbau. Danach gingen sie in die Küche und begannen, ein leckeres Abendessen vorzubereiten. Es sollte Nudeln mit Krabbensoße geben.

Während Inga Ann bei der Zubereitung des Abendessens half, schaute sie sich in der großen Wohnküche um. An diesem Ort hatte sich in den letzten Jahren nichts verändert. Die Küche war noch genau so, wie sie sie in Erinnerung gehabt hatte, und wie jedes Mal bewunderte sie die urige Einrichtung, die sie gedanklich in eine andere Zeit entführte, in der die meisten Dinge ohne Strom funktioniert und die Leute noch ohne Thermomix gekocht hatten.

Neben einem langen Holztisch mit sechs Stühlen, einem antiken deckenhohen Holzregal mit einer Kaffeemühle und friesischem Porzellan war der alte Osterflüs-Kohleherd der Mittelpunkt der Küche, auf dem bereits Anns und Mats' Oma für die ganze Familie gekocht hatte. Über dem Herd zierten Fliesen mit blauen friesischen Sternen und Rosen die Wand.

Ann entzündete mit ein paar Stücken trockenem Holz ein Feuer im Ofen. »Nimmst du mal aus dem unteren Schrank den großen Topf heraus und füllst ihn mit Wasser?«

Inga ging in die Hocke, öffnete die Schranktür und sagte: »Dass du immer noch den alten Herd hast.«

»Den gebe ich auch nicht freiwillig her. Darauf kann man wirklich sehr gut kochen, und an kalten Winterabenden sorgt er für Gemütlichkeit. Meine Großeltern haben ihn damals zu ihrer Hochzeit geschenkt bekommen.«

Inga füllte an der Spüle Wasser in den Topf. »Ein echtes Erbstück.«

»Und sogar wieder schwer im Kommen bei Sammlern und Antiquitätenhändlern. Letztens hat mir eine Hundebesitzerin tausend Euro für den Herd geboten, aber ich habe natürlich abgelehnt.«

Ann gab Olivenöl in eine Pfanne und fügte danach eine gepresste Knoblauchzehe hinzu.

»Hast du eigentlich noch viel Kontakt zu den Leuten von früher?«, wagte Inga einen Vorstoß. Vielleicht konnte sie so etwas darüber erfahren, wie es mit Mats und Gesa weitergegangen war, ohne gleich mit der Tür ins Haus zu fallen.

Ann halbierte mit einem Messer Cocktailtomaten. »Nicht wirklich. Die meisten sind weggezogen wegen ihrer Jobs oder haben Familien gegründet. Die sehe ich dann nur, wenn eines ihrer Haustiere kränkelt. Svea habe ich letztens in der Praxis getroffen. Mats hat ihrer Katze Zahnstein entfernt.«

»Und Gesa? Hast du sie mal wiedergesehen?« Inga versuchte, beiläufig zu klingen, und gab Nudeln in das kochende Wasser.

»Von Gesa weiß ich nur, dass sie nicht mehr in St. Peter wohnt. Am besten fragst du Mats. Er müsste über sie besser Bescheid wissen als ich«, sagte Ann, und Inga sah, dass sie ein wenig lächelte. Ihr war also sehr wohl aufgefallen, dass Inga wissen wollte, ob Mats und Gesa noch zusammen waren.

Eine halbe Stunde später saßen sie zu dritt an dem großen Holztisch. Inga saß vor Kopf, Ann und Mats sich gegenüber. »Wie schmeckt es euch?«, fragte Ann.

»Wunderbar«, sagte Inga begeistert und schob sich eine weitere Gabel mit Nudeln in den Mund.

Mats führte Daumen und Zeigefinger zusammen. »Wie immer vorzüglich, du Meisterköchin«, lobte er seine Schwester mit vollem Mund. »Endlich wieder was Gescheites zu essen. Was habe ich die nordfriesischen Krabben vermisst! In Amerika schmeckt ja eh alles gleich. Entweder schwimmt es in Ketchup und Mayonnaise oder ist mit Käse überbacken.«

»So wie damals, als du für uns kochen wolltest, meinst du?«, fragte Ann und spielte auf einen missglückten Versuch aus ihrer Jugend an, bei dem Mats Inga und seine

Schwester mit seinen Kochkünsten hatte beeindrucken wollen, die sich am Ende als gekaufte Fischfrikadellen mit Scheiblettenkäse überbacken, in Sandwichtoasts mit Ketchup, Mayonnaise und Röstzwiebeln aus der Packung entpuppt hatten.

»Da würdest du in den USA gar nicht auffallen«, neckte Ann ihn.

»Ja, du hast ja recht. Kochen gehört nicht unbedingt zu meinen Stärken«, gestand Mats ein.

»Was hast du eigentlich in den USA gemacht?« Inga hatte sich bisher bei dem Gespräch zurückgehalten und es auch vermieden, Mats öfter als nötig anzusehen. Sie fühlte sich ihm gegenüber befangen, war sich nicht klar darüber, wie viel Vertrautheit beziehungsweise Distanz zwischen ihnen angebracht war. Bei Ann stellte sich die Frage nicht, sie war nach wie vor ihre Freundin, doch zu ihrem Bruder hielt Inga einen vorsichtigen Abstand.

»Ich hab mich fortgebildet und Kontakte zu Tierärzten aus der ganzen Welt geknüpft«, antwortete er knapp und nahm sich noch Nachschlag von der Soße.

»Was für Fortbildungen werden denn auf solchen Tagungen angeboten?«, fragte Inga. »Sorry für meine Neugierde, aber ich kenne mich damit nicht aus.«

Mats trank einen Schluck aus seinem Wasserglas. »Bei dem Kongress gab es zum Beispiel eine Tagesveranstaltung über OPs am äußeren Auge bei Hunden und Katzen oder auch ein Ultraschallseminar, das auf dem allerneuesten Stand der Technik war. Alles sehr interessant und vor allem nicht mit deutschen Kongressen vergleichbar«, erklärte er. »Am spannendsten fand ich eine Veranstaltung zum Thema Allergie und Dermatologie. Bei Allergien ist es nämlich eine ziemlich komplizierte Geschichte, da der Ursache auf die Spur zu kommen.«

Je mehr Mats von dem Kongress und seiner Reise erzählte, desto mehr lockerte sich die Stimmung. Wahrscheinlich war auch er etwas angespannt, dachte sie.

Inga betrachtete Mats eingehend, während er von seinem Beruf erzählte. Er wirkte glücklich. Seine Arbeit schien ihm großen Spaß zu machen. Und er hatte nichts von seiner Attraktivität und Anziehungskraft auf sie verloren. Ganz im Gegenteil. Er war erwachsener, reifer und auch lebenserfahrener. Sie fragte sich, ob er ihr im Supermarkt auffallen würde, wenn sie ihn nicht kennen würde. Keine Frage, er war sehr attraktiv und auf einer Skala von eins bis zehn im oberen Bereich einzusortieren.

Sie stellte sich Davide neben ihm vor, der optisch ein absoluter Gegensatz war, und überlegte, zu wem sie eher tendierte. Zu dem charmanten und überaus hilfsbereiten Italiener mit der Eisdiele, der ihr inzwischen ans Herz gewachsen war. Oder doch zu Mats?

»Und was hast du so in den letzten Jahren gemacht?«, unterbrach er ihre Überlegungen.

»Ich hatte ein Café. *Die Insel.* Ein friesisches Café mitten im Ruhrgebiet.«

»Wieso hatte? Was ist passiert?«

Inga erzählte ihm die ganze Geschichte, von der spontanen Übernahme von ihrer Nachbarin bis hin zur geplatzten Pachtverlängerung durch ihren Vermieter – Ann wusste darüber ja schon Bescheid. Ihre Gespräche drehten sich an dem Abend um ihre Berufe. Es gab so viel zu erzählen, dass private Dinge wie Ingas gescheiterte Beziehung oder auch die Frage, was aus Gesa geworden war, nicht angesprochen wurden. Vielleicht war es auch besser so.

Der Abend wurde länger als geplant. Als Inga und Ann mit den Friesen wieder auf dem Wilhelmshof ankamen, war die Sonne fast untergegangen. Sie sattelten die Pferde ab und brachten sie in ihre Boxen.

»War total schön, dass wir dreimal wieder zusammen waren. So wie früher. Müssen wir unbedingt demnächst wiederholen«, Ann strahlte Inga an.

»Das machen wir.« Inga winkte Ann zum Abschied zu, als sie in ihr Auto stieg und dann langsam über die gepflasterte Ausfahrt fuhr.

Als Inga gerade in ihr Zimmer gehen wollte, piepte ihr Handy in ihrer Westentasche. Sie zog es heraus und sah, dass Davide ihr eine Nachricht geschrieben hatte. Er schlug einen Abendspaziergang vor. Inga lächelte vor sich hin. Doch kein Abend ohne den Italiener. Sie antwortete ihm, dass sie zum Deich vor dem Hof kommen würde. Sie wartete zehn Minuten, dann sah sie, wie er den Damm entlang auf sie zukam.

Es war schon dunkel, die ersten Sterne leuchteten am Himmel, und der Mond war aufgegangen. Das Zwielicht verlieh der Salzwiesenlandschaft und dem im dämmrigen Schatten liegenden Böhler Leuchtturm etwas Mystisches, fast Unwirkliches. Es lag eine solch friedliche Stimmung über der Küste, dass es schwer vorstellbar war, es könnte nicht überall auf der Welt ebenso sein. Sie schlenderten langsam den Weg entlang und erreichten bald den alten Leuchtturm.

»Wollen wir uns setzen?«, fragte Davide und deutete auf die Bänke, die den Ziegelsteinturm umgaben.

»Gern.«

Schweigend blickte Davide über die im Halbdunkel liegende Landschaft. »Herrlich ist es hier«, sagte er endlich. »Fast wie gemalt.«

»Kann man sich gar nicht oft genug anschauen«, stimmte ihm Inga zu.

»Ja. Und diese klare Luft!« Er atmete tief ein und schaute sie dann an. »Ich muss dir noch was sagen.«

»Was denn?«

»Ich würde so gern noch bleiben, aber …«, begann er.

»Ja?«

»Mein Bruder hat SOS aus Flensburg gefunkt. Es sind zwei Mitarbeiter krank geworden, und er schafft das alleine nicht«, berichtete er.

»Oje. Das klingt ja nicht so schön.« Inga musste an die *Insel* denken, wie schwierig es gewesen war, alles zu bewerkstelligen, wenn dort jemand ausgefallen war.

»Ich muss leider zurück nach Flensburg. Der Laden ist jeden Tag rappelvoll mit Gästen, da sind Krankmeldungen eine Katastrophe«, erklärte er sich. »Ich würde viel lieber hierbleiben. Bei meiner Tante und ... bei dir.«

»Ja, aber das verstehe ich«, sagte Inga verständnisvoll. Immerhin war er ihr zu nichts verpflichtet. »Das Café geht vor.«

»Denk jetzt bitte nicht, dass ich dich einfach so stehenlasse. Ich stehe zu meinem Versprechen, dir zu helfen, und hatte wirklich nicht damit gerechnet, dass ich aus heiterem Himmel wieder zurück nach Flensburg muss.«

»Das denke ich doch gar nicht! Es war sowieso schon grandios von dir, wie du mir bisher geholfen hast, mit dem Aufmöbeln der Gästezimmer und von Rosi mal ganz abgesehen.«

»Sobald ich mich in Flensburg wieder loseisen kann, komme ich zurück. Versprochen.« Er sah ihr etwas länger als nötig in die Augen.

Bevor es romantisch werden konnte, wandte Inga den Blick ab. »Mach dir keinen Stress. Ich bin noch den ganzen Sommer da. Und in der Zwischenzeit mache ich eben einfach ohne dich weiter. Dank dir und deiner Tipps bin ich im Renovieren ja mittlerweile richtig auf Zack.«

»Das warst du schon vorher.«

Inga lächelte. »Wann brichst du auf?«

»Noch heute Abend, damit ich gleich morgen im Café arbeiten kann. Deswegen wollte ich dich gern sehen, um es dir persönlich zu sagen.«

»Dann fahr vorsichtig und mach dir wegen der Renovierungen keine Gedanken«, sagte Inga zum Abschied und umarmte ihn.

»Ich bin bald wieder da«, bekräftigte er abermals sein Versprechen, bevor er aufbrach.

Auf dem Rückweg zum Wilhelmshof ließ Inga den Tag noch einmal Revue passieren. Wie komisch sich die Dinge manchmal entwickelten. Mats war nach vielen Jahren plötzlich wieder in ihrem Leben aufgetaucht, dafür verschwand Davide genauso unvorhergesehen wieder – jedenfalls für eine gewisse Zeit.

In ihrem kleinen Zimmer unter dem Reetdach zündete sie eine Kerze in einem Windlicht an. Sie stand am Fenster und hing ihren Gedanken nach, bis die Müdigkeit sie übermannte und sie ins Bett ging.

17. Kapitel

Inga

»Moin! So früh auf den Beinen? Dich hat wohl die Sonne aus dem Bett gekitzelt«, begrüßte Hauke sie. Er war wie jeden Morgen der Erste im Stall gewesen, hatte die Friesen bereits gefüttert und fegte nun mit einem großen Besen die Stallgasse.

Inga gähnte. »Moin! Ja, irgendwie schon. Dabei war ich gestern Abend so müde, aber um halb sechs saß ich schon wieder senkrecht im Bett und konnte nicht mehr einschlafen.«

Hauke hielt beim Fegen inne, stützte sich auf dem Besenstiel ab und musterte sie. »Und nun machst du einen Morgenausritt?«, fragte er und deutete auf die Reitkleidung, die sie trug.

»Genau. Das Reiten ist bisher viel zu kurz gekommen. Schlafen konnte ich eh nicht mehr, und bis ich das Frühstück für Frau Schneider und ihre Enkel zubereiten muss, ist noch genug Zeit für einen Ausritt. Außerdem ist das Wetter so herrlich. Das muss man ausnutzen.«

»Und um die Zeit hast du den Strand ganz für dich allein«, fügte Hauke hinzu. »Eine Seltenheit im Sommer in St. Peter.«

»Hört sich nach der perfekten Uhrzeit für Frühsport an. Kann ich Stina für den Ausritt fertig machen?«

Eine halbe Stunde später hatte sie die Friesenstute geputzt, gesattelt und getrenst. Sie ritt im Schritttempo den Deich entlang bis zu der Stelle, an der ein Pfad durch die Salzwiesen führte. Da der Weg nicht ebenmäßig war, zog sie es vor, im Schritt weiterzureiten, bis sie mit Stina den Strand erreicht hatte. Sie wollte nichts riskieren und ging lieber auf Nummer sicher. Die angenehm frische Nordseeluft strich raschelnd über die noch nassen Gräser und weckte Ingas Lebensgeister.

Am Strand angekommen, ritt sie auf der Stute in einem leichten Trab Richtung Norden. Inga genoss den Blick über das Wattenmeer. Sie liebte diesen Ort so sehr. Die Sonne stand noch tief über dem Land und schickte erste Strahlen zum Meer, die das Wasser zum Glitzern brachten. Sie vernahm das leise Rauschen der Gischt und erspähte in der Ferne vereinzelte Austernfischer und Seeschwalben auf der Sandbank, die ihre schrillen Rufe durch die morgendliche Luft schickten. Zum ersten Mal seit Langem spürte sie ein Glücksgefühl, das sich immer mehr in ihr ausbreitete, bis es die letzte Faser durchströmte. Was für eine verrückte Fügung des Schicksals es doch gewesen war, die sie wieder nach St. Peter-Ording gebracht hatte, und welch Begegnungen dadurch zustande gekommen waren, die es ohne die Trennung von Oliver nie gegeben hätte.

Nachdem sie vom Ausritt wieder auf dem Hof angekommen war, hatte sie zuerst Stina versorgt und dann auf die Weide gebracht. Danach war sie unter die Dusche gesprungen und hatte im Anschluss zum letzten Mal Frühstück für Oma Schneider und ihre Enkel zubereitet, bevor sie abreisten. Dann wollte sie nochmals in den Stall gehen, um ihre Haarspange zu holen, die sie nach dem Ausritt im Spind hatte liegen lassen.

Inga lief die Treppe hinunter, durch die Diele und zur Haustür. Als sie diese öffnete, wäre sie fast mit dem Postboten zusammengeprallt, der gerade dabei war, die Briefe in den Kasten zu werfen.

»Moin! Soll ich die Briefe einwerfen, oder möchten Sie sie direkt annehmen?«, fragte er sie.

»Moin! Nee, die können Sie mir auch direkt geben. Vielen Dank.« Inga nahm die Briefe entgegen und entschied, die Spange später zu holen. Sie ging mit der Post in die Küche, in der leise das Radio spielte, was ein sicheres Zeichen dafür war, dass Tante Ditte sich dort aufhielt.

»Moin, Ingalein.« Tante Ditte hatte eine kleine Tasche auf einen Stuhl gelegt, in die sie ein Handtuch packte. »Ich habe gerade Frau Schneider und ihre Enkel verabschiedet und wollte gleich noch zum Schwimmen. Etwas später als gewöhnlich. Brauchst du meine Hilfe mit dem Milchreis, oder schaffst du es allein?«

»Geh du mal ruhig schwimmen. In den letzten Tagen hat die Zubereitung auch gut ohne deine Hilfe funktioniert, trotz der Mengen.«

»Das wäre gut, denn nachher kommt doch die Familie aus Sachsen mit den vier Kindern. Die Spätbucher, von denen ich dir erzählt habe. Bis dahin wollte ich wieder zurück und frisch geduscht sein. Die Zimmer haben wir ja schon vorbereitet«, erklärte sie.

»Gar kein Problem.« Inga hielt ihr ein Einwurfeinschreiben und die anderen Briefe hin, die ihr der Postbote in die Hand gedrückt hatte. »Hier. Das hat der Postbote gerade abgegeben.«

Tante Ditte setzte sich an den Küchentisch und zog die Stirn in Falten, als sie einen Blick auf den oberen Brief warf. Sie nahm ein Brotmesser, schlitzte den Umschlag auf und überflog das Schreiben, wobei sich die Falten auf ihrer Stirn vertieften. Sie schüttelte ärgerlich den Kopf und ließ es sinken. »Immer der gleiche Quatsch. Das lese ich gar nicht weiter durch. Außerdem habe ich meine Lesebrille nicht auf.«

»Um was geht es denn?«

»Lies selbst.« Sie hielt Inga das Schriftstück hin.

»Oh nein. Du hast die letzten Raten der Hypothek nicht gezahlt, und deswegen kündigt die Bank dir mit einer Frist von zwei Monaten das Darlehen«, las Inga laut vor. »Das ist ja nicht zu fassen!«

»Immer diese Drohungen. Das können die gut. Dabei bin ich schon über vierzig Jahre Kundin bei denen«, sagte Tante Ditte ungehalten. »Was die schon alles an mir verdient haben. Das müssen die sich mal ausrechnen. Damit können diese Halsabschneider doch glatt eine neue Bank bauen.«

»Das mag ja sein. Aber zum Schluss steht hier, wenn bis zum September, und das ist in acht Wochen, nicht die ausstehenden Raten gezahlt worden sind, leitet die Bank die Zwangsversteigerung der Immobilie und der Pferde ein.«

»Was steht da?«, fragte Tante Ditte unwirsch.

»Die Bank will fünfundzwanzigtausend Euro von dir haben, ansonsten wollen sie den Wilhelmshof und deine Friesen versteigern.« Jetzt musste sich auch Inga setzen. Der Brief hatte sie zurück auf den Boden der Tatsachen geholt.

»Ja, ja, was die alles wollen. Ich will auch so einiges«, wehrte Tante Ditte ab. »Hier wird überhaupt nichts versteigert. Und die Pferde schon mal gar nicht!«

»Puh! Fünfundzwanzigtausend Euro ist eine Menge Holz. Dafür muss man verdammt viel Milchreis verkaufen und ein über Jahre ausgebuchtes Gästehaus haben.

Wo sollen wir denn in so kurzer Zeit so viel Geld auftreiben?«

»Jetzt mach dir mal nicht so große Sorgen«, beschwichtigte Tante Ditte sie, die die Schreckensnachricht erstaunlich gelassen aufnahm. »Der Tee wird nie so heiß getrunken, wie er gekocht wird. Auch nicht bei der Bank. Zumal dort ja eh nur Blümchenkaffeetrinker arbeiten.«

»Was willst du denn jetzt tun?«, fragte Inga beunruhigt.

Ihre Tante zog den Reißverschluss der Tasche zu und schulterte sie. »Ich gehe erst mal schwimmen, bevor die neuen Gäste ab vierzehn Uhr anreisen. Und für den Abend werde ich Lilo und Gertrud einladen. Zu dritt werden wir schon eine Lösung finden.« Damit verließ sie die Küche und ließ Inga ratlos zurück. Sie bezweifelte, dass Ditte und ihren Freundinnen ein rettender Einfall bei einer Tasse Tee kommen würde.

Während Inga in der Küche Milchreis zubereitete, zerbrach sie sich darüber den Kopf, wie sie das ausstehende Geld auftreiben oder mit welcher Strategie sie die Bank dazu bringen konnte, ihnen Aufschub zu gewähren.

Sie konnte die unangenehmen Gedanken zumindest eine Zeit lang verdrängen, als sie am Strand stand und aus dem Bulli heraus ihren Milchreis an den Mann und die Frau brachte, der sich erfreulicherweise einer wachsenden Fangemeinde erfreute. Alle Portionen waren innerhalb von vier Stunden ausverkauft. Wenigstens dabei gab es keine Schwierigkeiten. Als sie den VW-Bus neben dem Misthaufen auf dem Hof parkte, saßen ihre Tante und Hauke auf einer Bank vor dem Stallgebäude bei einer Tasse Tee.

»Ich habe heute zum ersten Mal zweihundert Portionen Milchreis verkauft«, verkündete Inga ihnen stolz, während sie aus dem Bulli stieg.

Tante Ditte kam zu ihr herüber. »Glückwunsch, Ingalein. Das war wirklich eine tolle Geschäftsidee mit dem Milchreis. Ich muss morgen gleich neuen Apfelmus und rote Grütze einkochen, damit du mir nicht auf dem Trockenen sitzt«, antwortete sie gut gelaunt.

Am Abend warteten Inga und Tante Ditte auf den angekündigten Frauenbesuch. Sie hatten Tee gekocht und einen bunten Salat mit Gemüse und Kräutern aus Dittes Garten zubereitet. Inga hatte mittlerweile spitzbekommen, dass es bei den Treffen von Ditte und ihren Freundinnen nicht bloß ums Teetrinken ging, sondern Dinge vor sich gingen, die ihr mehr als sonderbar erschienen.

»Du wirst schon sehen, dass Lilo über spezielle Fertigkeiten verfügt«, sagte Tante Ditte und strich die Decke auf dem Wohnzimmertisch glatt.

»Da bin ich ja mal gespannt«, antwortete Inga vage und machte sich dann darüber Gedanken, was das wohl für besondere Fähigkeiten sein mochten, von denen ihre Tante gesprochen hatte. Als alle am Wohnzimmertisch saßen, Tante Ditte die Vorhänge zuzog und Kerzen anzündete, kam Inga die Situation ziemlich merkwürdig vor. Das konnten die drei doch unmöglich ernst meinen.

»Die Vorhänge habe ich doch nur als reine Vorsichtsmaßnahme zugezogen. Wegen der Leute aus Sachsen. Damit die nicht mitkriegen, was wir hier machen«, erklärte Tante Ditte.

»Und das Kerzenlicht dient der besseren Konzentration«, fügte Gertrud hinzu.

»Aha.« Inga verstand kein Wort.

»Aber am wichtigsten ist das hier.« Lilo klappte das Hexenbrett auf und legte den Zeiger in die Mitte.

Inga riss die Augen auf. »Ist das etwa ein Ouija?«, fragte sie. »So was habe ich mal irgendwo in einem Film gesehen. Da ging es um Hexen, die Kontakt zu Verstorbenen aufgenommen haben.«

»Stimmt. Das ist eine Art Seelenschreiber oder auch Alphabetbrett, womit wir Dinge rausfinden, die sonst für immer verloren wären«, erklärte Lilo vielsagend.

»Aber das ist doch Humbug. Das funktioniert garantiert nicht«, warf Inga ein, auch auf die Gefahr hin, sich bei den Frauen unbeliebt zu machen.

»Das sagen alle, die es noch nie ausprobiert haben. Immer dasselbe. Ihr seid alles Zweifler«, sagte Gertrud gelangweilt.

»Wir haben damit schon viele Dinge gefunden. Letztens erst ein Testament«, berichtete Tante Ditte, die neben Inga saß.

»Im Kriechkeller«, kam es von Gertrud zynisch. »Ich glaube, ich habe immer noch eine Spinne im Haar.«

»Warte nur ab, Inga. Du wirst schon sehen«, sagte Lilo.

»Also, gut. Ich bin bereit.«

Die Frauen begannen mit ihrem Ritual. Sie legten ihre Fingerspitzen auf den Zeiger. Inga tat es ihnen gleich. Dann rief Lilo: »Matthias? Bist du da? Wir möchten dir gerne ein paar Fragen stellen.«

Der Zeiger schoss augenblicklich auf das Wort »Ja«.

»Oh, da ist heute aber einer in Quatschlaune«, kommentierte Gertrud die unverzügliche Bewegung des Zeigers.

»Stell deine Frage, Ditte«, forderte Lilo sie auf.

»Es ist heute ein Brief von der Bank gekommen. Ich soll meine ausstehenden Raten bis spätestens in acht Wochen zahlen, ansonsten wird der Hof versteigert. Werde ich den Hof verlieren?«

Der Zeiger wanderte auf direktem Wege zum »Nein«.

Tante Ditte guckte zufrieden. »Gott sei Dank, da bin ich aber erleichtert.«

»Was muss Ditte tun, um die Versteigerung abzuwenden«, fragte Lilo für sie.

Der Zeiger glitt wieder zum Alphabet, und Gertrud schrieb mit einer Hand die Reihenfolge der Buchstaben auf einen Block.

»Schlüssel berührt Herz«, las Gertrud vor, nachdem der Zeiger wieder zur Mitte zurückgekehrt war.

»Haben wir das richtig verstanden?«, hakte Lilo nach.

Die Antwort war Ja. Danach verabschiedete sich Matthias.

»Welcher Schlüssel nur?«, überlegte Tante Ditte. »Matthias könnte sich ruhig mal etwas klarer ausdrücken«, fand sie.

»Das müssen wir in Ruhe überlegen. Ich bin mir sicher, wir werden dahinterkommen«, sagte Lilo und klappte das Brett zusammen.

Inga runzelte die Stirn. Für sie ergab die angebliche Botschaft von Matthias überhaupt keinen Sinn. In solch eine Nachricht konnte man schließlich alles und nichts hineininterpretieren, und außerdem bezweifelte sie stark, dass die Botschaft tatsächlich von Dittes verschollenem Mann kam. Vielmehr glaubte sie, dass sich der Zeiger nicht ohne Zutun der Damen bewegt hatte. Deswegen wartete sie darauf, dass Ditte und ihre Freundinnen in Gelächter ausbrachen und zugaben, dass alles bloß fauler Zauber war und sie sie gerade gehörig auf den Arm genommen hatten. Doch anhand ihrer ernsthaften Mienen schien dies alles andere als ein Scherz für sie gewesen zu sein.

18. Kapitel

Ditte

Nach einer Tasse Tee waren Lilo und Gertrud wieder aufgebrochen. Lilo wollte früh schlafen gehen, und Gertrud war noch mit Petter Grube verabredet, um bevorstehende Beerdigungen zu organisieren. Matthias' letzte Botschaft ließ Ditte keine Ruhe. Die Rettung des Hofes schien so nah und gleichzeitig so weit weg zu sein. Sie musste einfach darauf kommen, was er meinte. Unruhig ging sie in der Küche umher und stellte sich wiederholt die Frage, von welchem Schlüssel ihr verschollener Mann gesprochen hatte. Sie nahm den Schlüsselbund vom Haken an der Garderobe, legte ihn auf den Tisch und betrachtete eingehend die Schlüssel, die daran befestigt waren. So viele gab es auf dem Wilhelmshof nicht – und vor allem, welcher davon sollte ihr Herz berühren und noch dazu die Eigenschaft haben, den Hof retten zu können? Das war doch alles verrückt!

»Na, komm, Nemo! Wir gehen eine Runde.« Sie sah Nemo aufmunternd an, der schläfrig in seinem Körbchen neben der Sitzbank lag. Ditte warf sich eine leichte Jacke über und marschierte mit der Leine in der Hand zur Tür. Nemo folgte ihr schwanzwedelnd.

Hauke hatte im Stall Licht angemacht. Aus dem Gebäude drangen leise Geräusche, als sie den Hof überquerte. Der Pferdepfleger fing jeden Morgen pünktlich mit seiner Arbeit an, doch er hatte keinen festen Feierabend. Für ihn war dann erst Schicht, wenn die ganze Arbeit erledigt war – und das konnte dauern. Es war gut möglich, dass er noch da war, wenn sie mit Nemo vom Gassigehen wiederkam.

Ditte schlug mit dem Hund den Weg ein, der weg vom Strand und in den Ort hinein führte, vorbei an dem nach historischem Vorbild nachgebauten Backhaus und an dem Gemeindehaus von St. Peter-Ording. An der Kreuzung bog sie rechts auf die Olsdorfer Straße ab, bis sie an der Kirche von St. Peter angekommen war, ein schönes Backsteinbauwerk mit einem Turm, das von einem malerischen Friedhof umgeben war, der an einen kleinen Park erinnerte.

Ditte ging über den Kiesweg, der zu einer Wiese führte, und ließ sich auf eine Bank in unmittelbarer Nähe eines Grabes sinken. Nemo legte sich zu ihren Füßen. Sie schaute auf die mit bunten Blumen bepflanzte Grabstätte vor ihr. Ihr Blick glitt über die Inschrift des Grabsteins, der aussah wie ein aufgeklapptes Buch: *Begrenzt*

»So ist es.«

»Aber das stört mich nicht. Ich komme gerne her. Hier ist es so schön friedlich, nicht so trubelig wie im Ortsteil Bad, wo die Touristen umherwuseln wie die Ameisen.«

»Wem sagst du das?« Berta lehnte sich zu Ditte hinüber und schaute sich um, als wenn sie sichergehen wollte, dass niemand ihr Gespräch belauschte. Dann flüsterte sie: »Verstehe mich jetzt nicht falsch, aber wenn ich alleine auf dem Friedhof bin, unterhalte ich mich manchmal mit meinen Eltern und Hanni, meiner Schwester.«

Ditte lächelte sie verständnisvoll an. »Und? Was sagen sie so?«

»Hm ... mal mehr und mal weniger, aber manchmal komme ich mit Fragen her und verlasse den Friedhof mit Antworten. Dann fühlt es sich an, als hätte man sich zum Tee getroffen und nicht auf einem Friedhof gesessen.«

Ditte zog die Augenbrauen hoch und nickte. »Das kommt mir irgendwie bekannt vor.« Höchst interessant, was Berta ihr da erzählte. Gerade heute, wo es bei ihr mit der feinstofflichen Kommunikation nicht geklappt hatte. Dass Berta scheinbar die gleichen Erfahrungen mit ihren verstorbenen Angehörigen gemacht hatte wie sie, baute sie auf und machte ihr Mut, dranzubleiben, womöglich doch noch hinter die Bedeutung von Matthias' rätselhafter Botschaft zu kommen.

»Was hältst du davon, wenn wir nach dem Gießen noch einen Abendtee bei mir trinken?«

»Sehr gerne.« Berta nahm die Einladung erfreut an.

Nemo bellte laut und wedelte mit dem Schwanz.

19. Kapitel

Inga

Inga blickte auf ihr Handy und sah, dass Davide ihr eine Nachricht geschickt hatte. Er war gut in Flensburg angekommen und versprach, sich bald wieder zu melden. Konny hatte ebenfalls geschrieben und sich erkundigt, wie der Milchreisverkauf lief, und dann hatte noch jemand mit einer ihr unbekannten Nummer versucht, sie anzurufen.

Sie antwortete Konny und Davide und dachte daran, wie sehr sie seine aufmerksame Art genossen hatte. Nachdem sie Konny noch eine zweite Nachricht geschrieben hatte, konzentrierte sie sich wieder auf die Frage, was zu tun war, um die Zwangsversteigerung des Wilhelmshofs abzuwenden. Dabei wollte sie sich unter gar keinen Umständen auf halbseidene Botschaften eines Hexenbretts verlassen, sondern zog es vor, die knallharten Fakten zu berücksichtigen. Sie rechnete ihre Milchreis-Einnahmen durch und die noch ausstehenden Rechnungen dagegen.

Hinter die Tierarzt- und Futtermittelkosten konnte sie inzwischen einen Haken machen. Da gab es keine Ausstände mehr. Strom und Gas wurden morgen überwiesen, den Dachdecker hatten sie gleich bar bezahlt, nachdem er das Reetdach vom Gästehaus ausgebessert hatte. Blieben noch einige kleine Rechnungen und die Forderung von fünfundzwanzigtausend Euro der Bank. Und natürlich die monatlichen Tilgungsraten für die laufende Hypothek, die Ditte und Matthias damals aufgenommen hatten, um neue Heizungen zu installieren, die Ställe auszubauen und den Turnierplatz anzulegen, um den Hof attraktiver für Feriengäste zu machen.

Egal wie sie rechnete, sie kam zu einem ernüchternden Ergebnis: Trotz der guten Umsätze durch den Milchreisverkauf gab es keinen wirklichen Hoffnungsschimmer, die Hypothekenraten in absehbarer Zukunft bezahlen zu können. Ihr musste dringend etwas einfallen, wie sie mehr Zeit gewinnen konnte.

In dem kleinen Zimmer war es stickig. Sie öffnete das Dachfenster und zog sich einen leichten Pyjama an. Dann löschte sie das Licht. Sie legte sich ins Bett und zog die Decke bis zum Kinn hoch. Inga schloss die Augen und lauschte dem leisen Geräusch der Brandung, das eine entspannende Wirkung auf sie hatte. Sie brauchte dringend eine zündende Idee, wie sie die Zwangsversteigerung abwenden konnte.

Am nächsten Tag blieb Inga bis zum frühen Abend mit Rosi am Strand. Sie verkaufte den ganzen Tag Milchreis und kam durch die Gespräche mit ihren Kunden auf andere Gedanken. Als alle Portionen verkauft waren, nahm sie die Töpfe vom Herd und stellte die Platten aus. Danach klappte sie die Aufstelltafel zusammen und schob das Schiebefenster zu. Die meisten Badegäste waren bereits gegangen, es waren nur noch vereinzelte Spaziergänger unterwegs.

Inga schloss den Bus ab, zog die Schuhe aus und lief mit nackten Füßen durch den Sand. Sie ging zu den Schaukeln am Strand, setzte sich auf eine und schwang vor und zurück. Dabei schaute sie aufs Meer, das ruhig und gleichmäßig ans Ufer perlte, und ließ ihre Gedanken schweifen.

»So sieht man sich wieder!«, ertönte plötzlich eine Männerstimme neben ihr.

Inga drehte den Kopf zur Seite und schaute geradewegs in Mats' lächelndes Gesicht. Neben ihm stand mit hechelnder Zunge sein Hund Kalle.

»Hallo. Was macht ihr zwei denn hier?«, fragte sie freudig überrascht. Mats trug eine knielange Hose und dazu ein dunkelblaues Shirt, was seine himmelblauen Augen noch zusätzlich betonte.

»Darf ich dir Gesellschaft leisten?«

Inga nickte. »Klar.«

Er setzte sich auf die Schaukel neben sie und warf für

Kalle ein Stöckchen, hinter dem der Hund wie von der Tarantel gestochen herrannte. »Die Sprechstunde ist gerade vorbei, und ich wollte mir eine Portion Milchreis gönnen. Das heißt, falls noch welcher da ist? Ich bin gerade am Milchbus vorbeigekommen, und da sah es verdächtig nach Feierabend aus.«

»Eigentlich habe ich Feierabend, denn ich habe alle Portionen verkauft. Aber ich habe mir eine aufgehoben. Die teile ich gern mit dir. Okay?«, bot Inga ihm an.

»Na, das klingt doch super. Das Angebot nehme ich gerne an.« Inga sprang von der Schaukel auf. »Na dann, auf zu Rosi.«

Kalle wartete artig vor dem Bulli, während Inga Mats den Bus von innen zeigte, die letzte Portion Milchreis aufwärmte und auf zwei Schüsseln verteilte. »Hätte nicht gedacht, dass man so viel in so einen kleinen Wagen bekommt«, staunte er nicht schlecht.

»Davon war ich auch überrascht.«

»Darf ich mal?«, fragte Mats und zeigte auf die Einbauschränke.

»Natürlich. Schau dich ruhig um.« Inga freute sich über sein Interesse an ihrem Milchbus.

»Finde ich wirklich toll, was du hier in so kurzer Zeit auf die Beine gestellt hast. Aber du warst ja schon früher immer eher eine Macherin und hast die Dinge in die Hand genommen«, sagte er.

»Oh, vielen Dank.« Inga reichte ihm eine Schale. Mats nahm sie und sah Inga lange an.

Sie gingen zu den Schaukeln zurück und aßen die letzte Portion, während Kalle wild durch die Brandung sprang. Weiter draußen fuhr ein Kutter an ihnen vorbei. Ein Möwenpärchen landete schrill kreischend auf der Holzwippe, die sich in unmittelbarer Nähe zu ihrer Schaukel befand. Es war so schön friedlich hier, und sie merkte, wie sehr sie den Augenblick auf den Schaukeln mit Mats genoss.

»Das war wirklich sehr lecker«, sagte Mats, nachdem er den Milchreis aufgegessen hatte. Er stellte die Schale mit dem Löffel neben sich in den Sand.

»Freut mich, dass es dir geschmeckt hat.« Inga lächelte ihn an und blickte dann wieder zum Meer.

Er schaute sie prüfend von der Seite an. »Aber jetzt sag mal, was los ist. Irgendwas bedrückt dich doch. Stimmt was nicht?«

Inga schüttelte den Kopf. »Dir kann ich wohl nichts vormachen.«

»Nee. Dafür kenne ich dich zu lange und zu gut.« Kalle kam wieder mit dem Stock im Maul angelaufen.

»Es ist wegen Tante Ditte und dem Wilhelmshof«, sagte Inga und fuhr mit den Füßen im Sand umher. »Sie steckt in großen Schwierigkeiten.«

Mats warf erneut das Stöckchen. »Lass uns ein Stück gehen«, schlug er vor.

»Einverstanden.« Inga schnappte sich ihre Schuhe und schlenderte mit Mats zum Meer. Sie liefen durch die angenehm kühle Brandung, und dabei schüttete Inga ihm ihr Herz aus. Sie erzählte ihm, dass sich die Situation verschlimmert hatte. Sie berichtete von dem Einschreiben der Bank und der drohenden Zwangsversteigerung mit der Frist zum September.

Mats blieb stehen und sah sie ernst an. »Das klingt nicht gut.«

»Was soll ich denn jetzt machen?«, fragte Inga leise und spürte, wie ihr plötzlich Tränen in die Augen stiegen. »Ditte hängt so sehr an diesem Hof. Sie hat dort den Großteil ihres Lebens zusammen mit meinem Onkel verbracht. Der Wilhelmshof ist sein Vermächtnis und alles, was ihr von ihm geblieben ist. Sie hat in St. Peter-Ording so viele glückliche Jahre verlebt, und ihre Pferde sind ihr Lebensinhalt ...« Ingas Stimme brach. Das Ganze war wohl wirklich etwas viel für sie.

»Komm mal her.« Mats legte einen Arm tröstend um sie und zog sie zu sich heran.

Inga schlang automatisch ihre Arme um seine Taille. Mit Mats in der Brandung so dazustehen, eng umschlungen, tat ihr gut. Sie konnte loslassen und musste für einen Moment nicht die Starke sein. Es fühlte sich gut an, er fühlte sich gut an. Sie schauten schweigend aufs Meer und sagten kein Wort.

»Uns wird eine Lösung einfallen«, durchbrach Mats die romantische Stimmung unwillkürlich. »Du solltest noch mal mit deiner Tante reden. Vielleicht gibt es irgendetwas auf dem Hof, was nicht mehr gebraucht wird und man verkaufen könnte.«

»Was sollte das sein?«

»Keine Ahnung. Zum Beispiel ein alter Traktor oder anderes Gerät, was alt ist, aber mittlerweile einen gewissen Sammlerwert hat. Eventuell hat deine Tante auch eine längst vergessene Briefmarkensammlung auf dem Speicher, die eine Menge wert ist«, überlegte er laut, wobei seine Augen unternehmungslustig blitzten.

Inga musste lächeln. »Glaub mir, das hat sie bestimmt nicht. Ich habe bei meinen Renovierungsarbeiten einen guten Überblick darüber bekommen, was auf dem Hof vorhanden ist, und nichts dergleichen entdeckt, womit wir Tante Ditte finanziell sanieren könnten.«

»Uns wird was einfallen. Glaub mir«, sagte Mats. Er schaute ihr tief in die Augen. »Ich werde alles tun, was in meiner Macht steht, um deiner Tante Ditte mit ihrem Wilhelmshof zu helfen.«

»Danke!« Mats' kämpferische Entschlossenheit machte Inga Mut und rührte gleichzeitig ihr Herz. Sie spürte in dem Moment eine große Dankbarkeit dafür, dass er da war und sie sich nicht mehr alleine fühlen musste.

Am nächsten Abend fuhr Inga mit ihrem Wagen nach Ording zum Hof von Ann und Mats. Sie war mit den Geschwistern verabredet, um gemeinsam zu beratschlagen, was zu tun war, um das Vermächtnis ihres Onkels Matthias zu retten. Die Idee war von Mats gekommen. Er meinte, dass drei Leute zusammen besser überlegen könnten als jeder für sich allein. Davide hatte ihr eine Nachricht geschrieben und gefragt, ob es schon etwas Neues in Sachen Rettung des Wilhelmshofs gab. Sie telefonierten meistens abends. Ihre Gespräche waren immer sehr nett, und Davide war bemüht, ihr zu helfen, was sie sehr schätzte. Doch die rettende Idee war ihnen nicht gekommen, weshalb Inga sehr froh gewesen war, als Mats sie eingeladen hatte, zusammen mit Ann und ihm zu brainstormen. Sie saßen auf der Terrasse, und Ann entkorkte eine Flasche Wein.

Die letzte Begegnung mit Mats war nicht spurlos an Inga vorbeigegangen. Sie musste oft an ihn denken. Deswegen hatte sie sich besonders viel Mühe mit ihrem Äußeren gegeben, sich die Haare hochgesteckt, ein leichtes, nicht zu aufdringliches Parfum aufgelegt und endlich ihren luftigen Overall angezogen, den sie zuvor noch nie getragen hatte. Diese Gelegenheit schien ihr passend zu sein, um das Kleidungsstück einzuweihen. Schließlich wollte sie Mats gefallen, und vielleicht ergab sich auch im Laufe des Abends endlich die Möglichkeit, über die

Geschichte von damals zu reden und reinen Tisch zu machen.

»Ich hatte ja seit längerer Zeit schon die Befürchtung, dass es um den Wilhelmshof nicht gut bestellt ist, aber fünfundzwanzigtausend Euro sind wahrlich kein Pappenstiel.« Ann schenkte ihnen Wein ein. »Ich schaue noch schnell nach dem Auflauf. Der dürfte gleich fertig sein«, sagte sie und verschwand ins Haus.

»Ich bin froh, dass ich hier bin, das war eine sehr gute Idee von dir, gemeinsam zu überlegen, was wir tun können. Danke, dass ihr euch so für Ditte und den Hof einsetzt«, sagte Inga.

»Da nicht für. Hast du denn noch mal mit deiner Tante geredet, ob es was auf dem Hof gibt, das verkauft werden könnte?«

Inga winkte ab. »Hab ich längst. Aber Ditte ist auch nichts eingefallen, was man zu Geld machen kann.«

»Dann müssen wir wohl in eine andere Richtung denken.«

»Scheint so.«

»Wir werden schon einen Weg finden, da bin ich mir sicher.« Er nippte an seinem Rotwein und sah sie dabei über den Glasrand an. »Du siehst toll aus, der Overall steht dir gut.«

»Danke!« Inga freute sich über seine Bemerkung, denn genau das hatte sie ja erreichen wollen.

»Ich sage nur die Wahrheit.«

Inga lachte auf. »Flirtest du etwa gerade mit mir?«

Er zog die Augenbrauen hoch und grinste sie an. »Die Antwort darauf überlasse ich deiner Interpretation.«

»Na dann …«

»Bin schon wieder da.« Ann kam mit dem Essen in einer Auflaufform wieder, die sie mit zwei Kochhandschuhen umfasst trug und auf ein Holzbrett auf dem Tisch absetzte. »Erst mal stärken wir uns, und dann wird uns schon eine Lösung einfallen. Es gibt übrigens Lachsauflauf mit Gemüse und Kartoffeln.«

»Du bist wirklich eine begnadete Köchin, Ann. Wäre das nichts mit dir als Tierärztin geworden, du hättest sofort in sämtlichen Hotels in St. Peter-Ording anheuern können«, sagte Inga, nachdem sie den ersten Bissen genommen hatte.

Während des Essens unterhielten sie sich darüber, wie sich St. Peter-Ording seit ihrer Jugendzeit verändert hatte.

»Damals war das hier noch ein richtig verschlafenes Örtchen, in dem die Bordsteine spätestens um neunzehn Uhr hochgeklappt wurden«, erinnerte sich Ann. »Die einzige Attraktion war das Meer.«

»Aber auch das war manchmal ziemlich öde. Oft habe ich mir gewünscht, in Hamburg zu leben. Und was habe ich Ole beneidet, als er mit seinen Eltern nach Kiel gezogen ist. Das war ja schon die große weite Welt«, meinte Mats.

»Och, ich fand es eigentlich immer spannend hier. Langeweile hatte ich nie«, warf Inga ein.

»Du warst ja auch bloß in den Ferien hier«, entgegnete Ann. »Da war in St. Peter ja auch was los. Aber sonst haben sich hier doch bloß kurende Omis und Opis hin verirrt.«

»Die Zeiten scheinen ja mittlerweile auch vorbei zu sein. Im Ortsteil Bad hat man ja eher das Gefühl, in einem angesagten Ferienort gelandet zu sein.«

»Ist ja auch so. Wusstest du, dass St. Peter-Ording nach Sylt der Ort mit den meisten Übernachtungen an der Nordseeküste ist?«, fragte Ann und nahm sich noch etwas vom Auflauf.

»Echt? Nee, das wusste ich nicht.«

»Lifestyle ist das Zauberwort in St. Peter. Das zieht Touristen an. Guck dich doch mal um. Überall siehst du nur noch diese In-Hotels, am Strand sind ständig irgendwelche Events, und wie oft sind Fernsehteams im Ort unterwegs?«

»Stimmt schon. Die verschlafene Zeit in St. Peter, in der es noch Pensionszimmer im Stil der Siebzigerjahre gab, scheinen jedenfalls der Vergangenheit anzugehören. Zumindest fast, bei Tante Ditte sind ein paar sehr schöne Exemplare zu bewundern«, sagte Inga mit einem Augenzwinkern.

Mats lachte, legte seine Gabel auf den leeren Teller und

griff nach seinem Glas. »War das gut.« Von dem Auflauf war nichts übrig geblieben.

»Apropos Tante Ditte, lasst uns mal zum eigentlichen Thema kommen.« Mats setzte sein Weinglas ab und schaute zwischen Inga und seiner Schwester hin und her. »Ich fasse noch mal die Situation zusammen: Wir brauchen dringend in spätestens acht Wochen fünfundzwanzigtausend Euro, um zumindest die Zwangsversteigerung vom Wilhelmshof abzuwenden. Langfristig brauchen wir dann einen Plan, um wieder mehr Gäste auf den Hof zu bekommen. Damit Ditte nicht in einem halben Jahr wieder in einer solchen Situation steckt. Sie muss die Raten des Kredits zuverlässig abbezahlen.«

»Wie könnten wir diese Summe schnell zusammenbekommen?«, überlegte Mats.

»Mir fällt spontan nichts ein, wo wir so schnell so viel Geld auftreiben können«, meinte Inga niedergeschlagen.

»Was ist denn das Wertvollste, was deine Tante hat?«, fragte Ann.

Inga stützte ihr Kinn nachdenklich auf ihre Hände. »Der Hof.«

»Das ist klar, aber den können wir nicht zu Geld machen, weil wir den ja retten wollen.« Mats zwinkerte ihr zu. »Aber auf dem Hof, da stehen Pferde, nicht wahr? Deine Tante hat doch eine Zucht, wenn ich mich nicht täusche?«

»Die ihr hoch und heilig ist«, bestätigte Inga. »Sie züchtet die Friesen schon, solange ich denken kann.« Inga nippte an ihrem Rotwein.

»Ich kann mich erinnern, dass deine Tante früher Turniere auf ihrem Hof veranstaltet hat. Da sind wir doch auch mitgeritten«, überlegte Ann und verengte dabei die Augen. »Gab es damals nicht auch immer einen Pferdemarkt, wobei Tiere aus ihrer Zucht verkauft wurden?«

»Hm«, grübelte Inga, und ihr Blick glitt zum Gemüsebeet, auf dem Ann Tomaten und Radieschen gepflanzt hatte. »Ich glaube schon, dass es den gab. Ich meine mich daran zu erinnern, dass Leute Friesen von Tante Ditte gekauft haben. Das ist allerdings schon ziemlich lange her. Ich weiß gar nicht, wann sie das letzte Mal ein Turnier, geschweige denn einen Pferdemarkt auf dem Wilhelmshof veranstaltet hat.«

»Was bringt denn eigentlich der Verkauf von so einem Pferd ein?«, fragte Mats neugierig. »Ich kenne mich mit dem Verkaufswert von Friesen nicht so gut aus. Ich bin ja eher Spezialist für Kleintiere.«

Ann lehnte sich im Gartenstuhl zurück und verschränkte die Arme vor der Brust. »Das kommt drauf an, was es für ein Pferd ist. Aber auf dem Wilhelmshof stehen Tiere, die bestimmt auch fünfzehntausend Euro wert sind«, schätzte sie.

»Dann liegt die Lösung auf der Hand«, fand Mats. »Damit könnten wir es schaffen.«

Inga drehte ihr Glas auf dem Tisch. »Du meinst, wir sollten die Pferde verkaufen?«

»Ja, das denke ich. Das ist doch die einzige Lösung, recht schnell an relativ viel Geld zu kommen, oder?«, fragte Mats und schaute sie mit triumphierendem Blick an.

»Das wäre wahrscheinlich wirklich die einzige Möglichkeit. Vorausgesetzt, dass Tante Ditte mitspielt und bereit ist, einige ihrer Pferde herzugeben.«

Ann räumte die benutzten Teller und das Besteck zusammen. »Am besten reden wir gleich morgen mit ihr und erklären ihr unseren Plan. Ich wollte eh noch mal nach Henk sehen, und so könnten wir es dann verbinden.«

»Ja, lass uns morgen mit ihr sprechen. Ich weiß nicht, ob sie von der Idee so wahnsinnig begeistert sein wird. Sie hängt an den Tieren, aber was soll man machen? Wir brauchen dringend Geld. Aber wir sollten auf jeden Fall morgen mit ihr sprechen, denn wenn wir das machen, muss ich bald mit der Organisation anfangen. Ditte ist nicht mehr die Jüngste, und der letzte Pferdemarkt inklusive Turnier ist bestimmt schon eine Ewigkeit her.«

»Wir organisieren das. Wir nehmen ihr die Arbeit komplett ab. Sie braucht sich um nichts zu kümmern. Deine Tante muss nur ihr Okay geben.« Mats goss den Rest der

Weinflasche in sein Glas und stand auf, um eine zweite Flasche aus der Küche zu holen.

»Früher war Tante Ditte sogar eine richtige Institution, wenn es um Friesen ging. Sie war die erste Ansprechpartnerin hier im Umkreis mit der Friesenzucht. Sie hatte sogar Kunden, die extra aus Süddeutschland zu ihr gekommen sind«, erinnerte sich Inga.

»Sobald wir das Okay von deiner Tante haben, kümmere ich mich um die Werbung für die Veranstaltung. Wir sollten Plakate kleben und auch Flyer auslegen.« Mats war in seinem Element. Ging es um das Organisieren von Veranstaltungen, Partys oder Umzügen war er stets kaum zu bremsen gewesen.

»Hört sich nach einem perfekten Plan an.« Inga stand auf und griff nach der benutzten Auflaufform.

»Den wir mit einer zweiten Flasche Wein begießen sollten«, fand Mats.

»Aber erst räumen wir den Tisch ab. Das lockt sonst zu viele Insekten an.« Ann und Inga brachten das dreckige Geschirr in die Küche.

Am liebsten hätte Inga ihrer Tante sofort von den Plänen berichtet. Je länger sie darüber nachdachte, umso klarer erschien es ihr, dass das Reitturnier mit dem Pferdemarkt die perfekte Lösung war. Durch diese Kombination konnte man gleich zwei Fliegen mit einer Klappe schlagen. Man lockte nicht bloß Pferdekäufer auf den Hof, sondern auch Reiter ohne Kaufabsichten und Touristen, was den Bekanntheitsgrad des Wilhelmhofes steigerte. Vielleicht interessierte sich die hiesige Presse auch dafür oder gar das Tourismusmagazin und würde das Event bewerben. Mats hatte eine wirklich tolle Idee gehabt! Da konnte doch jetzt eigentlich nichts mehr schiefgehen. Inga war total euphorisch und bester Dinge, hoffte aber, dass der Plan morgen bei Tageslicht immer noch so wasserdicht war, wie er ihr jetzt erschien. Sie öffneten die nächste Flasche Wein und stießen vergnügt an.

»Und am Ende nehmen wir so viel Geld ein, dass es für einen zweiten Hof reicht«, scherzte Inga.

Ann lachte. »Auf uns. Wir sind doch die besten Pferdehofretter, die es gibt. Wir sind überhaupt ein Superteam. Inga, wieso hast du dich auch so lange nicht blicken lassen?«

»Ja, warum eigentlich?«, wollte Mats nun wissen.

Inga zuckte mit den Schultern. »Hat sich irgendwie nicht ergeben.«

»Ist jedenfalls sehr schön, dass du wieder hier bist«, fügte er hinzu und schaute sie dabei intensiv an.

»Finde ich auch. Endlich sind wir wieder vollzählig«, versuchte Inga ihre Verlegenheit zu überspielen. Sie lächelte Mats verlegen an. Warum musste er auch so charmant, klug und gut aussehend sein?

Ann gähnte.

»Seid nicht böse, aber mir fallen gleich die Augen zu«, sagte sie. »Ich werde mich mal aufs Ohr hauen. Leider muss ich morgen früh auf den Hof von Bauer Farmsen. Er hat eine trächtige Stute, die langsam so weit wäre. Ich habe versprochen, schon ganz früh nach ihr zu sehen. Inga, du kannst auch einfach bei uns übernachten, wenn du heute nicht mehr nach Hause fahren willst. Nur so eine Idee. Gute Nacht ihr zwei.«

Als Ann ins Haus ging, blieben Inga und Mats auf der Terrasse zurück. Auf dem Tisch standen mittlerweile drei Weinflaschen. Zwei davon waren leer.

»Was für ein herrlicher Abend, und dann auch noch dieser Mond.« Inga bestaunte den Vollmond, der langsam über der Küste aufging.

»Hast du Lust auf einen Strandspaziergang?«, fragte er sie. Inga überlegte kurz. »Ja gern, wieso nicht?«

Mats sprang vom Stuhl auf und hielt ihr seine Hand entgegen. »Auf geht's«, forderte er sie auf.

Sie liefen vom Haus aus den Dünenweg entlang, der geradeswegs auf den Strand führte. Inga und Mats waren alleine am Strand. Kein Mensch war weit und breit zu sehen.

Inga war ein bisschen beschwipst und wie berauscht von der rettenden Idee. Sie hatte den Kopf in den Nacken gelegt und schaute in den Himmel. Sie musste kichern. »Guck mal, wie der Mond aussieht, wie eine Riesenlampe, die den Strand beleuchtet. Der Strand wirkt nachts ein wenig verwunschen.« Inga war verzaubert von dem Naturschauspiel. »Komm, lass uns ein bisschen den Strand entlanggehen.«

Sie zogen sich die Schuhe aus und liefen an der Waterkant entlang. Das Mondlicht spiegelte sich in dem dunklen Wasser der Nordsee wider, und außer dem Rauschen des Meeres war nichts zu hören. Irgendwann nahm Mats ihre Hand. Sie blieben stehen und schauten sich in die Augen.

»Ich wollte mit dir noch über eine Sache reden«, machte Inga den ersten Schritt.

»Ja?«

»Über Gesa. Wegen damals.«

Mats runzelte die Stirn. »Über Gesa? Das ist doch schon so lange her«, wiegelte er ab.

»Na ja, immerhin war das unser Trennungsgrund«, beharrte sie.

»Ach ja?«

»Na, hör mal. Was hättest du denn an meiner Stelle gemacht? Dieses Foto, was sie mir damals von euch geschickt hat, war schon ziemlich eindeutig.«

»Und ich habe dir gesagt, dass das Quatsch ist. Dass du da was reininterpretierst. Woher hatte sie eigentlich deine Adresse?«

»Von Tante Ditte. Sie hat sie danach gefragt.«

»Verstehe. Jedenfalls war es nicht so, wie du geglaubt hast.« Er hielt immer noch ihre Hand fest in seiner.

»Sie hat dich auf dem Foto geküsst. Was gibt es denn da noch zu glauben?«

»Das Foto wurde bei einer Siegerehrung nach einem Beachball-Turnier gemacht. Was meinst du, wen Gesa da noch alles geküsst hat? Da war die ganze Mannschaft dran.«

»Wirklich?«

»Ja, ich habe nie verstanden, was du hattest, nachdem ich dir gesagt habe, dass da nichts läuft. Für mich war nie das Foto der Trennungsgrund, sondern dass du nicht mehr ans Telefon gegangen bist, wenn ich angerufen habe, und dich auch nie wieder in St. Peter hast blicken lassen. Warum hast du mir nicht vertraut?«

»Ich habe einfach gedacht, dass du und Gesa …« Inga zuckte die Schultern.

»Da hast du falsch gedacht. Du hättest mit mir reden müssen. Wir hätten das klären können.« Mats führte ihre Hand zu seinem Mund und küsste sie.

Inga musste schlucken. Es war ihr im Nachhinein peinlich, dass sie Gesas Intrige aufgesessen war. Warum war sie so dumm gewesen? Inga stammelte etwas vor sich hin. Sie wusste nicht, was sie dazu sagen sollte. Plötzlich zog Mats sie an sich, beugte sich zu ihr hinunter und küsste sie.

Sie erschrak kurz, und dann erwiderte sie seinen Kuss.

Nach einer Weile löste er sich wieder von ihr. »So, und nun brauche ich eine Abkühlung.«

Ohne Vorwarnung warf er sie über seine Schulter.

»Du Spinner!« Inga kreischte und zappelte wie ein Fisch an der Angel, als er mit ihr plötzlich losrannte. »Lass mich runter!« Wenig später spritzte ihr Meerwasser ins Gesicht, und dann wurde sie in die kühlen Fluten geworfen. Als sie sich aufgerichtet hatte, stand sie bis zur Brust in der Nordsee. Sie lachte und hustete, weil sie Meerwasser geschluckt hatte. »Na super, jetzt bin ich jedenfalls wieder stocknüchtern. Vielen Dank!«, sagte sie lachend.

Er legte den Kopf schräg und lachte laut.

»Ja, ja, mach dich ruhig über mich lustig.«

»Tu ich doch gar nicht.« Er spritzte ihr Wasser ins Gesicht, was sie mit einem ausgelassenen Kreischen beantwortete. Das hatte er früher auch schon immer getan. Er war jetzt wieder ganz nah bei ihr. Sie schaute ihn an.

Er kam noch näher.

Inga spürte seine Hände auf ihrer Haut und schloss die Augen. »Du …«, begann sie, konnte aber keinen vernünftigen Satz formulieren. Es waren so viele Gefühle und Gedanken in ihr, die sie nicht in verständliche Sätze hätte packen können. Sie wusste nur, dass sie sich unglaublich wohl bei ihm fühlte und nicht wollte, dass dieser Moment jemals wieder endete.

»Pst … nicht reden«, flüsterte er nah an ihrem Ohr. Er

schob eine Hand in ihr Haar und zog ihren Kopf noch näher zu sich. Sie spürte seinen Atem im Gesicht, seine Lippen waren fast auf ihren. Er küsste sie. Völlig überwältigt von der Atmosphäre des Abends und ihren wiedererwachten Gefühlen für ihn, merkte Inga, wie ihre Knie weich wurden, sie klammerte sich an ihn. Sie wateten aus dem Wasser und fanden einen geschützten Platz in den Dünen, von wo aus sie den Mond und das Meer sehen konnten.

»Ich war damals so dumm, dass ich ihr geglaubt habe und nicht dir«, flüsterte sie kaum lauter als das Meeresrauschen.

»Alles Schnee von gestern.« Er verschloss ihre Lippen wieder mit einem sanften Kuss.

Sie blieben noch einen Moment an ihrem Platz in den Dünen, genossen die romantische Atmosphäre am Strand und ihre wiedergewonnene Zweisamkeit.

»Langsam wird mir kalt«, sagte Inga nach einer Weile.

»Kein Wunder! Höchste Zeit, dass wir zum Hof zurückgehen und uns trockene Klamotten anziehen.« Er zog sie hoch, und sie gingen den Strandweg wieder zurück zum Hof. Aber dieses Mal hielt er sie dabei fest im Arm, als wollte er sie nicht wieder loslassen.

Vor der Haustür blieben sie stehen. »Meine Wohnung ist im ersten Stock, falls du …«, sagte er und sah sie fragend an.

»Das ist wirklich lieb, aber ich möchte euer Angebot annehmen und im Gästezimmer schlafen. Vielleicht beim nächsten Mal?« Sie lächelte ihn an und hoffte, dass er sie nicht falsch verstand. Ihr ging das alles ein bisschen zu schnell. Mats erwiderte ihr Lächeln und schloss die Haustür auf. »Kein Problem, gern das nächste Mal«, sagte er lächelnd. Sie gingen ins Haus, und Inga blieb vor der Tür des Gästezimmers stehen.

»Schlaf schön«, sagte er und gab ihr einen Kuss.

»Du auch.«

Inga schaute ihm noch nach, wie er die Treppe zu seiner Wohnung hinaufstieg. Dann knipste sie das Licht im Gästezimmer an. Ann hatte ihr einen Pyjama aufs Bett gelegt.

20. Kapitel

Ditte

»Und da ist uns die Idee gekommen, mal wieder ein Turnier auf dem Wilhelmshof zu veranstalten. Mit Pferdemarkt.« Ann erwähnte das Turnier bewusst als Erstes. Den Pferdemarkt, die eigentliche Attraktion, erwähnte sie als Zweites. Sie saßen im Garten auf dem Wilhelmshof, und Ann nahm noch einen Schlag Sahne auf ihr Stück Kirschkuchen, den Ditte zuvor gebacken hatte.

»Ja, schöne Idee. Warum nicht? Das haben wir ja früher öfter gemacht. Matthias und ich, wenn er mal Landurlaub hatte. Das war immer ein richtig großes Ereignis. Das stand sogar in der Zeitung, und die Leute sind damals von überallher gekommen. Aus Hamburg, aus Kiel, aus Heiligenhafen und Eckernförde«, erinnerte sich Ditte lebhaft. »Das waren schöne Zeiten.«

»Und genau das möchten wir gerne wieder aufleben lassen. Durch das Turnier kommt nicht nur Leben auf den Wilhelmshof zurück, mit einem Pferdemarkt könnten wir das fehlende Geld für die Bank auftreiben.« Inga hob die

Gabel zum Mund. »Und um Werbung für die Veranstaltung kümmern wir uns auch. Du brauchst nichts zu machen.«

Ditte tippte sich mit einem Finger gegen das Kinn. »Hm, einen Pferdemarkt? Ich weiß nicht.« Ditte war wie erwartet von der Idee, ihre Pferde zu verkaufen, nicht sonderlich begeistert. »Genügend gute Pferde, die sich für den Verkauf eignen, habe ich zwar … meine Zucht hat immer noch das erstklassige Niveau wie zu damaligen Zeiten, aber …«

»Wir müssten uns nur mit der Organisation etwas beeilen«, fiel ihr Ann ins Wort, bevor sie Nein zu ihrer Idee sagen konnte. »Das Turnier müsste wahrscheinlich schon in drei bis vier Wochen stattfinden«, gab Ann zu bedenken.

»Vorher müsste auch noch einiges erledigt werden. Die Hindernisse müssten neu gestrichen, die Rasenflächen gemäht werden und der Sandplatz auf Vordermann gebracht werden. Es sollte schließlich einladend aussehen«, sagte sie in Gedanken mehr zu sich selbst. »Du brauchst dich um nichts zu kümmern. Wir übernehmen …«

»Jemand noch Tee?« Ditte stand ruckartig auf und griff nach der Porzellankanne. Kaum hatte sie gefragt, war sie auch schon fluchtartig von der Terrasse in die Küche gelaufen, um Wasser aufzusetzen. Während sie den Kessel mit Wasser füllte, schaute sie aus dem Fenster. Hauke führte eine ihrer besten Zuchtstuten über den Hof, um sie auf die Weide zu bringen. Bei dem Anblick wurde ihr Herz schwer. Sie hing an ihren Pferden, wollte sie nicht verkaufen. Einige der Tiere hatte sie noch zusammen mit dem alten Doktor Turfler auf die Welt geholt, bevor er in Rente gegangen war. Ihre Pferde waren stets wie die Kinder gewesen, die sie nie bekommen hatte. Und Kinder gab man nicht einfach so weg. Für kein Geld der Welt.

Sie stellte den Kessel auf den Herd und wickelte gedankenverloren ihre Perlenkette um ihre Finger. Seitdem ihr Mann auf See verschollen war, hatte die Trauer darüber in ihr viel Platz eingenommen. Zu viel wahrscheinlich. Sie hatte gedanklich die meiste Zeit damit verbracht, in der Vergangenheit zu leben. Dabei hatte sie das Hier und Jetzt aus den Augen verloren. Dabei stand ihr das Wasser bis zum Hals. Sie musste dringend die drohende Zwangsversteigerung abwenden. Wenn sie ehrlich zu sich selbst war, hatte sie den Grundstein für das Problem gelegt, indem sie sich einfach nicht der Realität stellte. Früher war sie eine akribische Geschäftsfrau gewesen, hatte über alles genauestens Buch geführt, hatte zugesehen, dass der Wilhelmshof genug Geld erwirtschaftete. Die Gästezimmer waren stets gut ausgelastet, die Pferdeboxen vermietet gewesen. Außerdem lief jeden Tag der Reitstundenbetrieb. Pferde zu verkaufen war ihr nie leichtgefallen, doch wenn man züchtete, gehörte es dazu. Man musste das Kommen und Gehen der Pferde ertragen können.

Nach Matthias' Verschwinden war ihr alles aus den Händen geglitten. Ohne Hauke wäre es vermutlich damals gar nicht mehr weitergegangen. Er hatte sich um die Pferde gekümmert, sie gefüttert, geputzt, auf die Weide gebracht, Ställe ausgemistet und sich auch um den Reitbetrieb und die Boxenvermietung gekümmert, was das dringend benötigte Geld eingebracht hatte. Er hatte sogar in der ersten Zeit für sie eingekauft und ihr eine warme Suppe und ein Stück Brot vor die Nase gesetzt, wenn gar nichts mehr gegangen war.

Und dann waren da noch Lilo und Gertrud gewesen, die ebenfalls an ihrer Rettung beteiligt gewesen waren. Durch Lilo und ihren spirituellen Blick auf die Welt hatte sie eine neue Lebenseinstellung und Mut gewonnen, weiterzumachen und wieder aufzustehen. Die Vorstellung, dass alles Energie war und Energie nie verschwinden konnte, selbst nach dem Tod eines Menschen nicht, hatte ihr ungemein dabei geholfen, sich nicht einsam und verlassen zu fühlen. Dadurch hatte sie einen Weg gefunden, weiterhin mit Matthias in Verbindung sein zu können, was sie höchstwahrscheinlich davon abgehalten hatte, komplett durchzudrehen.

Und dann war da noch Gertrud gewesen, die mit ihrer herrlichen sachlichen Direktheit jeder Gefühlsduselei in null Komma nichts den Garaus machte und einen auf den harten Boden der Tatsachen zurückholte. Auf der anderen

Seite hatte sie jedoch ein Herz aus Gold, was sie nicht oft zeigte. Gertrud war eine Löwin, wenn es um das Thema Gerechtigkeit ging. Sie kämpfte lieber im Verborgenen für das Recht der anderen, als es öffentlich zu tun. Deswegen hatte sie auch einen Heidenspaß daran, die Erfolgsprovisionen für ihre schwarze Kasse einzutreiben, die sie für das Auffinden von verschwundenen Dingen bekamen, um damit bedürftigen Menschen anonym zu helfen.

Der Kessel pfiff und riss sie aus ihren Gedanken. Sie nahm ihn hastig von der Herdplatte und stellte die Hitze aus. Sie hielt einen Moment inne. Es wurde langsam Zeit, dass sich was änderte. Sie musste endlich die Dinge wieder in die Hand nehmen. Es war nicht gut, wenn man nicht losließ, dann konnte sich nämlich auch nichts um einen herum bewegen, und alles kam unweigerlich zum Stillstand. Ditte goss den Tee auf und kehrte zu Inga und Ann auf die Terrasse zurück. Sie stellte die Kanne ab und stemmte die Hände in die Hüften. »Ich werde nachher mal meine alten Adressbücher raussuchen und schauen, wen wir unbedingt einladen müssen. Das wird dem Hof guttun!«

Inga und Ann sahen sich einen Moment sprachlos an. Dann lächelten sie, und Inga nahm Ditte kurz in den Arm.

Während Inga, Ann und Mats sich um die Organisation des Reitturniers und des Pferdemarktes kümmerten, musste Ditte immer wieder an Matthias' Worte denken. Sie war eine reiche Frau und der Schlüssel dazu berührte ihr Herz. So oft sie auch über seine Worte nachdachte, sie kam einfach nicht darauf, was ihr Mann ihr damit mitteilen wollte. Deswegen kam ihr die Einladung zu einem abendlichen Treffen mit Lilo und Gertrud gerade recht.

Dieses Mal hatten sich die Frauen allerdings nicht wie so oft auf dem Wilhelmshof verabredet, sondern auf Lilos Campingplatz, der *Strandperle*, im Norden von St. Peter-Ording. Gertrud hatte angeblich einen neuen Auftrag der besonderen Art an Land gezogen, wollte aber im Vorfeld nicht mehr dazu sagen außer, »dass er sehr lukrativ ist«. Was immer das auch bedeuten mochte.

Bis hoch nach Ording waren es vom Ortsteil Dorf aus einige Kilometer. Gertrud hatte ihr angeboten, sie mit ihrem Benz abzuholen. Doch das hatte Ditte dankend abgelehnt. Sie fuhr täglich diese Strecke mit dem Rad, um in der Nordsee schwimmen zu gehen.

Sie schwang sich auf ihr Hollandrad und fuhr den Deich in nördlicher Richtung entlang, vorbei an dem Ortsteil Bad, bis sie an der Zufahrt zum Autostrand angekommen war. Die Strandperle lag direkt hinter dem Deich in Ording. Von dem Campingplatz aus waren es nur wenige Meter bis zum Strand, was einer der Gründe für seine Beliebtheit bei den Urlaubern war. Der Zeltplatz war von einer frisch gestutzten Hecke umgeben.

Ditte stieg vom Rad ab und schob es die gepflasterte Einfahrt hoch, die von Kirschbäumen gesäumt war. Aus dem Restaurant des Campingplatzes, das linker Hand des Gästehauses lag, duftete es lecker nach frisch frittierten Pommes frites. Da sie noch nichts zum Abendbrot gegessen hatte und nicht wusste, wie lang der Abend werden würde, entschied sie spontan, sich eine Portion Fritten in der *Miesmuschel* zu genehmigen.

Das urige Schnellrestaurant war in einem verhältnismäßig kleinen Raum untergebracht und wurde von Lilos Nichte Insa geführt. Ditte wunderte sich jedes Mal aufs Neue, wie dort neben dem Thekenbereich mit Fritteusen und Grillflächen noch zwei Bistrotische mit Stühlen Platz gefunden hatten. Trotz der kleinen Räumlichkeit war die *Miesmuschel* etwas ganz Besonderes. Sie war nicht nur gemütlich, sondern erinnerte eher an eine alte Kapitänsstube als an einen Schnellimbiss. Die Wände waren mit blau bemalten Delfter Fliesen verziert, auf denen Schalen mit Obst, Windmühlen, Meerestiere, Fischerflotten sowie Blumentöpfe und Vasen, die von den Einheimischen *bloempotten* genannt wurden, abgebildet waren.

Die meisten Tische und Stühle für die Gäste standen auf einer überdachten Terrasse nach hinten zum Campingplatz hinaus, wo mindestens zwanzig Personen essen konnten. Das Restaurant war leer. Ditte war überrascht, als sie Lilos Lebensgefährten hinter der Theke entdeckte.

»Moin, Joris. Was machst du denn an der Fritteuse? Sind nicht eher Pinsel und Leinwand deine Spezialität?«

Der Maler lachte und schob sich seine Nickelbrille höher. »Moin! In der Tat würde ich lieber auf der Seebrücke mit einer Pfeife sitzen und die Schönheit der Salzwiesen abbilden, liebe Ditte. Doch wenn Not am Mann ist, tausche ich Kreativität gegen Bratkunst.«

»Was ist denn passiert?« Ditte war an die Theke getreten und legte einen Arm auf der Glasfläche ab.

»Bjarne brauchte heute in der Surfschule eine Vertretung. Und da ich nicht surfbrettfest bin, ist Insa dort eingesprungen, und ich bin hier. Was kann ich denn für dich tun?«

»Einmal Pommes rot-weiß bitte. Das ist genau das, was ich jetzt brauche.«

»Jawoll, kommt sofort. Habe schon von Lilo gehört, dass ihr heute einen Spezialauftrag habt.«

Ditte zuckte die Achseln. »Falls du jetzt Details hören willst, ich habe keine Ahnung. Gertrud macht es wieder spannend und wollte im Vorfeld nichts sagen. Du kennst sie ja. Aber da fällt mir was ein. Ich möchte dich was fragen.«

»Was denn?« Er kippte die Pommes frites in eine Metallschale, um sie zu salzen.

»Wir planen ein großes Reitturnier mit Pferdemarkt auf dem Wilhelmshof. Hast du nicht Lust, deine Bilder dort auszustellen? Ich kann mir gut vorstellen, dass sich einige Besucher für deine Kunst interessieren werden und du ein paar der Bilder verkaufen kannst.«

Joris stellte ein Pappschälchen mit Pommes vor ihr auf die Theke und spießte eine bunte Gabel in eins der Kartoffelstäbchen. »Klingt nach einer guten Idee. Vielleicht sollte ich bis dahin noch ein paar Bilder mit Pferden auf einer Weide malen.«

»Du kannst dich jederzeit dazu bei uns auf den Hof setzen, wenn du möchtest«, lud Ditte ihn ein und legte Geld auf den Tresen. Dann verabschiedete sie sich von dem Maler und verließ die *Miesmuschel*. Gertruds Benz parkte auf dem privaten Parkplatz neben dem Wohnhaus. Ditte marschierte einmal um das Haus herum und dann durch das Gartentor. Sie konnte schon von Weitem Gertruds leuchtend rote Locken erkennen.

»Moin, Ditte! Jetzt sag nicht, du hast Pommes in der *Miesmuschel* gekauft«, sprach Lilo tadelnd das Offensichtliche aus. »Dafür mache ich mir hier die Arbeit.« Sie zeigte anklagend auf eine Schale Kartoffelsalat.

»Und ich bringe extra Frikadellen mit«, ereiferte sich Gertrud.

»Sind doch nur ein paar Pommes frites. Da passt hinterher noch etwas Kartoffelsalat und eine Frikadelle rein«, beschwichtigte sie Lilo und Gertrud. »Ich war mir nicht sicher, ob es was zu essen gibt.«

Doch damit erntete sie einen neuen Aufschrei ihrer Freundinnen. »Als ob du hier verhungern würdest.«

»Schon gut, schon gut. Ich sag nichts mehr.« Ditte hob beide Hände, wie jemand der sich ergab, und setzte sich an den Tisch. »Jetzt bin ich aber gespannt, Gertrud, raus mit der Sprache: Was ist das für ein Spezialauftrag?«, fragte sie gespannt.

»Es geht um die letzten Worte von Dörte Töns Mutter. Sie wollte ihrer Tochter auf dem Sterbebett noch etwas sehr Wichtiges mitteilen, bevor sie verstarb, doch das hat nicht mehr geklappt. Als Dörte Töns bei ihrer Mutter ankam, hatte sie schon den Löffel abgegeben. Und nun quält sie die Frage, was sie ihr noch sagen wollte.«

»Verständlich«, sagte Ditte nickend.

»Und da hast du ihr natürlich sofort unsere Dienste angeboten«, schlussfolgerte Lilo, wobei sie sich ein Grinsen nicht verkneifen konnte. »Geschäftstüchtig wie immer.«

»Petter hat die alte Dame beerdigt, und Dörte Töns war völlig aufgelöst und hat jedem ihre Leidensgeschichte erzählt. Egal, ob man das hören wollte oder nicht.« Gertrud machte eine wegwerfende Handbewegung. »Irgendwann konnte ich mir die Jammerei nicht mehr anhören und habe ihr gesteckt, dass wir gute Verbindungen ins Jenseits haben und mal nachfragen könnten, wenn sie bereit ist, eine kleine bis große Spende dafür zu entrichten.«

»Und darauf ist sie bei der Beerdigung sofort angesprungen?«, fragte Lilo verwundert.

Gertrud schnaubte, dann griff sie in ihre Handtasche und holte ihr silbernes Etui hervor. »Natürlich. Gerade auf der Beerdigung. Wie alle. Da sind sie besonders großzügig bei finanziellen Zusagen. Fünfhundert Euro bekommen wir für die letzten Worte ihrer Mutter.«

»Warum ist sie denn dann nicht mitgekommen? Ich meine, wenn sie doch noch mal Kontakt zu ihrer Mutter haben wollte und ihr das so viel Geld wert ist?«, wunderte sich Ditte.

Gertrud zündete sich eine Zigarette an. »Dazu war sie zu feige. Vor Geistern hat sie nämlich Schiss.«

Nachdem Gertrud aufgeraucht hatte, gingen sie ins Haus, in dem Lilo extra einen spirituellen Raum eingerichtet hatte, in dem es neben Sitzgelegenheiten und einem Tisch auch Buddha-Statuen, einen kleinen Brunnen und unzählige Räucherstäbchen gab. Auf dem Tisch lagen schon das Hexenbrett und der Zeiger bereit.

»Dann wollen wir mal.«

Die drei Damen legten ihre Finger auf den Zeiger, Gertrud hielt sich mit Block und Stift bereit, um die Botschaft der Verstorbenen aufzuschreiben.

»Was wollte Marianne Töns noch sagen? Ist sie hier?«, stellte Lilo die Fragen.

Der Zeiger machte sich sofort und ohne Umwege zum

Alphabet auf und steuerte einzelne Buchstaben an. Als der Geist von Dörte Töns Mutter sich verabschiedet hatte und der Zeiger wieder auf seine Ausgangsposition zurückgekehrt war, rieb sich Gertrud das Gelenk der Hand, mit der sie geschrieben hatte. »Meine Güte!«

»Was war das denn? Die war aber mitteilungsbedürftig«, meinte Ditte.

»So was ist mir ja noch nie passiert.«

»Ist eben eine Frau, die quatschen immer viel, auch wenn sie tot sind.« Gertrud verdrehte genervt die Augen.

Ditte beugte sich zu Gertrud hinüber, um einen Blick auf ihre Notizen werfen zu können. »Was hat sie denn nun gesagt? Ich habe gleich am Anfang den Überblick verloren.«

»Moment.« Gertrud zog die Brille etwas tiefer, um besser lesen zu können. »Dieter ist Betrüger. Lothar Denning fragen. Dieter kein Erbe. Nur Dörte und Bruder Hinnerk.«

»Oha.«

»Sie hält ihren eigenen Schwiegersohn für einen Betrüger. Na, Familie kann man sich nicht aussuchen.« Lilo schaute verwundert ihre Freundinnen an.

Gertrud hob den Blick von ihren Notizen. »Irgendwann kommt alles ans Tageslicht. Immer.«

»Das hätte ich meiner Tochter allerdings auch noch unbedingt sagen wollen, bevor ich mich von dieser Welt verabschiede.« Lilo zündete noch ein Räucherstäbchen an.

»Bei mir müssten wir auch noch mal bei Matthias nachfragen.«, meldete sich Ditte zu Wort. »Wir müssen seinen rätselhaften Botschaften auf den Grund gehen. Ich möchte sie endlich verstehen.«

Lilo nickte verständnisvoll. »Natürlich möchtest du das. Dann fühlen wir ihm noch mal auf den Zahn.«

Das Ritual wiederholte sich. Die Finger der Frauen berührten den Zeiger, und Lilo rief nach Matthias, der kurze Zeit später seine Anwesenheit durch die Bewegung der Holzscheibe bemerkbar machte.

»Ditte versteht deine letzte Botschaft nicht. Deswegen fragen wir dich noch einmal. Wie kann sie den Wilhelmshof retten?«

Der Zeiger wanderte zum Alphabet, und Gertrud waltete ihres Amtes und schrieb mit. »Also, ich hab mir Tränen und Götter aufgeschrieben«, verkündete sie die Botschaft, nachdem Matthias sich von ihnen verabschiedet hatte.

»Ich bin jetzt noch verwirrter als vorher. Von was für Tränen und Göttern redet er da nur?«, fragte Ditte verständnislos.

»Mal wieder eine äußerst kryptische Botschaft der geistigen Welt.« Gertrud machte eine künstlerische Pause, bevor sie weitersprach. »Die besten Schüler bekommen bekanntlich die schwierigsten Aufgaben.«

»Also, ich komme da nicht mehr weiter«, sagte Lilo resigniert. »Für mich bieten Matthias' Botschaften keinen eindeutigen Anhaltspunkt für irgendwas.«

Gertrud zog die Augenbrauen zusammen. »Stellt sich also die Frage, ob die besten Schüler diese Aufgabe werden lösen können.«

21. Kapitel

Inga

»Wie gefällt euch das?« Ann hielt Inga und Mats ein Namensschild für den Friesenwallach Brutus hin.

Sie hatten keine Zeit zu verlieren und sich gleich abends wieder getroffen, dieses Mal auf dem Wilhelmshof, um mit den Vorbereitungen für das Turnier und den Pferdemarkt zu beginnen. Zuvor war Inga am Nachmittag nach Friedrichstadt gefahren, um einige Besorgungen zu machen. Nun saßen sie in der geräumigen Wohnküche. Im Radio liefen Hits der 80er und 90er Jahre, die das gleichmäßige Ticken der Küchenuhr übertönten. Mats und Inga teilten sich die Sitzecke und waren dichter als nötig aneinandergerutscht. Ann hatte sich auf einen Stuhl vor Kopf gesetzt und tat so, als hätte sie das nicht bemerkt.

Inga hatte ihr noch nichts von ihrem nächtlichen Strandausflug mit Mats erzählt, und er schien es auch bisher für sich behalten zu haben. Inga hatte eine große Kanne Friesentee gekocht und genügend Brote geschmiert, um jeden satt zu bekommen. Auf dem rustikalen Küchentisch herrschte ein gemütliches Chaos. Selbst klebende Buchstaben, schwarze Kunststofftafeln, Klebeband, Scheren und etliche Zettel mit den Namen und Stammbäumen der Friesen bedeckten die Holzplatte.

»Wow! Das hat was.«

»Sieht richtig edel aus«, lobte Inga Anns Arbeit.

»Das Kompliment kann ich nur zurückgeben. Dein Schild sieht auch klasse aus«, sagte Ann und deutete auf die Tafel, die vor Inga lag.

»War eine sehr gute Idee von dir mit den Boxenschildern«, fand Mats und nahm ein belegtes Brot. »Dann weiß man gleich, wen man vor sich hat.«

»Bin ich vielleicht froh, dass meine Tante sich überhaupt auf unsere Idee eingelassen hat. Ich dachte zuerst, sie sagt gleich Nein, ohne darüber weiter nachzudenken.«

»Wie hat sie denn eigentlich reagiert?«, wollte Mats wissen und sah von seinem Namensschild auf.

»Sie ist sofort zum Teekochen geflüchtet, als wir ihr unseren Vorschlag unterbreitet hatten«, meinte Ann grinsend. »Wahrscheinlich musste sie den Gedanken, sich von einigen ihrer Friesen zu trennen, erst einmal verdauen.«

Mats nickte und schenkte sich Tee nach. »Das kann ich gut verstehen. Sosehr ich Hunde liebe, ich könnte nie welche züchten, weil ich weiß, dass ich es nicht übers Herz bringen würde, mich auch nur von einem einzigen Welpen zu trennen.«

Inga lächelte Mats an. »Musst du ja auch nicht. Glücklicherweise bist du Tierarzt geworden und kannst dich voll und ganz auf die Gesundheit von Welpen konzentrieren«, sagte Ann augenzwinkernd und nahm sich ein Käsebrot von der Platte, die auf dem Tisch stand.

»Das ist mir auch lieber.«

Inga wandte ihren Blick von ihm ab und schaute wieder auf ihre Kunststofftafel. Sie arbeiteten eine Weile schweigend vor sich hin, aßen und tranken. Irgendwann hielt Inga mit dem Aufkleben der Buchstaben inne und stützte ihr Kinn auf einer Hand ab. »Ich bin euch so dankbar, dass ihr mir helft. Es ist so viel zu tun, und ich verliere langsam den Überblick.«

»Am besten fragst du Ditte demnächst, was noch alles zu tun ist. Wir haben das Turnier ausgeschrieben, die Anmeldungen trudeln langsam ein. Wir bringen den Turnierplatz auf Vordermann und streichen die Hindernisse. An was müssen wir noch denken? Normalerweise hat man bei so was ja einen etwas längeren zeitlichen Vorlauf.«

»Ich mache mal einen Plan.« Inga stand auf und öffnete die Schublade eines Schranks, aus der sie einen Notizblock und einen Filzstift zog. »Also, ich kümmere mich um die Flyer und die Werbung. Außerdem werde ich bei einigen Hotels und auch der Dünen-Therme anfragen, ob sie als Sponsoren dabei sein wollen. Immerhin müssen wir die Preisrichter bezahlen sowie einen Hufschmied und Sanitäter. Um Tierärzte muss ich mir ja zum Glück keine

Gedanken machen, die sind in ausreichender Zahl zugegen.« Inga grinste die Geschwister an.

»Schleifen für die Gewinner müssen wir noch besorgen. Das könnte ich übernehmen, ich kenne da jemanden, der mir einen guten Preis machen wird«, sagte Ann.

Inga setzte sich wieder an den Tisch und schrieb eifrig mit. »Um den kulinarischen Teil für die Gäste und Unterstützer kümmere ich mich. Die Sponsoren müssen auf jeden Fall eine Einladung zum Turnier erhalten. Ich werde einen kleinen Stand mit Häppchen und Sekt vorbereiten, als Dankeschön für die Unterstützung.«

»Das klingt doch schon ganz gut«, meinte Mats. Er drehte seine Namenstafel um. »Und das sieht auch gar nicht so schlecht aus, oder?«

»Stimmt. Für dich ein richtiges Kunstwerk. Wenn man bedenkt, dass du in der Schule zwei linke Hände im Kunstunterricht hattest«, zog Ann ihn auf.

»Dafür warst du talentiert für zwei, Schwesterherz«, gab Mats charmant zurück.

»Unsere Namensschilder sehen fantastisch aus. Was haltet ihr von einer Pause? Wir könnten zum Stall hinübergehen und schauen, wie die Tafeln an den Boxen aussehen«, schlug Inga vor und legte Stift und Papier beiseite.

»Eine sehr gute Idee.« Ann massierte sich die Finger. »Meine Hände könnten eine kleine Unterbrechung vertragen.«

Hauke stützte sich auf seinem Besen ab und legte den Kopf schräg. »Eure Namensschilder machen richtig was her.«

»Davon bekommt jedes Pferd eins bis zum Turnier«, erklärte Inga. »Henk ist bloß der Anfang.«

Sie standen in der Stallgasse und betrachteten das Kunststoffschild, das sie an Henks Boxentür befestigt hatte.

»Dann kann ich ja jetzt vergesslich werden, ohne Angst zu haben, dass es auffällt. Mit den neuen Namensschildern kommen die Pferde ja trotzdem in ihre richtigen Boxen«, scherzte Hauke.

»Es sei denn, du vergisst, welcher Friese zu den Namen gehört«, gab Mats zu bedenken.

»Oh ja, da hast du recht. Das hätte ich jetzt fast vergessen.« Hauke kratzte sich unter seiner dunkelblauen Mütze und grinste.

»Lass dir mal lieber noch etwas Zeit mit dem Vergessen«, meinte Inga. »Wir brauchen dich noch eine Weile.«

Ann schaute auf die Uhranzeige ihres Handys. »Apropos Zeit … ich muss euch für eine Weile verlassen. Auf dem Hof vom Kütemeyer in Tümlauer-Koog wird bald ein Fohlen erwartet, und ich habe versprochen, heute Abend noch mal nach der trächtigen Stute zu schauen.«

Inga nickte. »Fahr ruhig.«

»In der Zwischenzeit können wir uns den Zustand der Hindernisse ansehen«, schlug Mats vor.

Sie verabschiedeten Ann und gingen zur Scheune hinüber. Hauke öffnete die Doppeltür. »Dazu sage ich nur eins: renovierungsbedürftig.« Er knipste Licht an und gab den Blick auf jede Menge Cavalettis, Stangen, Hindernisständer und Planken frei.

Inga betrachtete die Hindernisteile und stemmte die Hände in die Hüften. »Sind etwas in die Jahre gekommen.«

»Man könnte auch sagen, der Lack ist ab«, resümierte Mats. Er ging zwischen den Hindernissen hin und her, strich prüfend mit einer Hand über das Holz einer Stange.

»Da wird nur eine Generalüberholung helfen«, überlegte Inga laut.

»Mit ein bisschen Farbe dürfte das zu schaffen sein«, meinte Hauke optimistisch. »Ich helfe euch auch gerne dabei. Sagt Bescheid, wann es losgeht.«

Inga legte dem Pferdepfleger eine Hand auf die Schulter. »Danke, Hauke. Das ist lieb. Auf dein Angebot kommen wir auf jeden Fall zurück.«

»Oh, was ist das denn?«, erklang Mats' Stimme aus dem hinteren Bereich der Scheune, gefolgt von Klappergeräuschen.

Inga und Hauke schauten sich fragend an und gingen

in den Teil der Scheune, aus der die Geräusche kamen.

»Ich wusste gar nicht, dass es hier eine Kutsche gibt«, sagte Inga überrascht, als sie das Fuhrwerk erblickte, das Mats zuvor von einer Plane befreit hatte, die nun auf dem Boden lag.

»Das Ding ist noch länger nicht in Betrieb gewesen als die Hindernisse. Wir sind damit früher mal gefahren, vielleicht erinnerst du dich?«, fragte Hauke Inga.

Inga schüttelte den Kopf.

»Na denn. Seid mir nicht böse, aber ich muss mal meine Runde durch den Stall machen. Falls ihr mich braucht, wisst ihr ja, wo ihr mich findet«, verabschiedete sich der Pferdepfleger und verließ die Scheune.

»Eine wirklich schöne Kutsche.« Inga kletterte auf den Bock und schaute zu Mats, der neben dem Pferdewagen stand und die Räder einem prüfenden Blick unterzog. »Aber doch sehr staubig.« Sie zeigte ihm ihre dreckigen Handinnenflächen, mit der sie auf die Sitzfläche gefasst hatte.

Mats kletterte zu ihr hoch, setzte sich dicht neben sie und schaute ihr in die Augen. »Das Schmuckstück kriegen wir bis zum Turnier wieder tipptopp sauber.«

»Dann könnten wir für die Kinder Kutschfahrten anbieten«, sagte Inga mit klopfendem Herzen. Mats war ihr so nah. Sie waren endlich allein und ungestört, konnten an den Abend am Strand anknüpfen.

Mats schien den gleichen Gedanken zu haben. Er zog sie näher an sich. »Aber davor möchte ich noch etwas anderes erledigen.«

»So? Was denn?«, hauchte Inga.

»Das«, flüsterte er ihr ins Ohr.

Inga schloss die Augen und spürte dann bald seine warmen Lippen sanft auf ihrem Mund. »Endlich mit dir allein.« Er schlang seine Arme um sie.

»Ja. Endlich«, murmelte Inga. So könnte es auch eine Weile noch bleiben, dachte sie und gab sich den wiedererwachten Gefühlen für ihre Jugendliebe hin.

»Hallo?«, erklang eine bekannte Stimme scheinbar aus dem Nichts.

Inga und Mats ließen erschrocken voneinander ab, als hätte sie jemand bei etwas Verbotenem überrascht.

»Ist hier jemand?«

»Schade«, sagte Inga bedauernd und sah Mats an.

»Sehr schade«, bestätigte Mats und fuhr sich durch die Haare.

Inga kletterte aus der Kutsche, stieg über ein Cavaletti und ging in den vorderen Teil der Scheune, gefolgt von Mats.

»Ach, ihr seid das. Ich hatte Licht gesehen.« Tante Ditte stand mit ihrem Hollandrad am Eingang des Gebäudes.

»Wir haben uns die Hindernisse angesehen, um einschätzen zu können, was noch alles im Vorfeld für das

Turnier erledigt werden muss«, erklärte Inga und strich sich verlegen eine Haarsträhne hinter das Ohr. Ob ihre Tante ihr wohl ansehen konnte, dass sie sie in Wirklichkeit gerade bei was ganz anderem überrascht hatte?

»Ach so.« Ditte schmunzelte.

22. Kapitel

Ditte

Ditte warf einen Blick auf die Standuhr im Wohnzimmer. Zwei Uhr. Mittag war vorbei. Eine gute Zeit, um jemanden anzurufen, ohne Sorge zu haben, dass das Essen auf dem Herd anbrennen könnte. Sie setzte sich in ihren Ohrensessel und schlug das kleine schwarze Notizbuch auf, in dem sie alle wichtigen Telefonnummern handschriftlich notiert hatte. Sie blätterte ein paar Seiten um, fand schließlich die gesuchte Nummer und wählte. Ditte horchte gespannt auf das Freizeichen. Nach dem fünften Tuten meldete sich jemand. »Henrich?«

»Berta? Moin! Hier ist Ditte. Schön, dass ich dich erwische.«

»Moin, Ditte. Das ist ja nett, dass du anrufst«, sagte Berta überrascht. »Ich habe dich gestern gar nicht auf dem Friedhof gesehen.«

»Deswegen rufe ich an. Also, nicht nur deswegen, aber auch.« Seit ihrem damaligen Treffen auf dem Friedhof hatten sich Ditte und Berta angefreundet und öfter getroffen.

»So?«

»Letztens hast du mir doch erzählt, dass du so gerne Kirschkuchen backst«, sagte Ditte.

»Ja, richtig. Deswegen muss ich gleich auch noch mal weg. Zum Hofladen. Frische Kirschen kaufen. Ich habe nämlich versprochen, vier Torten zu backen.«

»Na, das trifft sich ja gut. Das Geld kannst du dir sparen, meine Bäume hängen voller Kirschen, die dringend geerntet werden müssen. Hast du Lust, mir dabei zu helfen? Du kannst natürlich so viel mitnehmen, wie du möchtest.«

»Ja gerne. Danke, Ditte.« Bertas Stimme klang äußerst erfreut. »Wann kann ich vorbeikommen?«

»Von mir aus sofort. Ganz wie es dir passt.«

»Dann komme ich gleich vorbei. Super, ich freue mich.«

»Bis gleich, Berta.« Ditte legte den Hörer zurück auf die Telefongabel.

Eine halbe Stunde später gingen Ditte und Berta über den Hof zu einem der Stallgebäude. Hauke hatte den Boden um die Stalltür großzügig mit Zeitungspapier ausgelegt. In einer Hand hielt er einen Pinsel, den er in grüne Farbe eintauchte, auf seinem Kopf trug er eine selbst gefaltete Malermütze aus Papier.

»Moin, die Damen«, grüßte er sie fröhlich und lüftete dabei seinen Papierhut.

»Moin, Hauke. Das ist aber ein schönes Grün.« Berta betrachtete anerkennend die frisch gestrichene Stalltür.

»Fast wieder wie neu.« Er wischte sich mit dem Handrücken über die Stirn und verteilte dabei ungewollt etwas grüne Farbe auf seiner Haut.

»Wir bräuchten einmal die große Leiter, um Kirschen zu pflücken«, sagte Ditte. »Kannst du mir helfen, sie in den Garten zu tragen?«

»Ach, ihr wollt Kirschen pflücken? Ich dachte, ihr wolltet ausreiten.« Hauke deutete auf Ditte, die eine Reiterhose trug.

Berta lachte auf. »Meine Güte, wie lange ist das her, dass ich das letzte Mal über den Strand geritten bin? Bestimmt über dreißig Jahre«, schätzte sie.

»Du bist früher geritten?«, fragte Ditte erstaunt. »Davon hast du mir noch nie etwas erzählt.«

Berta winkte ab. »Weil es so lange her ist. Damals hat meine Schwester noch gelebt. Sie war ein richtiger Pferdenarr und hat mich immer zu Ausritten mitgenommen. Ob ich wollte oder nicht.«

»Hm, die Idee mit dem Reiten ist doch gar nicht so schlecht«, überlegte Ditte. »Hast du Lust? Eine Hose in deiner Größe haben wir bestimmt in unserem Fundus.«

»Ach, Ditte. Ich kann bestimmt gar nicht mehr reiten. Nach so langer Zeit …«, gab Berta zu bedenken.

»Unsinn, Berta. Reiten, schwimmen und Fahrrad fahren verlernt man nicht, wenn man es einmal kann.«

»Ich weiß nicht.« Berta zögerte.

»Eine Runde zum Strand und wieder zurück«, versuchte Ditte sie zu überreden. »Das wird dir bestimmt Spaß machen. Ich finde, du musst mal wieder was erleben, mal wieder rauskommen. Dich nur um die Gräber deiner Familie zu kümmern und Kirschkuchen zu backen, ist doch auf die Dauer langweilig.«

Berta schüttelte lachend den Kopf. »Also, gut. Du hast mich überredet. Einmal zum Strand und zurück. Im Schritt.«

»Abgemacht. Und danach pflücken wir Kirschen«, stimmte Ditte zu.

Nachdem passende Reitkleidung für Berta gefunden war, half Hauke ihr, Stina zu satteln und zu trensen, und führte das Pferd dann für sie auf den Hof.

»Das ist unsere gutmütigste Friesendame im ganzen Stall. Du brauchst dir keine Sorgen zu machen«, sagte Ditte, die Bertas respektvollen Blick auf das Pferd bemerkt hatte.

»Stina ist lammfromm«, bestätigte Hauke, der die Stute am Zügel festhielt.

»Okay.« Berta atmete durch, setzte einen Fuß in einen Steigbügel und schwang sich in den Sattel. »Der Anfang ist schon mal gemacht«, sagte sie.

»Wunderbar. Auf geht's!«

Im Schritttempo verließen sie den Hof. Zunächst ging es den Strandweg entlang, hoch zum Deich, dann über den Pfad durch die Salzwiesen. Ditte und Berta ritten nebeneinander her. In der Ferne trabte eine Reitergruppe den Strand entlang, hinter ihnen glitzerte das Meer.

»Lass uns bis zu dem Pfahlbau da vorne reiten«, schlug Ditte nach einer Weile vor und deutete auf ein gestelztes Holzhaus, das einige Meter entfernt vor ihnen auf dem Strand lag.

»In Ordnung.«

Am Pfahlbau angekommen, parierten sie die Friesen zum Halten durch. Die Frauen schauten schweigend aufs Meer. Jede von ihnen hing ihren Gedanken nach.

»Ach, ist das herrlich! Wenn meine Schwester mich nur jetzt so sehen könnte«, sagte Berta wehmütig.

Ditte wandte sich Berta zu. »Vielleicht kann sie das ja. Ich bin mir sicher, ihr würde es gefallen, dass du wieder auf einem Pferderücken sitzt.«

»Das kann gut sein.«

»Was hältst du davon, wenn du zu unserem Pferdemarkt kommst? Parallel findet auch ein Turnier statt. Das wäre doch bestimmt schön.«

»Du meinst, damit ich mal vom Friedhof wegkomme?«, sagte Berta schmunzelnd.

»Ja, auch … wäre auf jeden Fall mal was anderes.«

»Bestimmt hast du recht.«

»Aber, was ich noch fragen wollte. Für wen backst du eigentlich den Kirschkuchen?«

»Für ein Fest. Von meinem Chor.«

»Du singst?«

»Schon seit vielen Jahren. Im Frauenkirchenchor.«

»Hm«, Ditte wurde nachdenklich. »Ich habe auch mal gesungen. Aber das ist schon sehr lange her.«

»Dann komm doch mal mit zu einem Chortreffen. Wir können immer Verstärkung gebrauchen«, lud Berta sie ein.

»Ach, wenn ich singe, dann hört sich das an wie ein rostiges Gattertor. Das habe ich längst verlernt.«

Berta lächelte. »Singen verlernt man nicht. Das ist wie Fahrrad fahren, schwimmen oder reiten.«

Ditte schmunzelte. »Meinst du?«

Berta nickte. »Außerdem musst du mal wieder rauskommen, was erleben. Immer nur auf deinem Pferdehof zu sitzen, ist doch auf die Dauer langweilig.«

Ditte musste lachen. »Ich verstehe! Wann trefft ihr euch?«

»Mittwochs um sieben Uhr abends.«

»Also, gut. Ich komme nächsten Mittwoch zur Chorprobe. Doch jetzt sollten wir langsam wieder zurückreiten, damit wir noch ordentlich Kirschen pflücken können. Und wenn du nachher gehst, dann nimmst du noch Strandrosen mit. Für deine Eltern und deine Schwester.«

23. Kapitel

Inga

Zwei Tage vor dem geplanten Reiterfest schlug das sommerliche Wetter plötzlich um. Inga war morgens bei strahlendem Sonnenschein mit Rosi zum Ordinger Strand gefahren, um Milchreis zu verkaufen. Der Verkauf lief weiterhin gut, aber konnte natürlich längst nicht die Schulden abtragen, die sich angehäuft hatten. Zuerst zogen einzelne Wolken auf, die sich immer mehr verdichteten. Wenig später bedeckte eine lückenlose Wolkendecke den Himmel, die die Farbe der Nordsee in ein ungemütliches Grau tauchte. Böiger Wind zog auf, und mit ihm kamen die ersten Regentropfen, die sich bald in einen kräftigen Schauer verwandelten. Der Wind wurde immer stärker, und die Badegäste verließen mit Sack und Pack fluchtartig den Strand.

Inga räumte die Tafel in den Bus und schob das Seitenfenster zu. Es hatte keinen Zweck. Sie musste ihren Milchreisverkauf vorzeitig abbrechen. Bei dem Wetter würde sich niemand mehr an den Strand verirren. Außer vielleicht ein paar lebensmüde Kiter oder Surfer.

Als sie die Einfahrt zum Wilhelmshof herauffuhr, bogen sich schon die Baumkronen unter dem Sturm. Sie stieg aus dem Bus und rannte zum Stall, der am nächsten lag, um sich dort unterzustellen. Dabei bemerkte sie, dass die meisten Pferdeboxen leer waren, was nur bedeuten konnte, dass die Tiere bei dem Wetter noch draußen standen. Sie lief los, über den Hof, durch den Regen, bis sie Hauke und Ditte entdeckte, die dabei waren, die Pferde von den Weiden zu holen.

»Ich helfe euch«, rief sie und nahm Hauke zwei Friesen ab, um sie in die Boxen zu bringen.

»Prima, Mädchen, gut, dass du da bist. Dich schickt der Himmel.« Hauke gab dem Friesen einen Klaps auf den Allerwertesten. »Wir müssen uns beeilen, wird immer ungemütlicher hier draußen.«

»Alles klar!«, rief Inga gegen den Wind an und brachte die Tiere im schnellen Laufschritt zum Stall. Hinter ihr kam gleich Tante Ditte, ebenfalls mit zwei Friesen.

»Los, die nächsten Pferde«, rief Tante Ditte, als sie die Tiere in ihren Boxen untergebracht hatten.

»Mann o Mann, was für ein Wetter!« Mats stand plötzlich mit seinem Hund in der Stallgasse. Er ging auf Inga zu und drückte sie kurz.

»Was machst du denn hier?«, fragte Inga entgeistert.

»Ich war gerade mit dem Auto in der Nähe unterwegs, und da dachte ich, Kalle und ich könnten uns einen Moment bei euch unterstellen. Ganz schön windig da draußen.«

»Moin, Mats. Gut, dass du da bist, du kannst uns helfen, die Friesen reinzuholen.« Tante Ditte setzte sich die Kapuze ihrer Regenjacke auf und rannte wieder Richtung Weide.

»Dann mal los.« Mats und Kalle rannten hinter Tante Ditte her, und Inga folgte ihnen.

Sie holten immer zwei Tiere gleichzeitig von den Koppeln. Zu viert schafften sie es, alle Pferde unversehrt in die Stallungen zu bringen. Als die letzten Pferde in ihren Boxen waren, ächzten die Bäume im Sturm.

»Gott sei Dank, das hat ja noch mal gerade hingehauen«, stellte Inga fest und verriegelte Stinas Box.

»Ich gehe mal durch und gucke, ob alle Tiere okay sind und wir keins vergessen haben«, sagte Hauke und begann, die Pferde durchzuzählen.

»Dass das Wetter so schnell umgeschlagen ist.« Tante Ditte schüttelte ungläubig den Kopf. »Heute Morgen hatten wir noch schönstes Sommerwetter. Und jetzt? Das ist eine Eigenart an der Küste, auf die könnte ich manches Mal verzichten. Gut, dass du vorbeigekommen bist, Junge.«

»Das war wirklich rein zufällig. Aber ich komme ja gern her.« Er schaute Inga an und lächelte.

Tante Ditte schmunzelte.

Plötzlich kam Hauke angelaufen. »Eins fehlt«, keuchte er. »Gero muss noch irgendwo da draußen sein.«

»Was?« Inga riss die Augen auf.

»Ach du meine Güte!« Tante Ditte schlug sich die Hände vor den Mund. »Wie konnte das passieren?«

Hauke stand bleich in der Stallgasse und setzte seine blaue Mütze auf. Seine Hände zitterten vor Aufregung. »Wir müssen Gero finden«, sagte er tonlos. »Und zwar schnell.«

»Du willst da raus? Bei dem Sturm? Unmöglich!« Tante Ditte fasste ihn an den Schultern. »Sei vernünftig. Sonst passiert dir noch etwas.«

Inga war ans Fenster getreten und sah hinaus. Abgebrochene Zweige lagen auf dem Hof, und weitere schwere Äste krachten nieder. Über den Himmel jagten dunkle Wolken, die keine baldige Wetterbesserung versprachen.

»Wir gehen«, sagte Inga und schaute Mats entschlossen an.

»Seid ihr von allen guten Geistern verlassen? Bei dem Wetter könnt ihr nicht rausgehen. Das ist viel zu gefährlich«, protestierte Tante Ditte.

»Wir gehen und nehmen Kalle mit«, stimmte Mats Inga zu. »Er wird uns helfen, das Pferd zu finden.«

»Ihr spinnt! Ihr könnt Gero jetzt nicht suchen gehen. Da draußen tobt ein Orkan. Das ist doch Wahnsinn!«, sagte Tante Ditte energisch.

»Wir können das Tier nicht einfach sich selbst überlassen«, sagte Inga bestimmt.

Hauke, Inga und Mats brachen trotz der gefährlichen Wetterlage und unter Protest von Tante Ditte auf. Als Verstärkung nahmen sie die Hunde Kalle und Nemo mit.

»Hier sind keine Pferde mehr«, rief Inga ihnen zu, nachdem sie die Weiden überprüft haben.

Mats hielt schützend eine Hand vor sein Gesicht, um den Regen abzuschirmen, der aus allen Richtungen zu kommen schien. »Wo können wir noch suchen?«

»Lasst uns auf den Deich gehen«, schlug Hauke vor und bahnte sich einen Weg zur Uferregion.

Auf dem Seedamm blies der Wind so stark, dass sie sich mit ihrem Körpergewicht dagegenstemmen mussten, um nicht umgeweht zu werden. »Wir müssen uns trennen. Ich gehe den Deich Richtung Böhler Leuchtturm runter. Geht ihr in die andere Richtung«, rief Hauke.

»Ist gut.«

Sie trennten sich und liefen los. Plötzlich bellte Kalle wie verrückt und lief dann mit einem Mal den Deich hinunter.

»Los! Hinterher! Ich glaube, Kalle hat was entdeckt.« Mats winkte Inga zu, ihm zu folgen. Der Sturm hatte das Gesagte übertönt.

Sie gingen dem Hund geduckt nach, der sie vom Deich wegführte. Auf der freien Fläche der Uferregion tobte der

Sturm so stark, dass sie nur langsam vorwärtskamen. Eine Ewigkeit schien vergangen zu sein, als sie schließlich das entlaufene Tier in einem Priel auf einer Salzwiese entdeckten, wo es orientierungslos und voller Panik hin und her rannte.

»Wie können wir Gero nur so weit beruhigen, damit er sich von uns einfangen lässt?« Inga beobachtete den panischen Friesen.

»Er darf auf keinen Fall vor lauter Angst ins offene Meer laufen. Das wäre schlimm.« Kalle hatte sich neben Mats gesetzt, als würde er auf Befehle seines Herrchens warten.

»Wenigstens hat Gero ein Halfter um.« Inga war erleichtert. Sie klemmte sich eine Haarsträhne hinters Ohr. Mittlerweile waren sie und Mats komplett vom Regen durchnässt. Hinter den Salzwiesen konnte sie die tosende Nordsee erkennen, deren Wellenstärken vermutlich die besten Surfer vom Brett geworfen hätten. Zu allem Überfluss zog nun auch noch ein Gewitter auf. Blitze zuckten über dem Himmel und entfachten Geros Angst aufs Neue. Das Pferd stieg panisch und galoppierte wie von Sinnen auf sie zu. Dabei wieherte und schnaubte es bedrohlich.

»Achtung! Er kommt«, rief Mats und hielt Kalle am Halsband fest.

»Nicht weglaufen! Einfach stehen bleiben!«, forderte Inga ihn auf.

»Bist du wahnsinnig? Der Friese rennt uns um!«, schrie Mats gegen den heulenden Sturm an.

»Pferde rennen niemanden um. Das müsstest du als Tierarzt eigentlich wissen.« Inga breitete ihre Arme aus, als ob sie den Friesen auffangen wollte. Mats tat es ihr gleich.

Gero näherte sich und war nur noch wenige Meter von ihnen entfernt.

»Einfach stehen bleiben«, rief Inga und schloss die Augen, damit sie sich nicht doch zu einem Sprung zur Seite verleiten ließ. Der Friese machte einen Meter vor ihnen eine Vollbremsung. Inga öffnete ihre Augen wieder. »Gott sei Dank«, sagte sie leise, wagte es aber nicht, sich zu bewegen. Sie hatte Angst, Gero dadurch aufzuschrecken. Deswegen blieb sie unbeweglich stehen und beobachtete das Tier.

Auch Mats regte sich nicht. Gero blähte vor Aufregung die Nüstern und beugte sich langsam runter zu Kalle. Hund und Pferd beschnupperten sich interessiert. Gero beruhigte sich trotz des Sturms etwas. Er schien Kalle zu mögen.

»Ganz ruhig, Gero«, sprach Inga ihn nach einer Weile mit ruhiger Stimme an. »Fein machst du das.« Sie streichelte zuerst seinen Hals und tastete sich dann weiter vor, bis sie sein Halfter zu fassen bekam. »Lass uns nach Hause gehen, mein Dicker. Im Stall wartet eine Portion Hafer auf dich. Und auf dich ein Knochen.« Kalle marschierte neben seinem neuen vierbeinigen Freund her. Er schien die ganze Aufregung nicht zu verstehen.

Mats nieste.

»Gesundheit!«

»Und auf uns warten hoffentlich ein paar Handtücher, trockene Sachen und heißer Tee. Sonst holen wir uns noch eine ordentliche Erkältung.«

»Und wenn schon.« Inga zuckte leichthin mit den Schultern. Sie war einfach froh, dass sie mit Gero zum Wilhelmshof zurückkehrten und alles noch mal gut gegangen war. »Wenigstens haben wir Rückenwind.«

Als sie wieder im Stall ankamen, musste sich Ditte erst einmal vor Erleichterung auf einen Strohballen setzen.

»Bin ich froh, dass ihr alle wohlbehalten zurück seid. Jetzt müsst ihr aber dringend aus den nassen Sachen raus«, beschloss Tante Ditte. »Ihr tropft ja wie ein Wasserhahn.«

Sie gingen zum Haus, und Tante Ditte suchte für Hauke und Mats etwas zum Anziehen heraus, was früher ihr Mann getragen hatte. Sie drückte Mats einen Stapel mit Anziehsachen in die Hand. »Die Hose könnte dir vielleicht etwas zu groß sein, deswegen habe ich einen Gürtel dazugelegt. Der Rest müsste passen. Du kannst im Gästehaus duschen gehen. Bis auf das Zimmer mit Blick auf den

Deich sind alle Räume frei. Und danach gibt es Suppe und heißen Tee mit Schuss auf den Schreck.«

Inga verschwand ebenfalls in ihrem Zimmer, um kurz unter die Dusche zu springen und sich danach frische Kleidung anzuziehen. Als sie fertig war, zog sie eine Regenjacke über und die Kapuze tief ins Gesicht, damit sie nicht gleich wieder durchnässt war, wenn sie im Stall ankam.

Mats hatte in der Zwischenzeit seinen Tierarztkoffer aus dem Auto geholt und Gero vorsichtshalber einer Untersuchung unterzogen. Er kontrollierte die Herztöne des Friesen mit einem Stethoskop. Inga schaute ihm dabei zu. Sie mochte seine ruhige und besonnene Art. Wie gut er mit dem Pferd umging. »Gero hat seinen unfreiwilligen Ausflug ziemlich gut weggesteckt. Er ist zwar noch etwas nervös, aber ansonsten fehlt ihm nichts.«

»Na, da bin ich ja beruhigt. Vielen Dank, dass du ihn dir angesehen hast.« Inga legte eine Mohrrübe in Geros Trog, die er sogleich verspeiste.

Mats kam aus der Box und packte sein Instrument in den Tierarztkoffer. »Da nicht für. Aber ich werde mich besser mal auf den Rückweg nach Ording machen, bevor auf allen Straßen umgestürzte Bäume liegen.«

Inga umarmte ihn von der Seite und drückte sich an ihn. »Willst du nicht mit Kalle noch ein wenig hierbleiben? Bei dem Wetter jagt man wirklich keinen Hund vor die Tür.

Wenigstens so lange, bis der Sturm schwächer geworden ist? Ditte hat doch in der Küche Tee und Suppe vorbereitet. Und Nemo freut sich über Kalles Gesellschaft.«

Er lächelte sie an. »Eigentlich hast du recht. Bei dem Wetter sollten weder Hunde noch Tierärzte in der Gegend herumgeistern. Ich bleibe gern noch.« Wenig später saßen sie alle zusammen in Dittes gemütlicher Küche bei dampfendem Friesentee und leckerer Kartoffelsuppe mit Würstchen. Die Hunde lagen einträchtig nebeneinander und nagten an ihren Knochen, und die beiden Katzen hatten es sich auf der breiten Fensterbank der Küche bequem gemacht. Aus dem Radio erklang leise Freddie Quinns Klassiker *Junge, komm bald wieder*.

»Den Schrecken muss ich erst einmal verdauen«, sagte Ditte, nachdem sie ihre Suppe ausgelöffelt hatte.

»Das hätte wirklich ins Auge gehen können«, fand Hauke.

»Ist es ja nicht. Wir haben doch toll zusammengearbeitet, und dem guten Gero ist nichts passiert«, sagte Inga.

Hauke stand vom Tisch auf. »Danke, Ditte, für die Suppe und den Tee. Ich werde noch mal in den Stall gehen, um nach den Pferden zu sehen.«

»Mach das.« Ditte stellte das benutzte Geschirr in die Spüle. »Nehmt es mir nicht übel, aber ich werde mich auch zurückziehen. Der Tag war ziemlich aufregend, und ich bin müde«, sagte sie und zwinkerte Inga unauffällig zu.

Als sie allein waren, nahm Mats ihre Hand und streichelte sie sanft. »Ich musste die ganze Zeit immer wieder an dich denken. Seit dem Abend am Strand und unserem letzten Treffen bekomme ich dich nicht mehr aus meinem Kopf. Wie steht es jetzt eigentlich mit uns?«

»Darüber wollte ich auch mit dir reden. Ich habe gerade eine Trennung hinter mir und bin ein bisschen unsicher, ob ich mich gleich wieder in etwas stürzen sollte.«

Er seufzte erleichtert. »Du bist Single?«

»Ja.«

»Das war meine größte Sorge«, gab er zu. »Wir haben ja versäumt, das vorher zu klären.«

»Stimmt, und du? Gibt es da eine andere Gesa bei dir?«, fragte Inga scherzhaft, dabei löste die Frage Herzklopfen bei ihr aus.

»Nein. Weder eine Gesa noch eine Frau mit einem anderen Namen.«

Inga lächelte. »Das ist gut.«

Mats lächelte zurück. »Wir machen es in deinem Tempo, okay?«

Inga war erst etwas zögerlich, trotz ihrer Gefühle für ihn, nickte aber dann. »Ja. Lass es uns langsam angehen und schauen, wohin uns die Reise führt.«

»Das klingt nach einem guten Plan.« Er strich mit der anderen Hand über ihre Wange.

Inga griff nach seiner Hand, hielt sie fest und schloss die

Augen. Sie genoss den Moment, die Wärme seiner Haut und das Gefühl von Geborgenheit. »Ich finde den Sturm eigentlich gar nicht so schlimm«, flüsterte sie.

»Ich auch nicht«, sagte er leise und küsste sie.

Die Nacht war ungemütlich. Mats war mit Kalle am späten Abend vom Wilhelmshof aufgebrochen, weil er zu einem Notfall gerufen worden war. Inga lag in ihrem Bett im Dachzimmer und horchte auf das Getöse draußen vor ihrem Fenster. Es blitzte, es donnerte, und der Wind heulte so laut um das Haus, dass es einem angst und bange wurde. Hoffentlich war der Spuk morgen endlich vorbei, dachte sie und rollte sich auf die Seite zur Wand. Sie zog die Bettdecke über den Kopf, um möglichst nichts mehr von dem tosenden Sturm mitzubekommen. Irgendwann fiel sie in einen unruhigen Schlaf.

Ein ohrenbetäubendes Krachen riss sie aus ihren Träumen. Inga schrak hoch. Unten schlug Nemo an. Sie saß senkrecht im Bett und wusste im ersten Moment nicht, wie ihr geschah. Sie schaute auf ihr Handy, das auf dem kleinen Nachttischchen lag. Drei Uhr und acht Minuten. Was hatte sie geweckt? Sie tastete mit den Füßen nach ihren Badeschlappen und taperte schlaftrunken zu dem kleinen Fenster. Es stürmte immer noch. Der Wind peitschte den Regen gegen das Fenster. Sie konnte kaum etwas erkennen. Doch von irgendwoher musste der Lärm gekommen sein. Nemo bellte weiter. Vom unteren Stockwerk hörte sie nun auch die Stimme ihrer Tante. Sie zog sich eine leichte Strickjacke über und ging die Treppe hinunter.

Das Erdgeschoss war hell erleuchtet. Ihre Tante stand mit einem Pyjama bekleidet mit dem Rücken zu ihr im Wohnzimmer und sah aus dem Fenster. Nemo lief aufgeregt im Zimmer hin und her.

»Ist was passiert?«, fragte Inga sie.

Tante Ditte schwang herum. »Ach, Ingalein, bist du auch von dem Lärm wach geworden?«

»Ja. Was ist denn los?«

»Schau selbst.« Tante Ditte zeigte zur Terrassentür, durch die man in den Garten blicken konnte.

Da, wo seit vielen Jahren der große Kirschbaum gestanden hatte, klaffte eine gähnende Leere. Fast jedenfalls. Der Sturm hatte ganze Arbeit geleistet. Der einst so mächtige Baum lag nun entwurzelt quer im Garten ihrer Tante. »Oh, nein! Der schöne Baum.«

»Sogar die Telefonleitung ist tot. Nicht mal ein Freizeichen. Nichts«, murmelte Tante Ditte.

Inga ging zu ihr. »Wen wolltest du denn anrufen?«

»Niemand Bestimmten. Ich wollte nur testen, ob noch alles funktioniert, falls etwas passiert.« Sie legte den Hörer auf. »Hoffentlich ist bei Hauke alles gut. Und bei Lilo und Gertrud.«

»Zur Not habe ich ja mein Handy. Wenn du willst, kannst du sie darüber anrufen. Ich hole es.«

»Das kannst du dir wohl sparen.« Tante Ditte hob die Augenbrauen. »Du hast doch schon bei schönem Wetter kaum Empfang. Da wird es bei dem Sturm bestimmt nicht besser sein«, gab sie zu bedenken.

»Stimmt auch wieder.«

Es klingelte an der Tür. Tante Ditte zog die Augenbrauen hoch. »Wer klingelt denn um diese Uhrzeit?« Inga und ihre Tante gingen zusammen zur Haustür. Davor standen Tante Dittes einzige Gäste, ein älteres Ehepaar. Der Mann und die Frau schauten sie besorgt an. »Entschuldigen Sie bitte. Wir möchten gar nicht stören, aber wir sind von einem lauten Krachen wach geworden, und danach haben wir noch so ein komisches Geräusch gehört. Wir wollten uns nur vergewissern, ob alles okay ist.«

Tante Ditte beruhigte das Ehepaar und berichtete ihnen von dem Kirschbaum im Garten, den der Sturm entwurzelt hatte. »Aber sonst ist alles in Ordnung. Vermutlich war es dieses schreckliche Pfeifen des Sturms. Gehen Sie wieder schlafen.« Nachdem die Gäste wieder zurück in ihr Zimmer gegangen waren, löschte Tante Ditte das Licht im Wohnzimmer. »Und das sollten wir auch tun. Vor Sonnenaufgang können wir eh nichts unternehmen, und wer weiß schon, ob das Wetter sich in den nächsten

Stunden beruhigt. Dann könnte ich noch nicht einmal schwimmen gehen. Das wäre eines der wenigen Male, dass die Natur mir einen Strich durch die Rechnung macht.«

24. Kapitel

Inga

Nach der unruhigen Nacht war Inga kurz nach Sonnenaufgang aufgestanden. In der Küche traf sie ihre Tante, die das Frühstück vorbereitete. Es roch lecker nach Rührei mit Speck, frisch aufgebrühtem Kaffee und Tee und geröstetem Brot. Sie und Hauke frühstückten jeden Tag zusammen. Das taten sie schon immer. Früher war Onkel Matthias noch dabei gewesen, wenn er nicht gerade mit einem Schiff auf den Weltmeeren unterwegs gewesen war.

»Moin, Ingalein. Du bist nach der Nacht wohl auch aus dem Bett gefallen, was?«, begrüßte Tante Ditte sie. »Aber schau mal raus, ein herrlicher Sommertag steht uns bevor. Als hätte hier nicht bis vor ein paar Stunden noch ein schlimmes Unwetter gewütet.«

»Verrückt! Hauptsache das Sommerwetter hält sich für ein paar Tage. Damit unser Turnier und der Pferdemarkt nicht ins Wasser fallen.«

»Setz dich. Hauke müsste auch gleich hier sein.« Tante Ditte goss ihr eine Tasse Kaffee ein und reichte ihr einen

Teller. Sie schaute aus dem Küchenfenster. »Da kommt er schon. Meine Güte, warum hat der es denn so eilig?«

»Ich mache ihm auf«, bot Inga an und war schon auf dem Weg zur Haustür.

»Du lieber Himmel! Was ist denn heute Nacht hier passiert?« Hauke blickte sie wie vom Donner gerührt an und drückte ihr eine Tageszeitung in die Hand, die er jeden Morgen für Ditte mitbrachte.

»Das war unglaublich. Ich bin von dem Krachen wach geworden«, erzählte Inga. Sie gingen durch die Diele und dann in die Küche. »Du kannst dir gar nicht vorstellen, wie laut das war.«

»Das will ich mir gar nicht vorstellen. Schon allein der Anblick verschafft mir eine Gänsehaut.« Er schüttelte sich.

Sie gingen in die Küche.

»Moin, Hauke!«

»Moin, Ditte. Was sagst du denn dazu?«, wollte Hauke wissen.

Tante Ditte überreichte ihm seinen Tee. »Wozu?«

»Zu dem Sturmschaden. Ich habe gedacht, ich sehe nicht richtig.« Hauke legte seine blaue Mütze ab.

»Ach, es gibt Schlimmeres. Das bringen wir in den nächsten Tagen alles wieder in Ordnung«, sagte Tante Ditte mit ruhiger Stimme.

Hauke schüttelte den Kopf. »Na, du hast ja vielleicht

Nerven! Wie willst du das denn in ein paar Tagen in Ordnung bringen?«

»Ach, das kriegen wir schon hin«, sagte Inga zuversichtlich und legte die Tageszeitung auf der Arbeitsfläche ab. »Mats hilft bestimmt auch mit. Spätestens nach dem Turnier.«

Hauke schüttelte den Kopf. »Jetzt verstehe ich gar nichts mehr. Ich dachte, Mats wäre Tierarzt.«

»Ist er ja auch.«

»Also, Hauke, du bist heute irgendwie ein bisschen durcheinander. Dir hat der Sturm wohl gehörig durch den Kopf gepustet. Geht es dir gut?«, fragte Tante Ditte mit prüfendem Blick.

»Ach, was. Mit meinem Kopf ist alles in Ordnung.« Er stellte seine Tasse ab. »Aber ihr seid ziemlich komisch. Und dein Mats wird uns dabei wahrscheinlich nicht helfen können. Es sei denn, er ist neuerdings Dachdecker. Kommt mal mit«, forderte er sie auf.

Sie folgten Hauke über den Hof und weiter zur Scheune, auf dessen Dach er zeigte.

»Ach, du liebe Güte!«, sagte Tante Ditte mit tonloser Stimme. »Das sehe ich zum ersten Mal.«

»Und wir dachten, du redest von dem umgestürzten Kirschbaum im Garten. Das ist ja schrecklich.«

Der Sturm hatte das halbe Reetdach der Scheune abgedeckt.

Ditte und Inga sahen sich geschockt an. Hauke vergrub die Hände in den Taschen seiner Latzhose. »Bei einem umgestürzten Kirschbaum kann uns Mats bestimmt helfen, aber hier wird es dann doch sehr speziell.«

»Wie sollen wir diesen Schaden bloß wieder in Ordnung bringen? Fünfundzwanzigtausend Euro für die Bank, und nun muss auch das Dach komplett neu gedeckt werden«, sagte Tante Ditte tonlos, der der Schock ins Gesicht geschrieben stand.

Inga war die Erste, die ihre Stimme wiederfand. »Dafür kommt doch die Gebäudeversicherung auf. Oder?«

Tante Ditte schaute betreten zu Boden und sagte kein Wort. Hauke wippte nervös von einem Fuß auf den anderen.

»Oh … du hast keine Gebäudeversicherung?«

Sie schüttelte den Kopf. »Nein, ich habe keine Versicherung. Schon seit Jahren nicht mehr.«

Inga, Tante Ditte und Hauke blickten schweigend zum Dach hoch, in dem auf der Windseite ein großes Loch klaffte.

Inga spürte, wie ihr bei dem Anblick das Herz in die Hose rutschte. Mit so hohen Einnahmen beim Pferdemarkt, um das geforderte Geld an die Bank und auch noch zusätzlich eine Instandsetzung des Dachs zu zahlen, rechnete niemand. Selbst sie nicht. Es sei denn, Tante Ditte würde den Großteil ihrer Friesenzucht auf dem Reiterfest verkaufen. Doch auch davon konnte niemand ausgehen. Jetzt konnte wirklich nur noch ein Wunder helfen.

Und dann passierte tatsächlich etwas Unvorhergesehenes. Ein Taxi fuhr auf den Hof, die Tür öffnete sich, und ein Mann stieg aus dem Auto.

Inga traute ihren Augen nicht. »Oliver?«

»Hallo, Inga.«

Der Taxifahrer lud die Reisetaschen aus und Oliver bezahlte ihn.

Inga ging zu ihm. »Was machst du denn hier? Ich dachte, du bist in Indien?«, fragte sie ihn fassungslos. Was würde an diesem Tag wohl noch alles passieren?

»War ich auch. Bin in aller Frühe in Hamburg gelandet und dann mit dem Zug hergekommen.«

»Und was willst du hier?« Inga verschränkte ihre Arme vor der Brust.

»Mit dir reden.«

Tante Ditte und Hauke schauten interessiert zu ihnen herüber.

»Komm mit. Auf meinem Zimmer können wir reden. Dein Gepäck kannst du auf die Bank neben dem Stall stellen.«

Inga bot ihm in dem Dachzimmer einen Stuhl an.

»Du wunderst dich sicherlich, warum ich hier so einfach auftauche«, begann er.

»Allerdings.«

»Na ja, ich hatte in Indien viel Zeit zum Nachdenken, und mir ist einiges klar geworden. Nämlich, dass ich ein Idiot war.«

»Ach …«

»Ein großer Idiot sogar. Ich hätte nie unsere Beziehung aufgeben sollen, nur weil wir eine schwierige Phase hatten. Das tut mir leid … deswegen bin ich auch hier. Ich wollte dich fragen, ob du uns noch mal eine neue Chance geben kannst?«

»Na, du bist witzig. Ich hatte auch viel Zeit zum Nachdenken, und mir ist ebenfalls einiges klar geworden. Am Anfang habe ich sehr unter unserer Trennung gelitten, ich konnte dich nicht verstehen. Doch mittlerweile sehe ich es anders. Unsere Trennung war die richtige Entscheidung. Ich habe gemerkt, dass die schöne Zeit unserer Beziehung schon lange zurückliegt und wir nur noch nebeneinanderher gelebt haben. Es war am Ende eher eine Art Zweckgemeinschaft und keine Partnerschaft. Ich denke nicht, dass es Sinn macht, eine gescheiterte Beziehung neu aufleben zu lassen.«

»Inga, denk doch noch mal in Ruhe darüber nach. Du musst dich nicht sofort entscheiden. Ich kann mich ändern«, sagte er zerknirscht. »Ich habe erkannt, dass ich viele Fehler gemacht habe, und die möchte ich wiedergutmachen«, versuchte er, sie umzustimmen.

Inga schüttelte langsam den Kopf. »Nein, Oliver. Es ist zu viel in der Zwischenzeit passiert. Wir hatten unsere Chance. Es führt kein Weg mehr zurück.«

»Verstehe!«, antwortete Oliver nüchtern.

Zehn Minuten später hielt wieder ein Taxi auf dem Hof. Oliver packte seine Gepäckstücke in den Kofferraum und fuhr Richtung Bad davon. Dort wollte er für eine Nacht einen Zwischenstopp in einem Hotel einlegen, bevor er am nächsten Tag mit dem Zug zurück ins Ruhrgebiet fuhr.

Inga schaute dem Taxi hinterher. Die Begegnung war verhältnismäßig kurz und schmerzlos gewesen, aber klärend. Sie war nicht traurig, eher erleichtert. Dieses Gespräch war nötig für sie gewesen, um einen klaren Schlussstrich unter das Kapitel Oliver zu ziehen. Sie hatte endlich das Gefühl, sich frei für einen neuen Mann entscheiden zu können, und wagte, sich mit der Frage zu beschäftigen, wie es mit ihr und Mats in Zukunft weitergehen könnte.

25. Kapitel

Inga

Am Tag vor dem Pferdemarkt saßen Inga und Ann auf dem Gatter der Koppel und schauten den Friesen beim Grasen zu. Inga war an diesem Nachmittag früher mit Rosi vom Milchreisverkauf am Ordinger Strand zurückgekehrt, um bei den restlichen Vorbereitungen für den morgigen Tag zu helfen. Ann war direkt nach Feierabend zum Wilhelmshof gekommen, um ebenfalls mit anzupacken.

Sie waren in den letzten Tagen fleißig gewesen, hatten zusammen mit Mats und Hauke die Hindernisse gestrichen, Startpläne für die Spring- und Dressurprüfungen erstellt, einen Verkaufskatalog zu den angebotenen Friesen drucken lassen und jede Menge Getränke und Verpflegung für die Besucher beim Großhändler bestellt.

»Nur gut, dass die Seite vom Turnierplatz aus nicht einsehbar ist. Die Leute würden bestimmt sonst jede Menge Fragen stellen«, sagte Inga und deutete auf den Platz, der sich gleich hinter dem Deich befand. Dahinter grenzten die Ställe an, und erst am Ende war die Scheune gelegen, deren beschädigte Seite aus ihrer Perspektive nicht sichtbar war.

»Und wie soll es jetzt weitergehen? Ich meine, mit dem kaputten Reetdach?« Ann verscheuchte mit einer Hand eine lästige Fliege, die um ihren Kopf herumschwirrte.

»Der Pferdemarkt ist definitiv unsere letzte Möglichkeit, das Ruder herumzureißen. Er muss ein Erfolg werden. Sonst können wir einpacken. Ich denke, wir haben eine realistische Chance, die Zwangsversteigerung abzuwenden, aber ein bisschen Glück brauchen wir auch. Ich gebe mich jedenfalls noch nicht geschlagen. Ich werde mit all meiner Kraft versuchen, den Hof zu retten, und das Beste draus machen.«

»Das ist die richtige Einstellung. Und dabei werde ich dir helfen«, sagte Ann entschlossen. »Aufgeben ist was für Feiglinge, aber um den Weg bis zum Ende zu gehen, muss man mutig sein. Und das sind wir.«

Inga blickte zum Springplatz hinüber, den Hauke mit einem Traktor und angehängtem Gerät harkte.

»Wir haben alles so schön für das Turnier vorbereitet, die Hindernisse neu gestrichen, Unkraut gejätet und die Ställe auf Hochglanz gebracht. An jeder Box hängt ein Namensschild, die Pferde sind gestriegelt, die Mähnen eingeflochten, alles blitzt. Der Tag morgen muss ein Erfolg werden.«

Ann schaute Inga von der Seite an und grinste. »Was ist eigentlich mit dir und Mats, um mal das Thema zu wechseln. Das würde mich jetzt schon interessieren.«

Inga schaute hoch. »Wieso?«

»Weil mir keiner was sagt. Mats gibt mir keine Antwort darauf, wenn ich ihn frage, und du kommst mit einer Gegenfrage. Ich kann nur beobachten und mir was zusammenreimen«, beschwerte sie sich bei Inga.

»Hm … ja, gute Frage«, sagte Inga knapp und schaute verlegen zur Seite.

»Du musst jetzt nicht rot werden.« Ann knuffte sie in die Seite.

»Ich fühle mich gerade wieder wie ein Teenager.«

»Ich würde mich für euch freuen. Ehrlich! Du passt total gut zu meinem Bruder, weißt du ja selber«, sagte Ann grinsend. »Dann könntet ihr eigentlich auch gleich heiraten«, fügte sie hinzu, ohne eine Miene zu verziehen. »Ich hätte dich gerne als Schwägerin.«

»Bitte?« Inga schaute sie entgeistert an.

Ann prustete los. »Sorry. Das war jetzt die Retourkutsche, weil du mir so gut wie nichts von euch erzählt hast. Du hättest gerade mal dein Gesicht sehen sollen.«

Inga schüttelte den Kopf und sagte nach einer Weile: »Es ist doch alles noch so frisch, ich bin noch nicht lange von Oliver getrennt, und so richtig geklärt haben wir es eigentlich erst gestern, als er hier plötzlich aufgetaucht ist.

Das mit Mats und mir kam so plötzlich. Und so einfach ist das auch nicht. Ich wohne ja gar nicht hier, sondern im Ruhrgebiet. Ich weiß nicht, ob ich eine Fernbeziehung will. Zumal ich meinen Traum vom eigenen Café noch nicht aufgegeben habe. Irgendwie bin ich innerlich noch hin- und hergerissen.«

»Ach, ich bin mir sicher, da wird es eine Lösung geben. Ihr passt einfach viel zu gut zusammen«, versuchte Ann, ihr die Zweifel auszureden.

Inga druckste rum. »Eigentlich gab es sogar noch jemand anderen. Jetzt kann ich es dir ja sagen«, gestand sie ihrer Freundin.

»Ich bin empört!«, sagte Ann gespielt entsetzt. »Wieder eine Sache, von der du mir nichts erzählt hast.« Sie verschränkte die Arme vor der Brust.

»Dafür mache ich es ja jetzt. Aber die Sache ist vorbei.« Inga erzählte ihr von Davide, wie sie ihn kennengelernt hatte, dass er ihr Rosi ausgeliehen und bei den Renovierungsarbeiten mitgeholfen hatte und wie dann Mats dazwischengekommen war und der Italiener plötzlich zurück nach Flensburg musste, um in seiner Eisdiele zu arbeiten, bevor sich etwas zwischen ihnen hatte entwickeln können.

Ann hörte geduldig zu. »Hauptsache, du hast dich letztlich für den Richtigen entschieden.« Sie grinste, damit war das Thema für sie erledigt. »So, und jetzt kümmern wir uns um die letzten Vorbereitungen, ja? Was muss heute noch gemacht werden?«, fragte Ann.

»Gute Idee! Also, es müssen noch Blumenkästen bepflanzt werden, die morgen an den Turnierplatz gestellt werden, die Zuschauerbänke und die Kutsche müssen sauber gemacht und Luftballons für die Kinder aufgeblasen werden«, zählte Inga auf. »Den Pavillon für Joris' Bilderausstellung wollten Hauke und Mats nachher zusammen aufstellen.«

Ann sprang vom Zaun herunter. »Dann lass uns mal loslegen.«

Sie hatten Glück. Am nächsten Tag schien die Sonne von einem nahezu wolkenlosen Himmel. Es war Kaiserwetter, wie bestellt. Der Wilhelmshof strahlte an dem Tag, fast wie in den guten alten Zeiten – abgesehen von dem Dachschaden der Scheune. Inga hatte Rosi neben den Reitplatz gefahren. Heute verkaufte sie ihren Milchreis ausnahmsweise nicht am Strand, sondern auf dem Hof. Mats bediente den Grill, und Ann kümmerte sich um den Ausschank der Getränke. Tante Ditte hatte alle alten Geschäftskontakte reaktiviert, und es hatten sich diverse Züchter und Gutsbesitzer angemeldet. Zudem gab es verschiedene Spring- und Dressurprüfungen, für die über hundert Reiter gemeldet waren. Die Flyer und Plakate, die sie verteilt und aufgehängt hatten, hatten sich bezahlt gemacht. Sie rechneten mit zahlreichen Besuchern. Der Tag versprach, ein Erfolg zu werden. Hoffentlich klappte alles.

Um zehn Uhr morgens herrschte bereits Hochbetrieb auf dem Gelände. Die Zuschauerbänke waren bis auf den letzten Platz belegt. Besucher, die keinen Sitzplatz mehr ergattert hatten, stellten sich um den Reitplatz auf. Um elf Uhr starteten die ersten Prüfungen. Vier Richter hatten dazu an zwei Tischen Platz genommen, die auf einer Erhöhung standen, damit ihnen keine gute Leistung, aber auch kein Reitfehler entging. Joris stellte seine Bilder im Hof unter einem Pavillon aus und erntete interessierte Blicke der Turnierbesucher.

Gegen dreizehn Uhr hatte Inga ihren Milchreis fast komplett verkauft. Die meisten Reiter waren zu aufgeregt gewesen, um vor dem Turnier zu frühstücken. Deswegen standen sie nach ihren Prüfungen vor dem VW-Bus Schlange. Sie ging in die Küche und holte die nächste Ladung. Auf dem Weg schaute sie bei Mats am Grill und bei Anns Getränkestand vorbei. Auch dort standen die Leute Schlange. Inga war wie beflügelt. Wenn sie nun auch die Pferde gut verkauft bekamen, stand der Rettung des Hofes nichts mehr im Weg.

Von Weitem sah Inga Tante Ditte. Sie hatte sich besonders hübsch für das Turnier gemacht. Ihre Haare trug sie wie gewohnt hochgesteckt, doch zur Feier des Tages hatte sie ein Sommerkleid im Marinestil angezogen, dazu passende dunkelblaue Sandalen. Um ihren Hals hing wie immer ihre Perlenkette.

»Ach, Inga!«, rief sie und winkte sie zu sich. »Darf ich dir jemanden vorstellen? Das ist Herr Berger von dem Pferdemagazin *Friesen aktuell*. Er möchte einen Artikel über meine Friesenzucht und den Wilhelmshof in der nächsten Ausgabe bringen. Ist das nicht toll?«, erzählte sie begeistert. »Das ist übrigens meine Nichte Inga«, sagte sie zu Herrn Berger.

»Guten Tag. Das ist ja wirklich fantastisch.« Inga schüttelte dem Reporter die Hand. »Wann erscheint denn das nächste Magazin?«

»In sechs Wochen. Dürfte ich ein paar Fotos machen?«, fragte er Tante Ditte.

»Aber, bitte. Selbstverständlich.«

Der Reporter verabschiedete sich und zog los, um nach guten Motiven zu suchen.

»Läuft doch super oder?«, fragte Inga.

»Ja, das war eine tolle Idee von dir, Inga. Ich muss bei dem Gedanken, die Pferde gehen zu lassen, zwar immer noch schlucken, aber ich sehe ein, dass es keinen anderen Weg gibt. Jetzt, wo auch noch das Dach kaputt ist«, sagte Tante Ditte gefasst.

Inga konnte ihrer Tante den Zwiespalt anmerken, in dem sie steckte. Sie strich Ditte mit einer Hand über den Arm. »Ich verstehe dich, aber du solltest dich darüber freuen, dass wir den Hof retten und du so weiter Friesen züchten kannst. Sieh es mal so.«

»Das weiß ich doch.« Bevor Tante Ditte wegen ihrer Pferde weiter Trübsal blasen konnte, tauchten Berta, Lilo und Gertrud auf. Die drei Frauen hatten ein Glas Sekt in der Hand. Lilo und Gertrud hatten Berta mittlerweile unter ihre Fittiche genommen. Dittes Freundin war auch ihre Freundin. Als sie Inga und Tante Ditte am Sandplatz entdeckten, kamen sie zu ihnen und begrüßten sie.

»Also, das Dach sieht ja furchtbar aus. Wirklich schrecklich«, sagte Berta mitfühlend und nippte an ihrem Sekt.

»Das kannst du auf keinen Fall so lassen«, raunte Lilo Tante Ditte zu.

»Das habe ich auch nicht vor«, antwortete Tante Ditte. »Der Dachdecker war gestern da und hat den Schaden begutachtet.«

»Das ist wohl mal wieder ein Fall für unsere schwarze Kasse«, befand Gertrud. »Die fünfhundert Euro von der Betrogenen habe ich seit gestern. Sieh es als kleine Anzahlung.«

»Ach ja? Wie hat die Arme denn auf die Nachricht ihrer Mutter reagiert?«, wollte Tante Ditte wissen.

»Geschockt. Und das ist noch milde ausgedrückt«, sagte Lilo.

Inga wusste zwar nicht, um was es bei dem Gespräch genau ging, hörte aber interessiert zu.

»Das kann ich mir gut vorstellen«, entgegnete Tante Ditte.

»Fünfhundert sind ja schön und gut«, sagte Gertrud, »aber wir brauchen dringend neue Klienten. Ich muss Petter nachher mal fragen, wen er aktuell im Kühlfach liegen hat und was man da machen kann. Oder vielleicht bricht sich ja heute ein Reiter das Genick«, meinte sie optimistisch.

Berta verschluckte sich an ihrem Sekt und musste husten.

»Gertrud!«, kam es von Inga, Tante Ditte und Lilo gleichzeitig.

»Ich meine ja nur.« Sie zuckte mit den Schultern. »Ich denke immer lösungsorientiert.«

Lilo reckte ihren Hals. »Das glaube ich nicht. Das kann doch unmöglich Hannes Kröger sein!«, rief sie und winkte jemandem zu.

»Oh! Ist er da? Ich habe ihn eingeladen«, sagte Tante Ditte erfreut und blickte in die gleiche Richtung wie Lilo.

Gertrud runzelte die Stirn. »Ist das nicht dein Verehrer aus Hamburg?«

»Ein Verehrer?«, fragte nun auch Berta interessiert.

Jetzt reckte Inga ebenfalls den Hals, um sehen zu können, um wen es ging. Dass ihre Tante einen Verehrer hatte, war ihr neu. Höchst spannend!

»Ein Bekannter aus Hamburg«, korrigierte ihre Tante.

Ein adrett gekleideter älterer Herr in einem Sommeranzug und mit Fliege um den Hals gesellte sich zu ihnen. Er gab den Frauen zur Begrüßung die Hand. Tante Ditte jedoch küsste er die Hand.

»Darf ich vorstellen, das ist meine Nichte Inga. Und das ist Berta Henrich. Meine Freundinnen Lilo Ampütte und Gertrud Möbius kennen Sie ja bereits«, sagte sie schnell, um ihre Verlegenheit zu verbergen.

Er nickte Inga freundlich zu.

»Inga und Berta, das ist Herr Kröger aus Hamburg. Ein alter Bekannter von mir«, stellte sie ihn vor.

»Freut mich, Sie kennenzulernen.«

»Guten Tag.«

»Die Freude ist ganz auf meiner Seite«, erwiderte er. »Was für ein tolles Turnier, Frau Wilhelm. Da werden bei mir Erinnerungen an früher wach.«

»Stimmt. Die guten alten Zeiten«, sagte Tante Ditte lachend und spielte dabei an ihrer Perlenkette.

Hannes Kröger stutzte. Sein Blick war abrupt an Tante Dittes dreireihiger Perlenkette hängen geblieben, und sein freundlicher Gesichtsausdruck wandelte sich in Erstaunen. »Entschuldigen Sie bitte, wenn ich Sie so indiskret frage, aber dürfte ich mir das Schmuckstück mal näher ansehen?«

Tante Ditte schaute ihn verdutzt an. »Die Kette?«

Tante Ditte nahm ihre Kette ab und legte sie vor Hannes Kröger auf den Wohnzimmertisch. Sie waren ins Gutshaus gegangen, damit er ungestört ihre Perlenkette begutachten konnte. »Herr Kröger hat nämlich nicht nur eine große Portion Pferdeverstand, sondern ist auch Schmuckgutachter«, hatte Tante Ditte Inga und Berta erklärt, die sich zunächst keinen Reim darauf machen konnten, warum der Mann sich ihre Kette ansehen wollte.

»Hm«, machte Hannes Kröger nach einer Weile und drehte die Kette immer wieder in seinen Händen. Dann nahm er eine kleine Lupe aus seiner Jacketttasche und betrachtete die einzelnen Perlen eingehender. »Erstaunlich. Wirklich erstaunlich.« Inga, Tante Ditte, Berta, Lilo und Gertrud sahen ihm gespannt dabei zu.

»Was finden Sie so erstaunlich?«, fragte Tante Ditte nach einer Weile.

Er legte die Kette wieder zurück auf den Tisch und schaute Tante Ditte dann mit großen Augen an. »Ist Ihnen bewusst, was Sie da um den Hals tragen?«

Ditte zuckte mit den Achseln. »Die Kette hat mir mein Mann mal von einer Fahrt in die Südsee mitgebracht. Dort hatte er die Perlenkette von einem Einheimischen zum Dank dafür bekommen, dass er dessen Sohn mit seinem Schiff aus einer schlimmen Seenot gerettet hat«, erklärte sie dem Schmuckgutachter.

Hannes Kröger nickte, und dann breitete sich ein Lächeln auf seinem Gesicht aus. »Frau Wilhelm, das sind mit die wertvollsten Perlen der Welt, die Sie da tragen. Die

Kette ist ein Vermögen wert. Diese Perlen gelten nicht nur als Symbol der Liebe, sondern haben auch besondere Qualitätsmerkmale. Die Reinheit der Perlenoberfläche und auch ihr Glanz sind überdurchschnittlich, und damit heben sie sich von anderen, minderwertigeren Perlen klar ab. Außerdem verfügen sie über eine starke Perlwand. Je länger sie in der Auster sind, umso dicker wird ihre Wand.«

»Bitte?«, fragte Tante Ditte irritiert.

»Tränen der Götter werden die Perlen in Fachkreisen auch genannt.«

»Tränen der Götter?«, riefen Tante Ditte, Lilo und Gertrud gleichzeitig.

»Ich glaub, ich muss mich setzen«, sagte Tante Ditte, die ganz bleich im Gesicht war.

»Hier, bitte.« Inga schob ihr einen Stuhl hin.

»Soll ich dir ein Glas Wasser holen?«, fragte Berta besorgt.

»Nein, danke. Es geht schon wieder.« Tante Ditte fasste sich an den Kopf. »Ich habe die Kette täglich getragen. Sie war für mich die ganze Zeit eher ein Souvenir und ein Andenken an meinen Mann. Ich habe mir nie Gedanken darüber gemacht, ob die Perlen vielleicht einen besonderen Wert haben könnten. Aber nun wird mir alles klar.«

Gertrud stützte ihr Gesicht in eine Hand. »Du bist eine reiche Frau, und der Schlüssel dazu berührt dein Herz. Da hol mich doch der Teufel! Nie im Leben wäre ich auf die verdammte Perlenkette gekommen!« Und dann lachte sie schallend, bis alle Umstehenden in ihr Gelächter einfielen.

Der Pferdemarkt und das Turnier waren ein voller Erfolg gewesen. Am Ende des Tages saßen sie alle zusammen auf Dittes Terrasse beisammen und ließen den Abend mit einem Gläschen Weißwein ausklingen.

»Wer hätte gedacht, dass ich die ganze Zeit so wertvollen Schmuck getragen habe?«, sagte Ditte, die es immer noch nicht glauben konnte. Sie hatte die Kette mittlerweile abgenommen und in einer Schatulle verstaut, damit nichts mit dem Schmuck passieren konnte, jetzt, wo sie von seinem Wert wusste. »Mit der Perlenkette um den Hals habe ich sogar Ställe ausgemistet und bin bei Hauke auf dem Trecker mitgefahren.«

»Sogar unabhängig von der Perlenkette haben sich das Turnier und der Pferdemarkt richtig gelohnt. Wir haben genug Geld eingenommen, um das Dach reparieren zu lassen«, sagte Gertrud, die wie immer die Finanzen genau im Blick hatte.

Ditte nickte. »Fehlt nur noch das Wichtigste, das Geld für die Bank.«

Inga setzte sich zu ihrer Tante und legte ihr einen Arm um die Schulter. »Ich vertraue da ganz auf die Tränen der Götter. Das wird schon klappen.«

»Was Besseres, als die Götter auf seiner Seite zu haben, kann einem doch gar nicht passieren«, fand Lilo.

Mats erhob sein Glas. »Ich finde, darauf sollten wir trinken. Auf die Rettung des Wilhelmshofs und die göttlichen Fügungen des Lebens.«

Sie stießen mit ihren Gläsern an, und Mats schaute Inga dabei vielsagend an.

»Ich möchte nicht ungemütlich sein, doch ich müsste noch mal los zu einem Termin auf einem Bauernhof«, sagte Ann und schaute Mats fragend an.

»Kein Ding. Mach dir um mich keine Sorgen. Ich bleibe noch ein bisschen hier … hab da nämlich noch eine andere Fahrgelegenheit nach Ording organisiert.« Mats schaute auf seine Uhr.

»Was hast du denn organisiert?«, wollte Inga wissen.

»Komm mit, dann zeige ich es dir.« Er nahm sie an der Hand, und sie gingen zum Stall.

Dort wartete bereits Hauke auf sie. Er stand vor der alten Kutsche, in die er zwei Friesen eingespannt hatte. »Ist alles startklar.«

»Danke, Hauke.« Mats setzte sich auf den Bock, nahm die Zügel und hielt ihr auffordernd die Hand hin, damit sie sich neben ihn auf den Bock setzte. »Wie wäre es mit einer kleinen Kutschfahrt?«

»Du mit deinen herrlich verrückten Ideen. Natürlich bin ich dabei!« Inga schwang sich lachend zu ihm auf den

Bock und nahm ihm die Zügel aus der Hand. »Ist wahrscheinlich sicherer, wenn ich das Ruder übernehme, damit du auch wirklich in Ording ankommst«, sagte sie mit einem Augenzwinkern.

Mats hob ergeben die Hände. »Du bist hier die Pferdeexpertin.«

»Hey!« Inga schnalzte mit der Zunge, und der Pferdewagen setzte sich mit einem Ruck in Bewegung. Im langsamen Tempo fuhren sie die um diese Uhrzeit wenig befahrenen Straßen Richtung Ording entlang. Die Sonne stand schon tief über dem Meer und tauchte St. Peter in ein warmes Licht.

»Lass uns doch noch einen kleinen Abstecher ans Meer machen«, schlug Mats vor, als sie sich auf der Höhe der Strandzufahrt Ording befanden. »Der Abend ist so schön.«

»Gute Idee.« Inga lenkte die Kutsche über die Zufahrt auf den Parkplatz des Strandes und hielt dort, wo sie sonst immer mit Rosi stand, wenn sie Milchreis verkaufte. Für die meisten Besucher war der Tag am Meer bereits vorbei. Der sonst so gut besuchte Strand lag fast wie ausgestorben vor ihnen. Die Strahlen der untergehenden Sonne wärmten angenehm Ingas Gesicht.

Sie atmete die Meeresluft tief ein. »War das eigentlich mit Ann so abgesprochen? Oder wolltest du ursprünglich zu dritt einen Ausflug mit dem Pferdewagen machen?«

»Ich bin entsetzt, dass du denkst, ich könnte mich mit meiner Schwester absprechen.« Er grinste übermütig und sah in dem Moment genauso aus wie in dem Sommer, in dem sie sich in ihn verliebt hatte.

Inga knuffte ihn lachend in die Seite. »Was für eine schöne Überraschung das ist, danke. Das ist der ideale Abschluss für diesen außergewöhnlichen Tag. Ich kann es immer noch nicht fassen, was heute passiert ist.« Sie schüttelte ungläubig den Kopf. »Dass meine Tante die ganze Zeit die Lösung ihrer Probleme um den Hals getragen hat. Wer hätte das gedacht?«

»Ist schon verrückt. Aber auch gut so. Ich hoffe, dass die Kette ein gutes Sümmchen wert ist, damit die Schulden komplett beglichen werden können.«

»Das hoffe ich auch.«

Mats rückte näher an Inga heran. »Ich will dich die ganze Zeit schon etwas fragen.«

»Was denn?«

Mats schaute Inga ernst an. »Was wird nach dem Sommer? Was passiert dann mit uns? Haben wir eine Chance? Oder verschwindest du wieder aus meinem Leben?«

»Meinst du denn, dass es gut gehen würde mit uns?«, fragte Inga.

»Natürlich, wäre ich sonst hier? Ich will, dass du bleibst, Inga, hier bei mir. Hab Vertrauen!«, sagte er überzeugt.

Inga griff nach seiner Hand.

Mats' Augen leuchteten so blau wie das Meer an einem Sonnentag. Er berührte ihr Gesicht und beugte sich vor, um sie zu küssen.

Vielleicht hatte Mats recht, und es brauchte manchmal nur eine Portion Mut, damit Träume wahr wurden.

26. Kapitel

Ditte

Der Schmuckgutachter hatte Ditte nach Hamburg eingeladen. Lilo und Gertrud hatten es sich nicht nehmen lassen, sie dorthin zu begleiten. Um elf Uhr hatten sie den Termin mit Hannes Kröger und zwei unabhängigen Schmuckgutachtern gehabt, die die Echtheit der Perlen prüften und ihren Wert feststellten. Sie bestätigten Ditte, dass sie all die Jahre ein sechsstelliges Vermögen um den Hals getragen hatte, ohne es zu ahnen.

»Mit den Tränen der Götter kannst du alle offenen Rechnungen zahlen, das Dach decken lassen und den ganzen Hof modernisieren«, fasste Gertrud das Ergebnis zusammen, als sie wieder in ihrem alten Benz saßen.

»Du bist jetzt eine vermögende Frau, Ditte«, stellte Lilo fest und blickte über die Schulter zur Rückbank, auf der Ditte schweigend saß.

»Das muss doch gefeiert werden«, fand Gertrud. »Was haltet ihr davon, wenn wir uns in einem Café an der Alster ein leckeres Stück Torte und eine Tasse Kaffee gönnen?«

»Das ist eine wunderbare Idee«, stimmte Lilo ihr zu. »Oder, Ditte?«

»Ich möchte gerne zuerst zu einem Blumenladen fahren«, sagte Ditte mit leiser Stimme.

Nachdem Ditte bei einem Floristen einen bunten Sommerstrauß erstanden hatte, bat sie Gertrud, zum Hamburger Hafen zu fahren, in die Nähe des Burchardkais, einem Containerterminal, von dem aus ihr Mann das letzte Mal in See gestochen war. Lilo und sie begleiteten Ditte zum Wasser.

Sie drehte sich zu ihren Freundinnen um. »Ab hier möchte ich gerne alleine gehen.«

Lilo nickte ihr zu. »Wie du möchtest. Wir bleiben hier und warten auf dich.«

Ditte ging mit langsamen Schritten weiter, in ihrer rechten Hand hielt sie den Blumenstrauß. Als sie den Kai erreicht hatte, blieb sie stehen. »Matthias …«, sagte sie nach einer Weile leise. »Es hat lange gedauert, bis ich den Mut hatte, hierherzukommen und zu akzeptieren, dass du nicht mehr nach Hause kommst. Ich danke dir aus tiefstem Herzen für die Kette, für alles. Du warst das Glück meines Lebens. Mach es gut, alter Seebär. Du wirst immer in meinem Herzen sein.« Ditte warf den Strauß ins Wasser. Sie blieb noch eine Weile am Kai stehen und beobachtete, wie die Blumen immer weiter von ihr weggetrieben wurden. Ihrer Handtasche entnahm sie ein Taschentuch, womit sie sich die Tränen trocknete. Sie war erleichtert und fühlte eine große Dankbarkeit und Zuversicht in sich. Sie drehte sich zu ihren Freundinnen um, die auf sie warteten und sie mit besorgten Mienen ansahen. Doch dafür gab es keinen Grund. Der Wilhelmshof war gerettet. Und sie fühlte sich endlich wieder stark genug, um im Hier und Jetzt zu leben. Sie hob ihren Arm und winkte ihren Freundinnen zu. Dabei breitete sich ein Lächeln auf ihrem Gesicht aus. Wie sagte ihre Freundin Lilo doch immer so schön? »Wer loslässt, hat die Hände frei.«

Epilog

Einen Sommer später

»Dreimal Milchreis mit Erdbeeren, kommt sofort.« Konny füllte drei Schalen mit Milchreis, auf denen sie die gewünschten Früchte anrichtete. Sie stellte den Milchreis auf ein Tablett, legte Löffel und Servietten dazu. Die junge Bedienung flitzte los zu Tisch sieben, wo drei Gäste auf ihre Bestellung warteten.

Sie waren fleißig gewesen. Den Eingang vom Café *Strandrose* zierten bunte Ballons und Fähnchen, überall standen Körbe und Vasen mit Sommerblumen, die sie zum heutigen Eröffnungstag bekommen hatten. Auf der Außenterrasse des Lokals, das direkt an der Strandpromenade im Ortsteil Bad lag, war kein Platz mehr frei. Alle Strandkörbe und Korbsessel waren besetzt, und im Café wurden die Plätze auch knapp. Drei Servicemitarbeiter kümmerten sich um die Wünsche der Gäste, und Konny organisierte von der Theke aus den gesamten Ablauf.

»Dass ihr gekommen seid!« Inga umarmte einen glatzköpfigen Mann, anschließend seine Frau und die drei

Kinder. »Damit habe ich wirklich nicht gerechnet.«

»Aber Engelschen, wenn du sagst, du eröffnest dein neues Café, dann kommen wir doch. Egal wohin.«

»Ich war mir nicht sicher, ob du deinen Laden einfach zumachen kannst, Hasan.«

Hasan zuckte mit den Schultern. »Betriebsferien. Schon war der Laden zu. Alles kein Problem.« Für Hasan und seine Familie hatte Inga einen der schönsten Tische reserviert, neben blühenden Strandrosen und mit direktem Blick über die Salzwiesen aufs Meer.

Inga schlenderte zu Rosi, die neben dem Eingang parkte und wieder in einen Eiswagen zurückverwandelt worden war. In dem Bus standen Ann und Davide. Die beiden hatten sich beim ersten Treffen auf Anhieb gut verstanden, und Ann genoss offensichtlich die charmante und aufmerksame Art des Italieners.

Nachdem Tante Ditte ihre Perlenkette verkauft hatte, hatte sie es sich nicht nehmen lassen, Inga als Dank für ihre Hilfe das Startkapital für ein neues Café zu schenken.

»Es sind schon wieder Blumen gekommen.« Ingas Mutter trug einen großen Strauß Sonnenblumen in der Hand.

»Von wem sind die denn?«, fragte Inga.

Ihre Mutter zog das Kärtchen aus dem Strauß. »Oh, von Oliver. Er wünscht dir alles Gute zur Geschäftseröffnung.«

»Das ist ja nett.« Inga überflog die Karte. »Ich frage mich, ob er sich mittlerweile selbst gefunden hat.«

Ihre Mutter schüttelte den Kopf. »Das glaube ich kaum. Dein Vater hat ihn letztens in der Stadt getroffen, da steckte er mit dem Kopf in einem Stadtplan von Bagan. Mir scheint, er hat noch gar nichts gefunden, am wenigsten sich. Wo sollen die Blumen denn hin?«

»In der Küche bei Tante Ditte sind noch Vasen. Sie weiß, wo sie stehen. Entscheide du, wo sie am besten hinpassen. Ich schaue mal nach Mats und Papa.« Sie ging wieder ins Café. Ihr Vater und Mats knieten hinter der Theke gemeinsam vor einer Spüle und werkelten an der Wasserzufuhr. »Wie weit seid ihr?«

»Fertig. Ist wieder dicht.« Ihr Vater wischte sich mit einem Stück Küchenrolle den Schweiß von der Stirn. »Mats und ich sind ein gutes Team.«

»Na ja, ich durfte dir ja nur das Werkzeug angeben«, bemerkte Mats mit einem Augenzwinkern.

»Das ist auch genau richtig so. Immerhin bin ich der Handwerker und du der Tierarzt«, stellte ihr Vater fest.

»Da muss ich mich wohl geschlagen geben.«

Mats räumte das Werkzeug zurück in den Kasten und testete dann noch mal die Wasserzufuhr. »Alles dicht.«

Inga umarmte ihn. »Danke. Wenn ich dich nicht hätte.«

»Apropos hätte«, er löste sich aus ihrer Umarmung. »Ich hätte da auch noch was für dich. Warte hier.« Er verschwand aus dem Café *Strandrose* und kam kurz darauf mit einem flachen Gegenstand wieder, der in Geschenkpapier eingewickelt war. »Zur Eröffnung von mir. Alles Liebe, du Traumfrau.« Er umarmte und küsste sie.

»Da bin ich ja mal gespannt.« Inga löste vorsichtig das Geschenkpapier, und als sie sah, was es war, strahlte sie ihn an. Ja, sie wusste, sie hatte ihren Platz in der Welt in St. Peter-Ording und an der Seite von Mats endlich gefunden.

Sie küsste ihn erneut und hängte dann das bedruckte Holzschild an der Wand hinter der Theke auf. Inga trat einen Schritt zurück, um zu überprüfen, ob der Spruch dort gut zur Geltung kam:

The sun and the sand
and a drink in my hand.

– ENDE –

Danksagung

Am Ende des Buchs möchte ich mich wieder einmal bedanken bei:

– der Agentur Schlück für die großartige Vertretung meiner Bücher, ganz besonders bei Kathrin Nehm und Bastian Schlück, die mir stets mit Rat und Tat bei meinen Buchprojekten zur Seite stehen,
– dem Team von Mira Taschenbuch, die mit »Strandrosensommer« schon meinen fünften St. Peter-Ording veröffentlicht haben und dafür sorgen, dass meine Geschichten nicht nur an der Nordseeküste gelesen werden,
– den Leuten vom Beach Motel in St. Peter-Ording, die mich von der ersten Stunde an so großartig unterstützt haben,
– Kirsten Beul von der Buchhandlung Dehne in Löhne, kein Kunde verlässt ohne einen St.-Peter-Ording-Roman von mir den Laden,
– meiner Familie und allen meinen Freunden,
– meinen Eltern, die immer für mich da sind,
– last, but not least, meinen lieben Lesern, die ihr meine

Petra Schier

Vier Pfoten am Strand

Ein Sommer Auszeit um an seinen Skulpturen zu arbeiten, mehr sucht Ben eigentlich nicht in dem kleinen Ort am Meer! Aber dann stolpert ihm der junge Rüde Boss über den Weg und Ben beschließt, ihn bei sich aufzunehmen. Der Hund stellt Bens Leben auf den Kopf und seine Geduld auf eine harte Probe. Niemals wird er es alleine schaffen, ihn zu bändigen. Zum Glück ist da noch Christina. Sie leitet die Hundeschule und scheint genau die Richtige für Boss zu sein. Und vielleicht auch für sein neues Herrchen ...

ISBN: 978-3-95649-793-3
9,99 € (D)

Deutsche Erstveröffentlichung

Anne Barns

Drei Schwestern am Meer

Eine Insel, drei Frauen, ein altes Familiengeheimnis

Das Weiß der Kreidefelsen und das Grün der Bäume spiegeln sich türkis im Meer – Rügen! Viel zu selten fährt Rina ihre Oma auf der Insel besuchen. Jetzt endlich liegen wieder einmal zwei ruhige Wochen voller Sonne, Strand und Karamellbonbons vor ihr. Doch dann bricht Oma bewusstlos zusammen und Rina muss sie ins Krankenhaus begleiten. Plötzlich scheint nichts mehr, wie es war, und Rinas ganzes Leben steht auf dem Kopf.

ISBN: 978-3-95649-792-6
9,99 € (D)